光文社文庫

長編推理小説

混声の森（上）

松本清張プレミアム・ミステリー

松本清張

JN179237

光　文　社

混声の森（上）◆目次

混声の森（上）

気がかりな事件

「事故でもあったのかな？」

石田謙一《いしだけんいち》はタクシーの運転手に声をかけた。

「さあ？」

運転手も首をかしげている。

夜の十時ごろだった。権田原から神宮外苑に入った所で、タクシーが前に詰まってのろのろと進んでいる。向こうのほうで懐中電燈の灯がちらちらしているのは警官でも立っているらしかった。

「事故ではなく、事件が起こったのかもしれませんね。検問のようです」

運転手は、窓から首を伸ばして様子を見たうえで答えた。

「酔っ払い運転の検査じゃないのか？」

謙一はいった。

「そうではないようですな。酔っ払い運転だと、主に白ナンバーを停めます。タクシーまでいっしょに停めるのは、やはり事件が起こったんでしょうね」

車が進むと、運転手の言葉どおり、私服と制服とが六、七人立っている。制服の巡査は少し手前で車を停め、懐中電燈の光を座席に射しこんで客の顔を眺め、問題でないと思われる車はさっさと通していた。

傍らに二台ほど車が停まって、これには私服二人が中の客に何か質問をしていた。ちょうど国立競技場のそばである。六月の初めで、屋台のおやじやアベックが、この検問の様子を立って見ていた。

謙一の乗っているタクシーのところに巡査が近づき、さっと彼の顔を灯で照らした。それから無愛想な顔で通るように運転手に手を振ると、すぐうしろの車を停めていた。

謙一は窓から刑事に調べられている車をチラリと眺めたが、乗っているタクシーはそのままスピードを上げて過ぎた。

「やっぱり事件が起こったんですね。だいぶん仰々しいが、どこかで、兇悪犯罪でも起こったのかもしれませんな」

運転手はハンドルを動かしながら話しかけた。

「この近くだろうかね？」

「そうとも限りません。犯罪が起こると、犯人の逃走路を予想して要所要所にあんな検問場所をつくっているんです。……いつか、品川の交番から拳銃を盗んだやつがいましたがね。あのときは行く先々で車を停められましたよ。やっぱりいい気持ちはしませんね」

「さっきのお巡りはぼくの顔を見てすぐに通したが、顔つきで違うと思ったのかな？」

「年齢からそう判断したのでしょう。つまり、犯人はダンナのような年配の方でなく、若い者に違いありませんよ。あそこで調べられていた車は二台とも若いのが乗っていたでしょう」

「ああ、そうか」

謙一は何となく煙草をとり出し、火をつけた。かすかな不安が湧いたのである。まさか、と思う。しかし、いやな予感は消えなかった。

「運転手さん。ラジオをつけてくれないか。ニュースで何かいってるかもしれないよ」

運転手がラジオのスイッチを入れると、出てきたのは歌謡曲だった。あと二、三度よその局を回したが、浪花節や漫才のようなものばかりである。

「どこかニュースはないかね？」

謙一は運転手にさがさせた。

「ちょうど時間はずれのようですね」

運転手は浪花節を切っていった。

車は外苑を通り抜けて、代々木から裏参道に入った。その裏参道から甲州街道へ出る手前、前に踏切のあった所でまた検問があった。今度は人数が少なく、制服は三人しかいなかった。

前と同じで、謙一の顔を見ただけで制服はタクシーを通させた。

「いやに物々しいですね」

と、運転手はつぶやき、前に重大犯人が逃げたときもこんな状態だったと言った。

謙一は少し落ちついてきた。まさか、という気持ちが強くなって、さっきの不安はうすらいでいた。

「お客さん、そこの交番にぼくの知った巡査がいるんですが、なんでしたら、どんな事件が起こったか聞いてみましょうかね？」

と、運転手は彼のほうをちょっとふり返ってきいた。

「そうだね。君、交番のお巡りと知り合いかい？」

「ぼくと同郷の者がお巡りになっているんです。それが今そこの交番勤めをしているんですが、ちょうどそこに居るといいですがね」

交番は四つ角にあった。タクシーを徐行して中をのぞいていた運転手がブレーキを踏み、黙って降りると交番の中に入って行く。窓から見ていた謙一には、運転手が巡査と気安そうに話をしているのが映った。

それは三分とはかからなかった。気ぜわしそうに問答していた運転手は、笑いながら巡査と別れると運転台に戻った。

巡査がそこから謙一の顔をじっと眺めていた。

「どうだ、分かったかね？」

謙一は、車が走り出してから運転手の背中にきいた。

「分かりました。麻布の笄《こうがい》町で三人連れの強盗が入って、金貸しの老婆を絞め殺して逃げたんだそうです。金を物色しているとき外から息子が帰って来たので、あわてて窓から屋根伝いに逃げたそうですがね。その息子の話だと、三人ともまだ若い者ばかりだったそうです」

「いつだな、それは？」

「今から一時間ぐらい前だそうです。それで要所要所に非常線を張ってるんだそうです」

謙一は腕時計を見た。今が十一時十分前だった。

「若い者といったね。年齢はいくつぐらいか分からないのかね？」

謙一はまた不安が起こった。前よりは激しかった。

「暗いのでよく分からなかったそうですが、なんでも二十歳前後の者らしかったというんです。近ごろの十八、九ぐらいの子供は何をやるか分かりませんね」

聞いている彼は動悸が搏《う》った。

石田謙一は自宅の玄関のブザーを押した。この辺の住宅街では広いほうで、ブロック塀の内側の庭木が黒く空に茂っていた。梢の上には星が出ている。

玄関の灯がついて妻の保子《やすこ》の影が動いた。内側の錠をはずして夫を迎え入れた。

「恭太《きようた》、家に居るか?」

と、謙一は妻の睡《ねむた》げな顔に怒鳴るようにきいた。

「いいえ、まだ帰りません」

「どこに行っている?」

「補習に行ったまま、まだ戻ってきませんが」

恭太は高校三年生で、来年は大学受験である。そのため夜間の勉強に予備塾に通っていた。塾は四谷にある。

「いま何時だ?」

「そろそろ十一時半になるでしょう」

妻は夫の腕時計に眼を投げて無愛想な声でいった。息子の不在よりも夫の帰宅の遅いのを難じている顔だった。

謙一はいらいらして靴を脱いだが、口まで出かかった言葉をまだ嚙《か》み殺していた。

「お食事は?」

と、夫のうしろについて来た保子が茶の間の前できいた。

「済んだ」

簡単にいって、

「恭太はいつもこんなに遅いのか？」

と、こわい眼つきで妻を見据えた。

「たいてい十一時ごろまでには帰るはずですが、今夜は友だちといっしょに少し遊んでいるのかもしれません」

「友だちは誰だ？」

間髪を入れずにきいた。

「いろいろいるでしょう。学校から同じ塾に行ってますし、塾のほうでも知り合いが出来ているようです」

「あれといちばん親しいのは誰だ？　いや、何という名前だ？」

「村岡という子と石川という子です。どちらも同級生ですわ」

妻が二人だけ名前を挙げたので謙一の不安は強くなった。タクシーの運転手が交番で聞いた若い強盗は三人組だった。

「恭太の部屋に行ってみる」

謙一が行きかかると保子が止めた。

「鍵がかかっていますよ」

「合鍵はないのか？」

「そんなものはありません。無理してこじあけて入ると、あの子、とっても怒るんです」

不機嫌な顔で謙一は自分の部屋に入った。

「向こうで茶を出しておいてくれ。……話がある」

話があるというので保子は夫の顔をチラリと見たが、黙って茶の間に引き返した。謙一はいつものように自分で洋服を脱ぎ、ズボンを脱いだ。着物に着更《きが》えて、それぞれを洋服ダンスのハンガーにかけた。保子と結婚当初から、身のまわりのものは自身で片づける習慣だった。そういうことは神経質なくらい几帳面である。

茶の間に行くと、妻が食卓に番茶を置いていた。謙一は棚の置時計の針が十二時近くになっているのを見て唇をかんだ。——息子の恭太が友だち二人と暗い道を逃げている姿が浮かんでくる。

石田謙一は、私立の女子大の「若葉学園」の専務理事をしている。すでに十年間、その地位に在《あ》った。四十五歳だった。

若葉学園は東京の西郊にある。創立は戦後だが、二万坪の広い敷地は他の私学の羨望のマトになっていた。戦後は未開発の荒蕪《こうぶ》地だったが、今では東京の人口が郊外にあふれて、付近は住宅地となっている。したがって土地の値も暴騰し、軒なみに苦しい私学経営のなかではその含み資産の豊かな点で珍しい女子大だった。

現在の若葉学園がそれほどの広大な校地をもったのは、一に石田謙一の功績である。だからこそ若葉学園の創立当時、一介の事務員にすぎなかった彼が十年間で専務理事になったのも、その実績がものをいったのである。もっとも、それだけでは単なる一理事にしかなれなかっただろう。事実上の理事長としての経営の一切を掌握しているのは、彼の個人的な実力が大いに加わっている。

それには石田謙一のいろいろな挿話が伝えられている。それだけでもゆうに興味ある彼の神話が書けそうである。

だが、現在、妻の保子とむかい合っている石田謙一は、危惧と苦渋に満ちた小心な夫の姿にみえた。

「一体、恭太はまじめに補習塾に通っているのか？」

と、彼は保子を睨んできいた。

「行っていると思いますが」

夫の視線を避けるようにして保子は小さく答えた。

「こんなに夜遅くまで補習塾があるはずはない。それは、おまえにも分かっているだろう。恭太はどこをほっつき歩いているのか見当がつかないのか？」

「よく分かりません」

「分からない？……分からないというだけでおまえ安心しているのか」

「だって、あの子は何もわたしにはいいませんもの。あの通りの調子はあなたもご存じでしょう」

「父親と母親とは違う。父親には反抗しても母親には何かうち明けるものだ」

「わたしにはただ怒鳴りつけるだけですわ」

「おまえの教育が悪いからだ。おれは外に出て朝から晩まで働きつづけている。私学の経営はたいへんなものだ。おまえも新聞を読んでいるから、ほかの私学のことは分かるだろう？」

「……」

「おまえは子供の教育のことでおれに責任の一半を負わせるつもりだろうが、恭太をそこまでさしたのはおまえのしつけが間違っていたからだ。一人息子だというので甘やかしすぎた。恭太だって中学に上がったころは素直な子だった」

「申しわけありません」

と保子はいったが、柔順な声ではなかった。

「おまえはおれのいうことが無理だと思っているね？」

「そんなことはありません」

「その顔つきで分かっている。恭太が万一のことをしたらどうする？」

「万一のことってどんなことです？」

「今夜どこかに三人づれの強盗が入った。三人とも未成年者らしい。おれが帰ってくる途中、非常警戒線が物々しかった」

妻がぎくりとして顔をあげた。

保子は顔色を変えて夫の石田謙一を見つめた。未成年の若者が三人づれで強盗に入ったと聞いて眼つきが違っていた。

「それはどこで起こったのですか？」

語尾が震えていた。

「麻布の笄町だ」

「ずいぶん遠くですね。そんなら関係ないでしょう」

保子は少し安心したように言った。

「ばか」と謙一は怒鳴った。「所の遠近は問題じゃない。四谷からタクシーで行けば三十分ぐらいで着く」

「でも、あなた、まさか、恭太が……」

「そう思ってるからおまえは甘いというのだ。げんに恭太がいちばんつき合っているのは村岡と石川じゃないか。ちょうど三人だ」

「聞かしてください、今夜の事件というのを？」

妻はせきこんできいた。

「くわしいことは分かっていない。警戒線があまり物々しいので、タクシーの運転手に交番で聞かせた。三人組は、入った家で騒がれたので屋根伝いに逃走したそうだ。今から二時間前の出来事だ。それで、犯人たちの顔はよく分からないが、二十歳《はたち》前の若い男だということだけは確認されている」

妻は棚の置時計に眼を走らせた。外は静まり返って足音一つ聞こえなかった。

「でも、それが恭太だかどうだかまだ分かりませんわ」

「おまえは何というやつだ。それでもまだ心配にならないのか」

「いいえ、心配はしていますわ。でも、まさか、あの子が」

「まあ、いい。で、その村岡と石川という子の親はそれぞれ何をしているのだ？」

「村岡さんはどこかの会社の課長さんだそうです。奥さんはどこかの病院の薬剤師だそうですが」

「両親とも昼間は勤めに出て家には居ないんだな」

「……………」

「石川という子の親は何だ？」

「建築の設計屋さんだそうです。事務所は別にあって、そこに通っていらっしゃるそうですけれど」

「建築屋か。それじゃ、そっちのほうだけは母親が家に居るんだな」

「……………」

「村岡のほうは両親とも共稼ぎで昼間は家に居ない。よくあることだ。そんな家庭に限って子供がぐれる。留守に勝手なことをし放題だからな。石川という子も多分、おまえのような教育に無能な母親をもっているに違いない」

妻は黙った。まだ子供が帰らないので言い返しができなかった。夫のいった事件にだんだん現実感が起こってきたようであった。

「おれはこれでも女子大の理事だからな。世間では理事でも教育者とみている」

謙一は湯呑みを取った。茶は冷めていた。

「……もし恭太が今夜の強盗犯人だったら、おれはどうなる。ここまで努力して築いた地位がいっぺんにひっくり返るぞ。どうするのだ」

いつまでも女房とむかい合って坐っていても仕方がないので、石田謙一は二階に上がった。十畳の書斎で、畳の上に大きな机が据えてある。両方の壁に天井まで届く本棚があり、別に大きな書棚が据えてあった。大学の専務理事というところから、一応、学者らしい書斎にしていた。

謙一は、その机の前に坐った。いつもだと手提げ鞄の中を開いて書類を見るところだが、さすがに今はその気になれなかった。相変わらずあたりは静まり、夜の深さだけが進んでいた。近所に帰る人の足音は全く絶えていた。

謙一は、今日平野節子からかかってきた電話のことを考えている。

平野節子は三年前まで若葉女子大の事務局に勤めていた女だった。卒業生だが、謙一とは四年前に関係があった。むろん、彼のほうから誘惑したのだが、学校側に知れそうになったので、あわてて辞めさせた。その後二年間交渉がつづいていたが、結局、女を説き伏せ、他の男と結婚させた。

相手の男は会社員だったが、平野節子はその夫に飽き足らず、謙一を求めつづけていた。だが、このときは彼にほかの女がいたので、不道徳を名にしてなるべく遠ざかっていた。その女が十日前から電話を学校にかけてきて、離婚するといい出した。気の進まない結婚だったので、どうしても夫を愛する気持ちになれないというのである。その底には謙一への未練がある。

今日の電話は、ついに夫とは協議離婚をしたから、今後の相談もあるので遇《あ》ってほしいというのである。もちろん、謙一は断わった。遇えば面倒なことになる。しかし、ニべもなく断われば相手がどう出るか分からないので、そのうちに時間の都合がついたらといっておいた。平野節子はまた電話を寄こしてくるに違いない。彼女はそういう女であった。

最初の男を忘れかねている。ロマンチックな女で、非現実的な夢を追っているような性格だ。結婚した男は会社では有能な社員だということだが、彼女にいわせると、夢も何もない干涸《ひか》らびた男だという。音楽も文学もまるで解さない。見ている雑誌といえば経営学や経済問題のものばかりで、興ざめだというのだった。

ばかな女である。そんな優秀な亭主がどこにあろうか。経営学雑誌を愛読する男なら結構ではないか。彼女には勿体《もったい》ないくらいな夫だ。そういってやったのだが、それではわたしの人生に充実がないと彼女はいうのである。

亭主のほうは彼女を愛しているという。そんな幸福な結婚を彼女はまるで灰色の生活だといっていた。平野節子は学生のころ演劇志望であった。

その結婚を自ら捨てた彼女は、再びそうした幸福な結婚が得られるかどうか分からない。いや、絶対に二度とそれはないだろう。それは彼女のほうでも分かっていて、夫は別な女性と結婚したほうがずっと仕合わせだといい、自分は結婚を間違えていたから再婚の意志はないといった。ずっと独身で通すというのだが、それは謙一に危険を感じさせた。

謙一にはいま新しい女がいる。渋谷の小さなバアのマダムだ。二十七になるが、亭主とは三年前に別れた。女の子を五人ほどおき、ボックスは二つしかなく、ほとんどがスタンドだけの狭い店だった。加寿子《かずこ》といって、新潟から出てきた女である。

二年前に旧友に連れられてそのバアに行ったのが始まりで、その後ひとりで行くようになった。加寿子には金も少しは出している。しかし、自分の女になると、店をひろげたいとか、店内をきれいにしたいとかいって要求されると思ったが、加寿子はそういうねだり方は一切しなかった。今のままでいいというのである。そういうところが謙一の気に入っている。二十七の加寿子の身体は、四十近い妻の保子とはくらべものにならなかった。短い結婚の経験をもつ彼女は、謙一をよろこばせていた。今夜も実は女と遇っての帰りだった。

謙一が平野節子を避けているのは、一つには加寿子があったからだ。したがって節子を近づけさせるのは将来自分の身に大きな破綻となる危険がある。

節子は他人の女房になっても夢を追っているような女で、現実的な常識は何もなかった。彼女は強い愛さえあれば謙一を取り戻せると思いこんでいる。その考えは彼女が耽溺《たんでき》する文学書や小説本から得た知識だった。それを不動の真理だと心得、信仰にしている。

加寿子は苦労しているだけに、そういうふわふわしたところは少しもなかった。分別はよく心得ているし、男の気持ちを考えて自分を控え目にしている。節子は何をするか分からない狂熱的なところがあるが、加寿子は理性をもって処理するほうだ。バアのマダムというと、それでなくとも誘惑の多い商売だが、加寿子のような美貌でいながら客とあやまちがないのは、そうした彼女の理性からである。

謙一は、加寿子とだったら自分との将来のこともぼんやり考えていた。

ただ、むずかしいのは彼の仕事が私立大学の理事という職務で、これが普通の会社員や中小企業の経営者だったら、もっと気楽に加寿子のバアに通えるし、彼女とも平気で街をいっしょに歩ける。だが、大学の理事ともなれば、やはり他人の眼をはばからねばならない。殊に若葉学園は女子の大学だ。女子学生はそれでなくとも好奇心が強いし、そんなところを見られたら、それこそどんな噂を立てられ、非難を受けるか分からない。それに、学園の中でも彼の反対派がある。陥穽《かんせい》はいつも用意されていた。

もっとも、情事のこととなると、謙一は学園内の或る人物の弱点を握っていた。これは目下事実を調査中で、いつかは相手の追い落としの道具に使おうと考えている。考えているのみならず、それを計画中だった。したがって、今は加寿子との間を特に気をつけなければならなかった。現在のその計画が完成したら、彼は名実ともに若葉学園のワンマンとなれる。自分の絶対体制ができたら、少しぐらいのことは押えつけられるのである。

しかし、女のことは自分の意思で何とかなるにしても、困ったのは息子の問題だった。もし今夜起こった三人組の強盗の一人が恭太だったら、一切の希望も期待も計画も崩れてしまう。

――謙一は時計を見た。一時に近かった。外には相変わらず静寂が深夜の底に横たわっていた。

玄関の戸の音が聞こえた。そっと開けるでもなく、乱暴に開けるでもない、普通に開ける音だった。

謙一は、はっとして耳を澄ました。恭太が帰って来たのだ。謙一は、すぐに書斎を飛び出して階下に降りようかと思ったが、保子の声がしたので、入口の襖を開けて下の様子をうかがった。

「ずいぶん遅いわね」

という保子のおろおろした声が聞こえた。

恭太は無言である。玄関に飛び出した母親を突きのけて奥へ行く足音がしている。畳をどんどん踏み鳴らしている。いつもの音だ。

「恭太、恭太」

と、保子が息子のうしろを追っていた。

「何だよ？」

と、恭太の声がつっけんどんに母親に投げている。

「今ごろまでどこに行っていたの？」

「どこにも行かないよ」

「今夜は補習塾だったね。それは九時にはもう終わってるはずだけど、それから今までどこに行ってたの？」

「そんなこと、関係ないよ」

「だって、おまえ」

「うるさいな、関係ない！」

恭太は最後の言葉を投げつけると、また畳を鳴らし自分の部屋のほうへ歩いた。

謙一は、かっとなって階段を駈け降りようとしたが、今夜はあの事件を聞いたあとなので、まず保子から息子の様子を聞いたうえでなければという気がして、そこにじっと立っていた。あとの母子の声がしない。保子は、手がつけられず、座敷にぼんやりと立っているようだった。

謙一は階段を降りた。果たして保子は茶の間に突っ立っていた。

「おい、恭太が帰ったらしいな？」

保子は険しい顔をしていたが、それほど切羽詰まった、心配な表情でもなかった。謙一はそれを見て、まずちょっと安心した。恭太の様子に強盗と思われるところはなかったらしい。

「様子はどうだった？」

と、彼は妻にきいた。

「べつに変わったところはありません。いつもの通りです」

保子はひとりでつぶやくように答えた。謙一は、自分がこれほど心配しているのに、子供の様子をすぐに夫に訴えるでもなく、ひとりで考えているような妻に腹が立った。

「今ごろまでどこに居たというのか？」

二階でさっきの問答を聞いていたが、保子に向かってはそうきかずにはいられなかった。

「どこともいいませんわ」

「身なりに変わったところはないか。たとえば、服が汚れているとか、ズボンが泥だらけになっているとか……」

「そんな様子はありません」

「顔色はどうだ、蒼い顔をしていなかったか？」

「べつに。かえって赤い顔をしていましたわ」

「赤い顔？」

「恭太は酒を呑んでいるようです」

謙一は玄関に出てみた。恭太の靴は汚れていなかった。彼は、ひとまず安心した。もし恭太が三人組の強盗の一人だったら、靴がきれいなはずはないと思った。

部屋に戻ると、保子はつくねんとそこにまだ坐っていた。恭太の部屋に行く気力もないのである。はじめから子供が母親のいうことなど受け付けないのは分かっていた。

普通だと、謙一も恭太をここに呼んでこいと妻にいうところだが、素直にくる子でないのは分かっている。恭太を叱るとすれば彼のほうから出向かなければならない。父親として少々癪《しゃく》でもある。

もし恭太に今夜の事件の関係者だという嫌疑が強かったら、謙一もそんな父親の権威など考えているどころでなく、息子の部屋に走って行くのだが、それだけ心が落ちついたともいえるのである。

「困ったやつだ」

と、謙一は保子に文句半分の愚痴をいった。

「あんな子供になるとは思わなかった。かりにもおれは教育方面にたずさわっている男だ。その子供がこんな始末ではおれもおちおち仕事がしていられない。この先、あいつがどんな事故を起こすか分からないと思うと、空おそろしくなってくるよ」

謙一は、子供がこうなったのもおまえの教育が悪いからだと、そこでも保子の責任を言外に追及していた。

保子は顔を伏せたまま、

「済みません」

といったが、その声にどこか抵抗の調子がある。子供の教育は父親にもその責任がある、自分は外ばかり出ていて少しも子供をみてやってないではないか、という非難が妻の語調にこもっている。

「とにかく、恭太が今まで何をしていたか問いたださねばならぬ。このままあいつの自由にさせておいたら、どんなことになるか分からん」

保子の傍らをはなれて謙一は息子の部屋に向かった。そこは階下の奥で、六畳一間を当てている。

謙一は、襖に手をかけたが、開かなかった。恭太は襖の縁に穴をうがって差込錠をしている。彼は自分の部屋に両親が勝手に入れないようにしているのだ。

「恭太」

と、謙一は襖越しに呼んだ。

返事はなかった。二、三度つづけたが、やはり声はなかった。どうやら灯を消して横になっているようだった。もちろん、父親がくるのを予想しているのだ。

謙一は襖を叩いた。それも五、六度つづけた。

「何だよ」

中から恭太の怒声がやっと聞こえた。

「ここを開けろ」

「もう睡ったよ」

「おまえに聞きたいことがある。とにかく、ここを開けろ」

謙一が襖の外からあまり激しく言うので、中にいる息子がどすんと畳の音を立てた。寝転がっているところを乱暴に起き上がったようである。

襖の差込錠をはずす音がした。謙一は襖に手をかけると力いっぱいに開けた。

中は電気を暗くしている。わざと消しているのだ。いつもの恭太は、睡っている間も電気をつけっぱなしでいる。

「電気をつけろ」

と、謙一はいった。

恭太は黙っている。再び寝床にふてくされて転がっているのだった。謙一がスタンドのスイッチをひねった。

蒲団は敷きっぱなしである。その上にズボンをはいたままシャツだけの恭太が向こうをむいていた。枕もとには煙草の吸殻を盛った灰皿があるが、吸殻はその辺の畳の上に散乱していた。また、低俗な週刊誌が五、六冊も散らかっている。

いつものことだが、謙一はかっとなった。しかし、今夜はそんな無様《ぶざま》な部屋の様子を叱るよりも、まず今までどこで何をしていたかを聞かねばならなかった。

「補習塾のほうは何時に済んだのだ？」

謙一は立ったまま向こうむきに寝ている恭太にきいた。

「おい、何時に済んだのだ？」

返事がないので、もう一度いった。

「九時だよ」

恭太は反抗的な口調で答えた。

「おまえが戻ったのは午前一時だ。四時間もの間、どこに行っていたんだ？」

恭太は返事をしないで、うるさそうに肩を動かした。

「おい、どこに行っていたのだときいている」

「そんなこと関係ないよ」

謙一は怒りを抑えた。

「関係ないということはないだろう。おまえはこの家に寝起きし、金をもらって学校に通っている。何の世話も受けない他人ならその返事でいいが、親に全部を頼っていながら、関係ないという理屈は成り立たないだろう」

「それはそっちの勝手だよ」

「なに」

「おれはべつに学校なんかに行きたかアないからね。行けとすすめている以上、親が金を出すのは当たり前だろう」

謙一は寝ている恭太を足蹴にして起こしたかったが、恭太がどんな狂態で暴れ出すか分からない。謙一は我慢した。

「親はおまえを学校に行かせるため金を出してやっている。それもちゃんとした教育を受けなければ社会に出ておまえが人に相手にされないからだ。それを思えばこそ大学にやらせようとしているのだ。その親心がおまえには分からないのか?」

「分からないね。おれは放っておいてもらいたいんだ」

「ふん、自由に勝手なことをしたいためか？」

「何でもいいから、おやじさん、あっちに行ってくれよ。おれは睡くてしようがないからよウ」

謙一は、あっちに行けという恭太の言葉を聞いて怒りを覚える一方、やや憮然《ぶぜん》としてそこに佇《たたず》んだ。

これ以上は言葉では通じないから息子に手を当てるほかはないのだが、そうなると父子の格闘は必至だった。

息子は十七だが、体格は隆々としている。今が大人になる発展の最盛期だった。その腕もいつぞや小さな殴り合いのときに鋼鉄のように硬かったのをおぼえている。父子喧嘩は凄まじいものになる。謙一は、息子を実力で押えつける自信を完全に失っていた。

枕元には週刊誌が散乱している。それも低俗なものばかりで、表紙に刷りこんだ特集の題を見ただけでもエロがかったものだ。開いているところは女のセックスがどうのこうのとあって、裸体の写真が載っている。

謙一は、ここに居るのが自分の子供ではなく、野獣のような青年の姿に映った。

よその学校から伝わる非行学生の噂《うわさ》と結びつく。さいわい自分の学校は女子学生ばかりだが、それでも他校の不良学生に被害を受けるケースがしばしば報告される。

恭太は学校の成績が悪い。てんで勉強をする意志がないようだから当然である。来年の大学入試に備えて夜学の補習塾に通わせているが、それをあっさりと承知したのは、どうやら、それにかこつけて夜の自由を味わう目的からのようだった。どの程度補習塾に出ているか分かったものではなかった。

夜学の補習塾には浪人組も来ている。真剣に勉強ととり組む者もいるが、なかには半分グレたのもいる。恭太の性格として、そんな連中に誘われやすい。もともと息子のほうにその下地があるのだ。

煙草は吸うし、外で酒も呑んでいるようである。

くだらんテレビの番組にいつまでもしがみついてはゲラゲラ大声立てて笑うし、わが子ながら情けなかった。二、三年前はロカビリーの全盛で、無理に電気式のギターを買ってくれとせがむので仕方なしに買ってやったところ、朝から晩までそれをかき鳴らしていた。それが今では故障のまま押入れの中に叩きこんである。

何のかんのといっては小遣い銭をねだる。学校や夜学の月謝も理由を設けては二重どりをする。定期券を落としたと称しては買いなおさせる。それが近ごろは居直ってきて、堂々と喫茶店に行くとか、友だちのつき合いとかいっては母親からとり上げるのである。保子が断わって金を出さないとき、恭太は狂暴になる。母親を罵倒するだけではない。そのへんに置いてある物を片端から叩きこわすのである。保子はいつも息子に脅迫されている。

「おやじさん。まだそこに居るのか、早く向こうに行ってくれよ」

寝ている恭太は背中を見せたまま謙一にいった。

謙一は怒りがこみあがってきたが、何か怒鳴りたい声を胸で抑えた。これが父親にいう言葉だろうか。

よく電車やバスの中で不良学生が大人をひやかすのを聞いたが、恭太の言いかたはまさにその言葉つきだった。ふふん、と鼻でせせら笑い、向こうむきになったままドタリと片足を床に打った。このままそこに立っていると、恭太がいきなり大きな声を発しそうであった。

そうなると、謙一もよけいに引っ込みがつかなくなる。いくら手に負えない子供でも親の権威は守らねばならなかった。子供が怒声を出せば、こちらもそれに対抗しなければならない。そうなると、つかみ合いでもはじまりかねなかった。格闘となれば非力な謙一は自信がない。彼はまるで自分の子が暴れ出す前の野獣にも見えてきた。

それでも、すぐに立ち去ると、やはり親の威厳をそこない、負けたような気がするので、黙ったままその辺をじろじろと見た。机の上は本が乱雑に置かれてあるが、その本の間から桃色の縁取りをしたレースのハンカチの端がのぞいているのが見えた。

そのハンカチはかなり使い古したらしい、たたみ皺の寄ったものだが、謙一ははっと眼を注いだ。この家には、そんな若い女の子が持つようなハンカチはもちろん置いてない。謙一は恭太が女子学生からもらってくる場面を想像した。いや、あるいは無理に奪って来たのかもしれない。

女子学生という連想が浮かんだのは、やはり自分の学校が女子大だからである。こういうハンカチを持っている学生はずいぶんと多い。謙一は新しい不安が起こった。もし恭太が奪ってきたハンカチの持ち主が自分の学校の女子学生だったら、という不安である。

「睡いな。電気を消すよ」

恭太が父親の立っている気配にたまりかねたようにいった。

謙一はハンカチのことで息子に問いただしたかったが、この場の空気ではおとなしい問答ができるはずもなく、諦めて黙って彼の部屋を出た。

謙一は、怒りと、憮然とした気持ちと、それから息子が強盗事件に関係がなかったという安心感とがつきまざったような気持ちで妻の居る部屋に戻った。

保子は、どうだったかというような眼つきで彼を見上げた。それが半ば他人《ひと》ごとのような冷淡な表情である。

「おい」

と、謙一は息子にいえなかった叱言《こごと》を保子に向けた。

「おまえ、恭太がどこかの女の子とつき合っているのを知っているか?」

女子学園

朝八時半に若葉学園から迎えの車が来た。外車である。

謙一は、玄関に膝をついて靴を磨いている保子の背中を上から見下ろした。保子は、いつも出がけになって彼の靴を磨く。前から用意しておくということはない。頸《くび》が長く、肩が痩せている。髪も少なくなっている。中年を過ぎて、初老期に入っている身体だった。女の魅力は完全になくなっている。

謙一は、昨夜のことがあるのでむっつりして靴が磨き終わるのを待っていた。保子ものをいわない。息子の恭太はまだ寝ているらしい。少し開いた下駄箱の中に恭太のかかとの潰れた靴の片方が見えた。

そのあまり汚れていない靴を見て謙一は、昨夜の杞憂《きゆう》がまた心に戻ってきた。三人組の強盗の仲間でなかったことはせめてもの幸いである。

しかし、今回は取越し苦労に過ぎても、この次は何が起こるか分からないのだ。現に、昨夜も恭太の部屋で女持ちのハンカチを見た。派手だが、うす汚れた不潔なハンカチだ。

保子にきいても息子の女づき合いは知らないといった。何も知らない母親である。恭太に何かが起こるとひどく気にするくせに日ごろの観察は全然行なっていない。

ようやく靴が磨き終わった。

謙一はものもいわないで玄関の格子戸を開ける。保子も黙って見送ったままだった。

謙一は門の外に出た。いやな家の気分もここで洗われたようになった。鏡のように拭き上げられた外車の車体を見ると、よけいに気分の転換となった。

「お早うございます」

と、運転手がいった。送り迎えは若葉学園に出入りするハイヤー屋から来ている。

運転手にサービスされて中のシートにおさまると、謙一は自分がこの門の中の家と全く関係のない人間のような気になった。

車は中原街道の広い道に出た。ラッシュ・アワーだが、都心とは方向が逆なので、こっち側はすいている。車はこころよいスピードで走った。

謙一は煙草を吸い、何となく流れる景色を見ている。毎朝見馴れている風景だが、歩いている人間は違っている。家の中に見えている人も毎日動作が違っている。

若葉学園から出す送り迎えの車は、学長と理事長と古参理事である謙一の三人だけだ。これについても学内では非難の声がある。老齢の学長と理事長は別として、理事の謙一に送迎のハイヤーをつけることはないというのである。それなら各学部の学部長も同じ待遇にしなければいけないという。

しかし、謙一は、その声にいつも反論していた。理事長の大島圭蔵は別に事業があるので、学園の仕事に専念しているわけではない。しかし、専務理事はいろいろな雑務を引き受けている。単に学内の管理だけでなく、外部との交渉が多い。たとえば、文部省への陳情とか、私学振興会への接触とか、大学の後援会的な組織の評議会や賛助会などへの連絡とか、煩わしいものばかりだ。そんなことで疲れるから車の送り迎えくらい当然だというのである。

車は家から四十分ほどかかって若葉学園の正門にすべりこんだ。

広い敷地である。こんな広い大学はほかにはあまりない。テニスコートも四つならんでいる。バスケットボールの練習場は三つ。五十メートルのプールが二つ。二千坪の体操場がある。広い敷地を贅沢に使っているというよりも、敷地の使いようがないといった設備だ。

戦前は陸軍の用地であった。終戦になって間もなく学校が払い下げを受けた。それは全く石田の努力による。彼が一介の事務員から今日の学内の有力な地位を得たのは、そのときの功績が土台になっていた。

校舎は四年前に建てたもので、大ホテルかと思うほど近代的な建築で、付近から見ると、住宅街の上にそびえる白堊《はくあ》の建物はまるで蜃気楼みたいだった。総工費に五億円をかけている。

最近は学生も贅沢になって、旧式の建造物だと見向きもしない。見た目にきれいで、近代的雰囲気の満喫できる校舎でないと軽蔑するのだ。建造物と勉強とは全然別なのだが、学生の虚栄心は両者が共通だという錯覚を起こしている。殊にこの女子大では本気に学問を身につけようという学生はいない。したがって学力は旧制の高女程度だ。

その代わり、教養には力を入れている。設立も戦後間もない早い時期なので名前も通っていた。学生の家庭も中流以上で、これは東京西郊の高級住宅地を包含している。こうしたエリート生活意識の強いエリアになってゆくのを予想したのは謙一で、教養に特徴を置いたのも彼の発案だ。

教養——いわば高級な花嫁修業課程である。音楽、絵画、生花、茶道、手芸には一流の講師を招き、「教授」の肩書を与えている。高給を支払っている。こんなところに特徴を出さないと、学力では戦前の有名校と太刀打ちできない。

この方針は成功した。現在では入学受験生が三倍強という人気である。謙一の着想《アイデア》のおかげといっていい。彼は本学の功労者であった。ワンマン理事は実力である。

しかし、現在の謙一は全くのワンマンではなかった。どこにも反主流派は居る。彼はそれを完全に制圧しているとはいえなかった。

謙一は専務理事室に入った。

ひろい個室である。学長室の半分だが、それでも広い。学長室も飾り立ててあるが、何となく空疎な装飾という感じがする。専務理事室には充実がある。それは室内に「実務」があるからだ。

革張りの回転椅子に腰を下ろすと、秘書の岡本常子が専用の湯呑みに熱い茶をくんできた。蓋つきの九谷焼である。けばけばしい図柄が、謙一の趣味と合うようだった。岡本常子は二十三歳で、本学の卒業生だ。あまり美しくはない。わざとそういう女を採用した。

「お早うございます」

「お早う」

「専務さん、あの、鈴木事務局長さんがすぐにお目にかかりたいそうですが……」

事務局長の鈴木道夫が肥った身体を謙一の前に運んできた。

「お早うございます」

「お早う」

鈴木事務局長は謙一の机から離れた椅子に腰を下ろした。同じような椅子が応接台をめぐって六つほど置いてある。来客用のものだが、小さな会議にも使用している。鈴木が謙一の机の傍らに寄らないでその椅子に坐ったのは、これから内密な話があるという意味だった。

「今日はいい天気ですな」

と、鈴木は窓を向いていった。身体は大きいが、眼鏡の奥の眼は細かった。細いのでときどき鋭い眼つきになる。「お茶はいらないよ、たった今呑んできたばかりだから」

と、鈴木は秘書の岡本がその支度をしに起《た》つのを見ていった。

「岡本君。ちょっとこの席をはずして」

と、謙一は美しくない女秘書に退室を命じた。

「何だね？」

と、謙一も自分の椅子を起って鈴木の前の椅子に移った。

「はあ、ほかでもありませんが、大島理事長が学期末の二年生の旅行について行きたいとおっしゃるんですが」

「二年生の旅行に……どういうことだろう？」

謙一はふしぎな顔をした。

「二年生は今度京阪地方に行くことになっています。総勢五十二名。付添いの先生は村田さん、秋山さん、石塚さんの三人です」

「………」

「理事長は、二年生が京都の寺をまわるのだったら、自分がじかに現地講演的に話をしてやりたいとおっしゃるんですが」

「君、今までそういうことがあったかね?」

「いいえ、今度が初めてです。大島さんは、自分は上代から中世の仏教芸術については詳しいつもりだから、教師よりは自分が話してやったほうが有益だろうといわれるんです」

「ふうむ……」

謙一は前の接待煙草の函を開けた。黙って一本つまむと、鈴木が前からライターの炎を差し出した。

「珍しいことだな」

と、煙を吐き出して鈴木の顔を見た謙一には奇妙な微笑がひろがっていた。鈴木の持ちこんできた話に合点がいったのである。

「今度の引率には、学生課の秋山千鶴子が入っているといったね?」

「はあ」

鈴木も含み笑いをしてうなずいた。謙一の言う意味は、鈴木がそれをここに言いに来た答えでもある。鈴木のほうが、もっと先にその意味を知っているのだ。

秋山千鶴子は三十二歳で、豊かな身体つきをしている。それほど美人ではないが男好きのするまる顔であった。

五十八歳の大島理事長が秋山千鶴子に意があることは謙一も鈴木も知っていた。

大島理事長が学生の見学旅行について京都に行きたいと言い出したのは引率の秋山千鶴

子に目的があることを、謙一も、目の前に腰かけている鈴木事務局長も察しがついていた。

「今度の旅行は何日からかね？」

謙一はうすら笑いして訊《き》いた。

「明後日の朝です。午前十時の新幹線に乗り、十二時五十一分に京都に着くことになっています」

鈴木はすらすらと答えた。

「何泊かね？」

「京都が二泊、奈良が二泊でして、四泊五日の予定です」

「責任者は村田さんだな？」

「はあ、村田教授です」

村田というのは国文学の教授だった。もう一人、石塚というのは英文科の助教授で、これは若かった。秋山千鶴子は前に村田教授の下で助手をしていたが、結婚のために退職した。だが、三年くらいで離婚し、また若葉学園に再就職し、今は学生課につとめている。

「大島理事長がそうおっしゃるなら……」

と、謙一は少し考えるようにしたあと、鈴木の眼を見て言った。

「そりゃ、ご希望に副《そ》ったほうがいいだろうな」

「はあ」

鈴木はうなずいた。眼が笑っていた。

「折角、仏教美術について現地レクチュアをしてくださるのだ。村田さんだって異存はあるまい」

謙一が言うと、鈴木は、もちろん村田教授も異議はなく、そうしていただければ好都合だと言っていた旨を答えた。村田教授は、国立大学を定年でやめて来た人で、おとなしい老人であった。

「では、そういうことに計らいます。理事長の出張旅費、手当などは引率教師なみでよろしいですか?」

鈴木は訊いた。

「そりゃ、それでいいだろう。理事長の資格で行くわけではないから。一般の職員なみでいいよ」

謙一は口から煙を吐いて言った。

「はあ。ぼくもそう思います。……では、これからすぐに大島理事長のお宅に電話して、そのことをお伝えいたします」

鈴木は椅子から起ち、謙一に笑いかけ、

「理事長も期待して待ってらっしゃると思いますから」

と、言い残してドアに向かいかけた。

「あ、君、石塚君をここに呼んでくれ」

謙一は出て行く鈴木に頼んだ。秘書の岡本はまだ戻ってこない。

謙一は自分の机の前に戻り、今朝の手紙などを見ていた。低いノックが聞こえ、ドアをそっと開けて三十二、三の、髪をきれいに撫でつけた眼鏡の青年が入ってきた。英文科助教授の石塚恭治で、ホテルのボーイのように靴音を忍ばせて謙一の机の前に立った。

「専務さん。何かご用でしょうか？」

色の白い顔である。

謙一は、机の前に硬くなっている若い石塚助教授に微笑を投げ、

「まあ、そこにお掛けください」

と、椅子をすすめた。

石塚が物静かに腰を下ろす間、謙一は新しい煙草に火をつけた。石塚の顔にはどこか不安げな表情がある。この女子大学の実権を握っている専務理事に、何をいわれるのかと内心心配しているのだ。

「今度、あなたは学生を連れて京都、奈良においでになるということですね？」

謙一はおだやかだが鷹揚にきいた。

「はい、行かせてもらうことになっています」

若い石塚はいくらか卑屈な調子で答えた。

「ご苦労さまです。どうか、事故のないように頼みますよ」

「はあ、それは十分に気をつけます」

石塚は専務理事の注意に頭を下げた。

「ところで、大島理事長が学生について行かれることになっています。いま事務局長が来てその話をしたので確定しました」

謙一はそう言って、ここで理事長よりも専務理事の権限の強さをほのめかした。

「はあ、どうも」

石塚は何となくうなずいた。

「ところで、大島さんは仏教芸術に造詣が深い。奈良や京都の寺では襖絵とか、庭園とか、建築とか、ずいぶん有益なお話があると思います」

「はい」

石塚助教授には謙一の皮肉が通じなかった。

「あなたのほかに村田教授と学生課の秋山君とが行くことになっているそうですね？」

「はい、そうであります」

「村田先生はかなりお年を召していられる。したがって学生の引率は事実上あなたがすべての責任を持つような気持ちでお願いしたいのです」

「はい、かしこまりました」

石塚は緊張して返事した。

「それから学生課の秋山君のことですが、女性でもあるし、まあ、せっかく京都、奈良に行くことだし、本人をあまり引率という責任に縛りつけておかないでいただきたいのですがね」

「はあ」

石塚助教授は専務理事の真意がつかめずに謙一の顔を眺めていた。

「それからもう一つ、大島理事長は学生について行かれるだけで、実際上の引率者ではありません。今もいった通り、仏教芸術に詳しいので、学生に説明してやろうというご好意だけですからね。理事長は決して引率者ではありません。したがって京都、奈良の旅行は理事長の自由行動にまかせることです」

「分かりました」

石塚は軽く頭を下げたが、謙一はその石塚に自分のいう意味がよく分かっていないと知ると、少しじれったくなってきた。カンの悪い男だ。理事長と秋山千鶴子との旅先の自由行動を束縛するなといえば、たいてい察しがつこうというものだ。

謙一は、カンの鈍い石塚助教授を前にして咳払いをして言った。

「今度の京都、奈良旅行の学生の引率には、あなたに実質的な責任を持っていただくわけだが、今もいう通り、大島理事長は臨時の参加だし、秋山千鶴子さんは女性でもあるし、学生課の人だから、あまり責任を持っていただくわけにはゆかない。そして、この二人の自由は拘束しないでもらいたいのです」

「はあ……」

石塚は、専務理事が二度も大島理事長と秋山千鶴子の自由を拘束してはならないといったので、さすがに怪訝《けげん》な顔をした。

「というのはですね」謙一はつづける。「大島さんが秋山さんを案内してほかの場所を見学するとおっしゃっても、その通りにさせてあげたいのですよ」

「はあ……」

石塚は眼をしばたたいていた。

「大島さんはあの通り博識な方、自分の知っていることを他の人に教えたくなる人です。だが、学生の行動はスケジュールが決まっているし、その予定外のコースをまわるわけにはゆかない。けど、大島さんはほかの場所にも興味がおありになって、そこを秋山さんに見せたいということがあるかもしれません。その場合には、せっかくの旅行だからお二人の自由にさせてあげたいのです。分かりましたね？」

謙一は噛んで含めるようにいった。

「はい、分かりました」

石塚はやっと納得したようにうなずいた。しかし、まだ疑念は晴れてないようであった。

専務理事がなぜそんなことを特に指示するのか、そこのところが解《げ》せないのである。

「もっとも……」

謙一は少しいいにくそうに、だが決然とした調子でいった。

「大島理事長と秋山さんとがごいっしょによそを回られるということはいわれないかも分からない。別々な行動かもしれない。その際もあなたは、大島理事長はもとよりだが、秋山さんにも、その自由を拘束しないことですな。つまり、どこに行かれようが一切干渉がましいことをしてはならないのです」

「はい」

「その代わりですな、大島理事長と秋山さんとがその後どういう行動を取ったかということが分かれば、それをわたしに報《し》らしてほしいのです。いや、どこに行ったということが分からないでもよろしい。また、お二人の行動が分からなければ、それでもいいんです。無理に調べる必要はない。けれど、分かればぼくにそっと報告してほしいのです」

謙一は、こっそり報らしてくれ、というところに力を入れた。

いくら鈍感な石塚でも、そこまでいわれると謙一の真意が分かった。つまり、大島理事長と秋山千鶴子とがいっしょに学生の引率からはずれてよそへ行った場合、できるだけその様子を報告せよというのである。言葉を換えていうと、これはスパイ行為の要求であった。

石塚の顔色が少しく蒼くなってきた。

大島理事長は、この若葉学園の学園主である。

大島圭蔵の兄は重太郎といった。大島重太郎は、若葉学園の前身、私立若葉女子専門学校を創設した。当時は都内の場末の狭い所にあったが、戦災を受けた。バラックの仮校舎を急造したものの、困り抜いていた。

それが現在の広い土地を得たのはひとえに石田謙一の努力である。終戦後五年経ったころであった。

そのときの謙一の働きは他の私学経営者の目をみはらせたものだ。まさか渺《びょう》たる若葉女専が旧陸軍の用地をわがものにせしめるとはだれも思っていなかった。一つには、そこが東京からずっと離れた所にあったせいでもある。

そのいきさつはあとで触れるとして、若葉女専は移転地に新校舎を建て、女子大学制の許可を受け、名前も若葉学園と改称した。それからは発展の一途をたどったのだが、大島重太郎は昭和三十二年に死亡した。子供が無く、実弟圭蔵があとを継ぎ、理事長に就任した。

重太郎が理事長のとき、初代学長に古手の国立大教授を迎えたが、重太郎が死ぬと圭蔵はこの学長をクビにした。後任に自分のいいなりになる現在の椎名良祐学長を持ってきたのである。椎名良祐はすでに七十歳に近く、これも前に国立大の文学部長であった。すこぶる高給をもって大島圭蔵が出盧《しゆつろ》を願ったものである。

このときもちょっとした私大騒動が持ち上がった。前の学長がかなり抵抗したからだ。しかし、謙一は当時理事として大いに大島理事長を補佐して、ようやく事なきを得たのである。つまり、彼の専務理事就任は、以前の土地獲得と、次の学長交替の二重の功績である。

大島理事長は、兄がこの学園を経営していたころ、地方の役人をしていた。ある県の課長ぐらいだったが、そろそろ定年後の計画を考えている矢先に兄の死に遭った。いわば圭蔵にとっては思いがけない天恵が転がりこんだようなものだ。彼の環境はすっかり変わってしまう。地方官庁の一課長が、とにかく東京の女子大と名のつく学園の経営者になったのだ。名誉と金とを一挙にして得たようなものだった。

このような人間はとかくにわかに獲得した権力を使ってみたくなるものだ。新理事長が死んだ兄の推戴した学長を煙たがったのはいうまでもない。この学長は少しく骨があったので圭蔵のいうことに耳を藉《か》さなかった。やはり多年学校経営をしていた兄と、経験のない弟とでは大きな違いがある。学長は彼を小ばかにした。

腹を立てた圭蔵が亡兄がいただいた学長追い出し工作をはじめ、謙一を味方に引き入れ、謀略を行なったのである。女子大だったため、この学園騒動は学生の反対運動にまで発展せずに済んだ。一つは謙一の処置が巧妙だったのである。

——謙一は、その圭蔵理事長をそろそろ追い出そうと考えていた。

理事長の大島圭蔵は近畿地方のある大名華族の一族である。圭蔵の父は当主でなかったために伯爵家を継がなかった。だが、今でも郷里に帰れば結構旧藩主に準じた待遇を受ける。もっとも、それはすでに数少なくなった年寄や菩提寺の僧侶くらいなものだが。

この血筋の良さが一つは若葉学園の魅力でもあった。前理事長の重太郎は、そのへんの要領を心得ていて、あるときはそれを積極的に利用し、あるときは控え目な態度で謙虚さを装ったが、今の圭蔵は、その自意識がむき出しである。おれは旧藩主の後裔だという自慢を鼻の先にぶらさげていた。

だが、圭蔵は、その高貴な血筋を思わせるだけの典雅な顔をしていた。色が白く、細長い顔で、眉と眉の間が開き、鼻筋が通っている。口は小さく結ばれ、細い眼がやさしげに光っている。人事は彼の思うままだし、学園の規則もすべて彼の意のままに作られている。先代の重太郎が遠慮気味に作った規約は圭蔵によって露骨に改められた。学長も圭蔵の意のままで、完全にロボット的存在だった。

それでいて圭蔵は頭脳がいいかというとそうではなく、謙一の評価では普通以下であった。知識は何一つない。そのうえ女好きときている。以前、かれの家に奉公した女中を二人まで孕《はら》ましたという噂であった。もともと彼には金が無かったので、よそで遊ぶことは稀であった。しかし、今は学園の金をわがものにしている。おそらく、そのうち相当の蓄財をするに違いなかった。

人望はない。しかし、理事長として事実上の園主だから抵抗する者はなかった。謙一は、それまでは圭蔵を利用するつもりで協力してきたが、もうそろそろこの辺で見切りをつけていいと思っている。何といっても学園の人望がないので、謙一が叛乱《はんらん》を起こせばみんな従ってくることは分かりきっていた。

途中から入り込んできて何をするのだというのが、謙一の圭蔵に対する反撥と嘲笑だった。この学園が今日のように大きくなったのは、このおれの腕のおかげではないか。敷地だけについても、これだけの広大な面積の土地が手に入ったのもこのおれの働きだ。——謙一が自負する通り、それはまことに奇蹟的な功績だった。

陸軍の大御所的な存在で柴垣忠成という大将がいた。のちに政界に入って活躍したが、戦争中はもちろん退役していたので戦犯にかかることもなかった。むしろ、陸軍部内の派閥闘争で平和的な将軍としてアメリカに印象づけられていた。敗戦によってアメリカの占領政策になったとき、司令部はこの元大将に極めて好意的であった。

当時兵隊から帰り、ヤミ屋のようなことをしていた謙一が、なぜに柴垣大将のもとに突然呼び出されたか、今もって謙一自身が十分に判らないでいる。もっとも、一つの解釈はあったが。……

彼を柴垣大将に紹介したのは、やはりヤミ商売をしていた陸軍の元中佐であった。それほど親しくないのに元中佐のほうから彼に近づき、半ば強引に柴垣大将邸へ連れて行ったのである。

元中佐は柴垣大将が現役時代の副官であった。

柴垣大将はそのころ茅ヶ崎に居た。海岸の松林を背にした家だったが、元副官が謙一をその家の応接間で紹介すると、

「やあ」

と、大将は大声で言い、そのくりくりした眼で謙一をじっと見た。七十を越した老人とは思えないいくらいよく肥えていて、血色のいい顔にはテカテカと艶があった。思いなしか、その特徴のある大きな眼がうるんだようにも思えた。

「今はどこに居る？」

柴垣大将は謙一にきいた。大将はすでに妻を亡くし、娘夫婦に世話されて悠々自適の身であった。

「何をやっとるんだね？」

それから、女房は何年前に貰ったのか、子供はあるのかと、次々に質問した。初対面にしてはひどく家庭的な質問ばかりであった。

「これからはたびたび遊びにくるがええ」

と、別れるとき、大将は中国訛りで謙一にいった。真白い髪が窓から射す逆光に光って

いたのが印象的であった。

その家を出てから駅に向かう途中、元副官の中佐は謙一のポケットに包みを押しこんだ。

「閣下からのお小遣いです」

と、元副官はいった。

「どうしてこんなものをいただくんですか?」

と、謙一はびっくりしてきいた。

「どうしてということはないのですが……まあ、折角ですから取っておかれたほうがいいでしょう」

元中佐は謙一が大将と会ってからあと言葉つきまで変わっていた。

「こんなものをもらう筋合いはないのですが、返してもらえませんか」

「まあ、そうおっしゃらないで。折角の閣下のご好意だから」

元副官は押しつけた。

「閣下はあなたにたびたび遊びにくるようにいわれたでしょう。お言葉に甘えてお伺いしたほうがいいですよ」

元副官は途中別れる前にそうもいった。

「しかし、何も用事がないんですからね。訪問の目的がないじゃありませんか」

「いや、ただ遊びに行くだけでいいんです。閣下もああして老後を悠々と養っておられるのですから用事を持ってお伺いする人もいません。みんな気軽に訪問していますよ。そのほうが、閣下も話相手ができて喜ばれるんです」

謙一が黙っていると、

「ぜひそうなさい。そうだ。では、こうしたらどうでしょうか」

と、元副官は思いついたようにいった。

「閣下は弓を引かれるんです。それで、あなたも弓を習いに行くということでお伺いしたらどうですか?」

「弓ですか。弓とはずいぶん古風ですね。なんだかこの時代には合わないような気がしますが」

二合五勺の配給米を獲得するために国民が騒いでいるころである。イモの買い出しは列車に溢れている。そんなときに弓などを引けるものかと謙一は思った。

謙一が小さなわが家に帰ってからその包みを開けると、百円札で五万円入っていた。当時はインフレが進んでいるときといっても、五万円はまだ十分な値打ちがあった。謙一はおどろいた。どうして柴垣大将がこんな大金を理由もなしに呉れるのだろうか。

そのうち彼はふと思い当たるところがあった。大将の副官だった元中佐が自分を大将のところに急に連れて行ったことといい、大将が初対面にもかかわらずひどく懐かしそうにしていたことといい、自分の過去の記憶に走った。

謙一には両親があった。父は彼が二十歳前に死に、母は彼が二十一のときに死んだ。しかし、母はその死ぬ前二年ぐらいのとき、はじめて彼にその出生の秘密を語った。

実は謙一の父親は亡父ではないという。

母は料亭の娘であった。父は養子である。

謙一もそれ以前からうすうすは自分の父親が違うといったような感じがしていないでもなかった。幼いときの記憶だが、料亭の雇人や客が自分の顔をしげしげと眺めひそひそと話し合っていたのをおぼえている。料亭はその後廃業し、父が雑貨屋をはじめてからはそのようなこともなくなったが、あのころの思い出がいつまでも残っていた。

では、実際の父親は誰かと母にきいたが、それだけは明かしてくれなかった。とにかく今でも現存している偉い地位の人であるというのである。別れるときに今後一切互いの便りもないことにし、かかわり合いを絶つことに約束をしているともいった。昔の花柳界の気質は律義である。母もそれを守ったのだ。その料亭は大きかったので、政財界の人も、偉い軍人さんも客に来ていた。

母はついにその実父のことを彼に打ち明けずに死んだ。もっとも、謙一自身も実父のことをそれほど知ろうとする気持ちもなかった。むしろ、自分を孕ませたまま母を棄てた父に反感を持っていた。

――あの人がそうだったのか。

謙一は、今日会ったばかりの柴垣大将の風貌を思い浮かべた。自分の顔と似ているとは思えなかった。だが、あのクリクリした眼が自分を見つめてうるんでいたのを考えると、やはり柴垣大将がそうだとしか思えなかった。元副官をしていた中佐のヤミ商人が自分に近づいたことも柴垣大将に会わせるための準備のように思えてきた。そう考えると筋道が立ってくる。

そのころ謙一はそろそろヤミ商売に行き詰まりを感じていた。そして伝手《つて》を求めて若葉女専の事務員に採用してもらうよう頼んでいた。貧乏のどん底だった。

柴垣大将はたびたび遊びにくるようにといった。謙一は大将に近づこうと思った。しかし、ただ遊びに行くのでは先方だって家族への気兼ねもあろう。元副官は大将に弓を習う名目で行けと助言した。

謙一は古道具屋から弓と矢を買ってきた。もらった五万円の中からである。それから、弓道を知っている人に、初歩の手ほどきをしてもらった。まるきり、弓矢の扱いも知らないでは柴垣大将のもとに行けなかったからである。

謙一は弓の道具を持って茅ヶ崎の柴垣大将を訪れた。大将はひどく喜んだ。

「今どきの若い者には珍しい、頼もしいやつだ」

大将は現在でも政界にかなりの発言力を持っていた。それは戦前の大将の言動が軍部の反主流で、そのため逼塞《ひっそく》していたから、敗戦後は逆にＧＨＱ筋に重用されていたのである。

謙一は月に一回は必ず柴垣大将を訪れた。彼の嗅覚は、この実父かもしれない大将が必ず大きな利益をくれるものと嗅ぎ分けていた。

しかし、大将も自分が彼の父親であるとは決して名乗らなかった。その片鱗さえ見せなかった。ただ、死んだ母親のことはそれとなくきいた。また謙一を見る眼つきも言葉も他人に向けるものとは違っていた。

「おまえは今何をしている？」

と、大将は弓を引いたあと胸の汗をふきながらきいた。

「若葉女子専門学校という女の子ばかりを集めた学校に出ています」

「教師をしているのか？」

「教師ならいいんですが、それだけの教育を受けていませんので、平の事務員です」

大将は黙った。教育をまともに受けてない彼に責任を感じたようであった。

「若葉女子専門学校というのはどういう学校か？」

大将はきいた。

「小さくてつまらない学校です。校主は近いうちに新制による大学昇格の資格を取るといっていますが、それにしては何しろ敷地も狭く、図書館の本も揃っていないので、資格が取れるかどうか分からないと、だいぶん心配しています。そういう学校です」

「ふうむ」

大将は首をかしげていたが、

「もう少しましな大学に替わる気はないか？」

ときいた。

「教授とか助教授なら別ですが、どうせわたしは事務員にしかなれませんから、どこに行っても同じことだと思います。それに、大きな大学だと、かえってうだつが上がりませんから、今のままのほうが気楽でいいと思います」

「そうか」

その日はそれだけで済んだ。

一週間経って謙一が茅ヶ崎に行くと、大将は裏庭に彼を誘い出し、いっしょに弓を引こうといい出した。

二人ならんで弓を絞っているとき、大将は、

「この前、おまえの学校は校地が狭いといったな？」

と、何気ない調子で話しかけた。

「はい、その通りです」

謙一は答えた。

「どうだ、わしが口を利いて、少し広い土地をその学校に安く払い下げるようにさせてやろうか？」

と、矢を放って大将はいった。矢は真っ直ぐに飛んで標的の真ん中に当たった。大将の顔は満足そうであった。

「そうですね……」

謙一は、どうせ学校の問題だし、自分のような一事務員には無関係なことだと、あまり気乗りがしなかった。

謙一は学校に出ると、柴垣大将の談話を茶呑み話に事務室の主事にいった。

「柴垣大将と知り合いかね？」

と、主事はびっくりしたようにきいた。

「知り合いというほどでもありませんが、人に紹介されて弓を習いに大将のもとに行っているのです。そのときに出た世間話みたいなものです。だから、あまり当てになりません。元軍人というのはとかく大言壮語する癖がありますから」

主事は、とんでもないというように激しく首を振って、

「柴垣大将なら大した存在だよ。あの方は軍人というよりも、むしろ政治家だ。戦前、もし柴垣さんが総理大臣になっていたら、日本も太平洋戦争というバカなことはしなかっただろうね。今も政界方面に隠然たる勢力を残しているから、大将のいわれていることだと、あるいはホンモノかも分からない」

主事からそう聞いたが、謙一はまだ柴垣大将の実力のほどを知らなかった。彼は政界と

か財界とかいうものに未だ興味を持っていないし、知識もなかった。

主事が理事長の大島重太郎にその話をしたらしい。二日経って謙一は大島に呼ばれた。その扱いが初めから奇妙なのである。一事務員に対するというよりも、大事な客をもてなすように理事長室には立派な菓子や果物が出されていた。まだ、そのころはそうしたものが品薄のときだったのである。

「昨日主事から聞いたのですがね、あなたは柴垣大将とご懇意だそうですが?」

重太郎理事長は初めから丁寧な態度でたずねた。

「はあ、特別懇意ということはありませんが、弓を習っているので、一週間に一度茅ヶ崎のお宅へ伺っているのです」

「そのとき大将から、当校のために広い土地を払い下げるように運動してもいいというお話があったそうですが、それは本当ですか?」

「話があったのは事実です。しかし、ぼくはどこまでその話に真実性があるのか分かりませんので聞き流しておきました」

「石田さん」

と、重太郎理事長は両手をテーブルの上に置き、白髪頭を下げた。

「……どうかお願いします」

謙一はびっくりした。理事長は事実上の校主である。その校主がいきなり低頭したので彼のほうが呆気《あっけ》に取られたのだった。

「どうかわたしを助けると思って柴垣大将のお話を進めていただけませんでしょうか」

「しかし、理事長。柴垣大将からはほんの座興的に話があっただけで、それがどこまで可能性があるのやら分かりません。半分冗談ともつかない言い方でしたから」

あの場の空気は必ずしもそうではなかった。が、謙一としては理事長にいきなり大きな期待をかけられそうなので、それを外さなければならなかった。

「いや、柴垣大将なら十分可能性があります。あなたがご存じないだけですよ。大将は現在の首相に大きな発言力をもっていますから、大将から話していただければ政府だって容易にその方針にしてくれると思います。大将のことですから、その敷地というのは多分旧陸軍用地でしょう」

昭和二十三年ごろの国有地の払い下げはまだルーズなものだった。国有地の或るものは占領軍のために使用されていた。当時特別調達庁というのがあって、これらが占領軍のために物資供与の便宜を計らっていた。国有地の管理は杜撰《ずさん》なうえに、こうした特殊の二重構造的なものがあり、したがって民間への払い下げは相当な有力者が介在すれば比較的容易に行なわれた。

また、そのころは東京の住宅は現在ほど市外地に伸びていなかったので、今の若葉学園のあたりは荒蕪地であった。誰一人としてここが将来住宅地に囲まれるようになるとは予想もしてなかった。たとえ、その予想があったとしても、それは二十年も三十年も先のことだと考えられていた。そして、こういう国有地の払い下げは人目につかなかった。

謙一は大島初代理事長から頼まれて、柴垣大将にその国有地を払い下げてもらうべく頼んだ。彼もその運動に次第に真剣になっていった。

やはり大将と弓を引くときだったが、

「この前のお話を学校に話したら校主がひどく乗り気になりましたが、実現性がありますか？」

と、謙一はならんでいる柴垣大将にたずねた。

「おれがあすこを学校に払い下げてくれといえばできなくはないよ」

大将はこともなげにいった。

「相当高い値段でしょうね？」

「おまえの勤めている学校は貧乏か？」

「非常に貧乏です」

「では、いいように考えてやろう。なるべく安く、しかも何カ年間の年賦で済むようにしてやろう」

「理事長を、こちらに伺わしたほうがよろしいでしょうか？」

「その必要はない」

と大将は言い、矢を的に放った。

「話が決まったら、その役人に理事長が会えばいい。おれは周旋屋《しゅうせんや》じゃないから、そんな面倒な話には入りたくないよ」

謙一が大島理事長にいうと、大島重太郎は狂喜した。

「どうもありがとう。そこまで柴垣大将がいってくださるなら成功は間違いないです」

と、謙一の手を固く握ったのである。

それからは大島理事長の謙一に対する態度が変わってきた。今までは平事務員として権《けん》柄《ぺい》ずくな様子だったが、その話が決まってからの大島は謙一を下にも置かぬ待遇であった。

「石田さん、よろしくお願いしますよ。学校が生きるか死ぬかはあなたの手一つにかかっています。ぼくはこの通りです」

と、大島は実際に手を合わせた。

あとで述懐した大島の話によると、そのころ彼の学校経営は困難となり、投げ出しを覚悟したほど行き詰まっていたのだった。大島には予期もしない幸運を運んでくれた謙一が神にも仏にも見え、その背中に後光が射しているように映った。

二万坪以上の旧陸軍用地が信じられないくらいの安さで大島重太郎の手に入ったのは、それから三カ月のちであった。この場合、払い下げを受ける側が学校法人だったので、それがたいそう役に立った。当時、ＧＨＱの方針は新しい教育行政に乗り気であった。

謙一は、以上のような経過で大島理事長に恩を売った。広大な旧陸軍用地が問題にもならないような安い値段で、若葉学園の手に落ちたのは、ひとえに謙一のおかげであるから、大島理事長はどのように彼を待遇しても鄭重《ていちょう》に過ぎることはなかった。その地に移転した若葉女子専門学校は、たちまち新制大学の認可を受け、校舎も立派なものを建てることができた。

それはやはり土地を持っている強さである。大島理事長は土地を担保に銀行から金を借りることができたのである。また後援者からも寄付のほか相当な融通を受けることができた。もとより、そのようないきさつで払い受けた国有地を学校が抵当にしたり担保にしたりして金を借りるのは違法である。だが、土地を所有していることの強さは、銀行からの融資も他のほうからの融通も極めて円滑に運ぶことができた。銀行の担保の設定にしてもいくらでも抜け道はあったのである。

謙一は間もなくその功績で若葉学園の理事になった。一事務員から理事に昇格したのは破格の出世だが、大島理事長からすれば、これぐらいの待遇でもまだ足りないはずだった。

謙一は有能な実務家ぶりを発揮した。大島理事長の懐ろ刀となって学校の運営に当たった。そのころは大島理事長の独裁であったから、すべての決定は大島の意志によってきまった。だが、それを実務のうえで遂行するにはそれだけの事務屋がいなければならない。謙一はまさにその適任者であった。そのころの謙一は大島理事長の懐ろ刀であり腰巾着であった。

初代の学長を呼ぶときも謙一の補佐が相当に利いている。前にもいう通り、大島理事長は三顧の礼をもってその学長を迎えたのであるが、就任を渋る国立大学教授は、大島理事長の熱意というよりも、謙一の執拗な攻撃に半ば動かされたかたちだった。大島理事長としては学校の盛名を得るためには、どうしても権威ある学長を飾りにしなければならなかった。この成功はさらに理事長の謙一に対する信任を大きくすすめさせた。

――旧陸軍用地を若葉学園のものにさせた恩人の柴垣元大将は、それから三年後に茅ヶ崎の宅で老衰により死んだ。大将の死後、謙一が柴垣の落胤《らくいん》であるという噂が相当にひろまった。それは、ある日突然訪ねてきた謙一に、それほどの好意を見せたのは普通ではないというのである。また彼の母が元料亭の娘であったこと、その夫が養子だったこと、その料亭には政治家や高級将校が出入りしていたことなどから結びつけた噂だったが、柴垣と謙一の容貌には似通ったものは何一つなかった。しかし、多くの人びとはそれを彼の顔を母親似ということにして落胤説を信じたようである。

事実、謙一に露骨にそのことをきく人もあった。

「そんなことはありません。ぼくは親父の子ですよ」

と、謙一は笑っていったが、その答え方がどこか曖昧なので、柴垣大将落胤説をますます信じさせる結果になった。あるいはわざと曖昧に答えることによって謙一がその効果を狙っていたともいえる。

大島重太郎理事長が死んで弟の圭蔵があとを継いだが、このとき学長と衝突があった。圭蔵は教育にはズブの素人で、地方官庁の役人上がりであった。それで妙に身についた役人意識が、若葉学園の理事長になると、その権力を発揮したくなってきた。圭蔵によれば、学長は飾りもので、理事長の方針に従わなければいけないという。その点は会社の社長や大臣などとは違うというのである。むしろ理事長が社長であると考える。

この観念は当然に昔気質《かたぎ》の学者意識を持っている学長と合うはずがなかった。学長は、教育と学校の経営とは全く別なもので、学園の教育行政に関しては理事長は差し出口をすべきでないという。教育と経営とは分離されるべきもので、理事長はむしろ教育方針に従って経営を行なうべきだと主張する。

圭蔵によると、自分が資本を持ち経営してゆくのに、そんなバカなことはないという。金だけ出せといって、あとは黙っていろでは理屈が通らない。また教育行政うんぬんというが、経営主も当然教育方針には参加し、学長と意見が異なった場合、経営権は学長の意見に優先するといった。要するに圭蔵の考えは、雇われマダムには実権がないというところである。

私立大学の教育は学長のものか経営者のものかというのは、のちになるとやかましい問題になったが、このころはそれほど世間に大きな姿として映らなかった。普通だと、教育の民主主義というところで教授側が一団となり、学生もまた教授側について騒ぐところだが、そこまで発展しなかったのは謙一の功績であった。

謙一は圭蔵の側につき、どうにか無事にこの難問題を切り抜けた。頑固だった学長も彼の説得で折れた。一つには圭蔵理事長に嫌気がさしたのである。

圭蔵は、このとき大いに喜んで謙一を徳とした。すでに広大な国有地を取得したときから彼の功績は認められていたのだが、こうなると二代に亙《わた》って彼は犬馬の労を尽くしたことになる。事実、圭蔵理事長は、謙一が自分の右腕となって意のままに手腕をふるってくれるものと期待していた。謙一が専務理事という役職になったのはそれから間もなくである。

謙一は、圭蔵理事長が後任学長に老齢の国文学教授を持ってきたときも反対しなかった。どうせ圭蔵は学長をロボットにするつもりが分かっていたからである。それなら初めからロボットを持ってきたほうがさっぱりする。

圭蔵が目に余るような横暴ぶりを発揮したのはそれからである。地方役人の根性が抜けず、妙に威張りたがる。前の理事長はそんなことはなかったが、圭蔵は理事長という肩書で全学生に講話を行なう。それが少しも面白くない、感覚ズレのした話ばかりだった。さながら圭蔵は学長の上に自分を置いて学生に誇示しているようであった。

そのくせ金銭には極めて吝嗇《りんしよく》である。せっせと私財をためることに余念がない。学園の購入費は惜しむ代わり、名目さえあればすぐ自分の私財に金を繰り入れてしまう。そのうえ圭蔵は女好きであった。

女

石田謙一は夕方六時半に学園を出ると、渋谷に車を走らせた。途中、思い出したように、公衆電話をかけるからといって車を停めさせた。

彼はボックスに入り、ダイヤルを回した。手帳を開かないのは始終電話している先だからである。

「はい、ウインザーでございます」

男の声である。ウインザーはバアの名前だった。

「井上君か」

謙一は軽くいう。

「あ、先生で……少々お待ちくださいまし」

バーテンの声が引っ込むと、きれいな女の声に変わった。

「はい、わたしです」

加寿子の声だった。名前を言わず、わたし、というのは特殊な関係にある女の言い方であった。

「いま近くに来ている。夕食でも食べようか。まだだろう？」

「ええ」

「少し話もあるし、そうだな、ホテル・オオヤマのロビーで待っていてくれるか。いっしょに食堂に行こう」

「分かりました」

「すぐ出かけられるかい？」

「すぐ出ます」

謙一は電話を切って車に戻った。六時半のバアというと、もちろん客のこないときである。

謙一は運転手に変更した行く先をいった。一流ホテルに行くのだから、これは運転手に怯《ひ》け目はなかった。

ホテルの前で降りて車を帰し、玄関を入ったすぐのロビーに行くと、加寿子の姿はすぐに分かった。広いロビーだが、奥のクッションから起ち上がった女がいる。白っぽい和服であった。黒い帯が胴に締まっている。両方で歩み寄り、何となくいっしょに腰を下ろした。

「話って何です？」

加寿子は、それが特徴の大きな眼を彼の顔に向けた。いつも潤んだような眼をしている。

「まあ、飯を食いながら話す」

「気にかかるわ」

「なに、大したことじゃない」

「でも、わざわざ電話でそうおっしゃるんですもの」

「電話でいうほどでもなかったんだがね、つい、ほかにいうことがないから、そんなことが口に出た。気にするような話じゃない」

突然、横にいたアメリカの中年女三人が大きな声をあげて笑った。二人は起ち上がった。ダイニング・ルームのほうへ降りて行き、窓際に席をとった。総ガラスの窓は日本庭園を映している。池があり、松の生えた中の島があった。

メニューを見て相談し合い、料理を注文したあと、加寿子は煙草をとり出した。謙一がライターをつけてやると、煙を吐き出した加寿子が、

「話って何？」

と、彼の顔を遠い距離から眺めるようにした。

「いや、ほかでもないがね、私立探偵社に頼んでほしいことがある。ぼくの名前で頼むのは困るのでね」

私立探偵を使うのに自分の名前では困るから、君の名前で頼んでほしい、と謙一から聞

いた加寿子は眼をあげて、

「それはどういうこと？」

ときいた。

「学校関係の人間で近く学生について関西へ行く人がいる。その行動を調査してもらいたいのだ」

謙一はいった。

「そうすると、それは男の先生と女の先生なのね？」

「まあ、そうだ」

「変じゃない？　あなたは、その女の先生に興味があるの？」

「つまらないことをいわないでくれ。目的はその女じゃない。男のほうだ」

「男の素行調査をするわけね。じゃ、かねてからその二人は怪しいのね？」

「非常におかしい」

「そんなことまで専務理事が気をつかうの？」

そこにボーイがスープを持って来たので、二人は皿がおかれるまで黙っていた。

「専務理事の責任といえば責任だがね」

と、謙一がスプーンで皿を掻きまぜながらいった。

「部下にいろいろな人をもつと、それなりの心づかいがあるのね」

加寿子は上品にスープをスプーンですくっている。

部下ではない。相手は理事長である。しかし、いま、そのことを加寿子に言っていいかどうか分からなかった。詳細なことはいずれあとでいわなければならないが、彼女の反応を見て切り出すことにした。

「その旅行は差し迫っているの？」

「急ぐ。実は二日後に出発するんだ。君、どこか知っている私立探偵社か興信所はないかね。女の子を雇うから頼んだこともあるだろう？」

「バアの女の子を雇うのにいちいち身元調査などはしないわ。でも、それは電話帳を見てなるべく大きそうな所に頼んだらいいじゃないの？」

「やってくれるかね？」

「わたしがそこに出向いて依頼してみるわ。あなたのためだもの、それくらいはやるわ」

加寿子は、ナプキンで口の端をちょっと拭って笑った。謙一は、それで安心した。声を低めて、

「君、さっき相手の男は部下だといったが、そうじゃないんだ。実は……」

と、前にかがんだまま上眼づかいであたりを見回し、

「理事長なんだ。理事長というのは、つまり学園の経営者、主人だな」

「まあ」

と、加寿子は眼をみはった。

「それ、どういうことなの？　まさかあなたがその学園主のスキャンダルをつかんで、それでもっと有利な地位に就こうというわけじゃないでしょうね？」

「そんな野心はおれにはないよ」

といって、謙一はスープを一さじすすった。

加寿子は、謙一のいう大島理事長の名と、相手の秋山千鶴子の名前を小さな手帳に書き取った。それから、学生を引率して泊まる京都の宿の名と、奈良の旅館の名前とを書きとめた。

「相当に費用はかかるわね」

と、加寿子は私立探偵に頼む調査費のことをいった。東京から京都、奈良に出張するのに、そのぶん私立探偵社の旅費がかさむ。

「それは仕方がない」

料理を食べながらの話であった。

「それに、京都と奈良だけで済めばいいがね、二人はそれからどこかに行くかもしれない。つまり、学生の引率任務を離れて二人だけで自由行動をとるかも分からないんだ。そうすると、もっと日数がかかるだろうな」

「あなたも、ずいぶん気を入れて調べるのね」

「いろいろと事情があってね」

「この秋山さんという方、きれいな人？」

「もう三十を越した女でね、おかしな顔つきだよ。男には全く魅力がない女だ」

謙一は秋山千鶴子のことを必要以上に悪く言った。

「そんな方にどうして大島理事長は興味を持たれるのかしら？」

「大島さんも今までさんざん女遊びをしてきたが、結局、そういう不美人のほうにいいところがあるんじゃないかな。それに、あの人も年だし、若くてきれいなというのはもう彼に寄りつかなくなっているよ」

「大島さんは好男子なの？」

「若いときはもてただろうな。今でも白髪だが色は白いし、くたびれた殿さまみたいな顔と思えばいい」

「その顔、想像できるわ」

「無能なくせに野心ばかり多くてね、それにとてもケチなんだ。そして女に目がない。そういう人格も考えられるだろう」

「そうねえ。分からないことはないわね」

と、加寿子は煙草を吸っていった。

謙一は、加寿子が私立探偵依頼のことを承知したので少し心が軽くなった。すでに、これで大島理事長の尻尾《しっぽ》をつかんだような気になった。

「今度はわたしのほうがあなたに少し話があるの」

と、加寿子は煙草を灰皿の上に置いていった。

「何だい？」

謙一は、金のことかと思った。これまで店の経営が苦しくなるたびにかなりまとまった金を出している。もっとも、それは彼の自腹ではなかった。金の出所については他人にいえないことがある。

「うちにルミ子という女がいるでしょ。二十三だけど、ちょっと見ると、十九か二十歳《はたち》ぐらいにしか見えない女よ」

「ああ、背の小さい、眼のくりくりした女だな？」

「そう。あの子が今朝警察に喚《よ》ばれて調べられたのよ」

「警察に？　何をやったのだ？」

「ほら、今朝の新聞に麻布のほうで三人組の強盗が入って人に騒がれ、逃げたという記事が載ってたでしょ。まだつかまらないけど」

謙一は、加寿子が麻布に入った三人組の強盗のことをいったので、ドキンとした。

謙一も実は今朝の朝刊でその強盗未遂記事をよんだが、格別なことは書いてなかった。

ただ、犯人が分からないこと、その目撃者の話では、その姿から十七、八の少年らしいことなどが簡単に報道されていた。しかし、とにかく、それが息子の恭太とは関係なかったので、大いに安心した。恭太が強盗の仲間に入っているよりは、むしろ親に抵抗しているほうがまだありがたいような気がした。万一、恭太が強盗でも働いたら、親の自分も若葉学園のほうは辞職ものである。今、せっかく苦心している計画のすべてが崩壊するのだ。

だが、折も折、加寿子は自分の店に働いているルミ子がその強盗のことで警察に調べられたというのだ。これは聞き捨てできなかった。

「今朝、彼女から電話があったの」

と、加寿子は眉を寄せていった。が、加寿子は謙一の懸念など知るはずもなく、店の子がそんなことで警察に事情を聞かれたというのが愉快でないだけである。

「ルミ子はどうして警察の訊問を受けたのかい？　何か関係があるのか？」

「関係は全然ないのだけれど、彼女のもとに遊びにくる子供たちの中にその年かっこうの不良学生がいるらしいの。それが警察の聞き込みで分かったのね。ルミ子は麻布のアパートを借りているわ。だから刑事の耳にそれが入ったのね」

「ふうむ。それで？」

「電話の話だから詳しくは聞いていないけれど、関係はないといってたわ。それで、すぐ警察から帰されたといっていたけれど、朝っぱらから縁起が悪いって、ルミ子、こぼしていたわ」

「彼女がつき合っている学生というのはどういう種類だね？」

謙一は、それが気にかかった。

「まだチンピラだわ。高校生もいるし、浪人もいるし、大学生もいるらしいわ。彼女はそんな子供に妙な人気があるのね」

謙一は、高校生や浪人がルミ子の周りにいると聞いて不安になった。まさか恭太がルミ子のもとに行っているのではあるまいが、やはり一抹の危惧がある。しかし、これは加寿子にも自分の口からは先にいえなかった。彼女の話から察するほかはなかった。

「ルミ子のぐるりには、そんな不良少年がいるのかな？」

「彼女はちょいとした姐御《あねご》気取りらしいわ」

「うむ。ズベ公か？」

「ズベ公って何？」

「戦前のことだがね、浅草あたりにズベ公というやつがいた。つまり、ルミ子みたいに不良少年を集めて姐御を気取っていた不良少女だ。今でいう非行少女だな。ルミ子って、そんなやつかね？」

「そんな悪い女じゃないわ。彼女は店で働いている一方、原宿の近くで小さなアクセサリーの店を出しているわ。もっとも、友だちと共同出資だといってるけれど」

「なかなかの事業家だな」

「ああ見えてもガッチリしてるからね。そこに女の子が友だちの男の子をつれてやってくるらしいわ」

謙一は食事を終えると、

「どれ、じゃ、ちょっと君の所に寄ろうかな。今日は少し疲れた」

といった。加寿子が向かい側から彼をじっと見てうなずいた。疲れたというのは横になるという意味で、彼女だけに通じる。

ホテルからタクシーに乗って青山の加寿子のマンションに向かった。

「さっきの話だけど」

と、加寿子が車の中で小さな声で謙一にいった。

「ルミ子は、さっきもいったように、原宿近くのアクセサリー店に昼間は出ているけれど、そこはちょっとしたお洒落《しゃれ》な洋服も売っているのよ。若い人向きのものばかりだけど。それで若い女の子がよく遊びにくるんだけど、その連中がボーイフレンドも連れてくるのね。ところが、ルミ子は男の子たちに人気があって、最近は男たちだけでも店に遊びに来ているといってたわ」

謙一がホテルで聞いた話のつづきかと思っていると、

「その男の子たちの中にあなたの息子の恭太さんもいるらしいわ」

と加寿子がいったのには彼の胸が波立った。

「え、それは本当かい？」

と、びっくりしてきき返した。

「そうなの。ルミ子はそういってたけれど。そしてあなたには内緒にしてくれとわたしに頼んだけれど、こんなことはやっぱりあなたにいったほうがいいと思って」

謙一は、せっかく今まで強盗事件に恭太が無関係だと安心していたのに、頭の中に黒い雲がにわかにひろがったような気がした。

煙草をとり出してライターをつけ終わると、

「しようがない奴だ」

と、煙を吐いた。落ちついたところを加寿子に見せようと思いながらも、やはり平静にはしていられなかった。

加寿子がその謙一をチラリと横目で見て、

「恭太さんというのはまだ高校三年でしょ？」

といった。前に彼女には話したことがある。

「うむ」

「近ごろは、そういう年ごろなのが女の子と遊びたがるのね。はじめて女の子と遊ぶので夢中になるらしいわ」

と、自分でも煙草をくわえた。

「遊ぶってどの程度だ？」

謙一は不安になってきいた。

「大したことはないわ。だってまだ子供だもの。そりゃ女の子のほうがずっとオトナだわ」

「恭太がルミ子の店に行きはじめたのは、やはり女の子の友だちの手引きからかい？」

「そうらしいわ。でも、一人じゃなくて、恭太さんの友だちの女の子が連れて行ったらしいの。ルミ子の店に行くときでも三人か四人いっしょらしいわ。まだ一人では行く勇気がないようね。また一人で行っても高校三年生ぐらいではルミ子にも相手にされないでしょう」

「その店に行って金を使っているのかい？　いや、その恭太や友だちのことだが」

「やっぱり何か買わないといけないでしょうね。みんな小遣いを持ってるわ」

謙一は恭太の話を聞いてから息子に対する不安が増してきた。彼の眼には恭太が友だちといっしょにルミ子の店に行き、彼女のご機嫌を取っている様子がまざまざと浮かんだ。

加寿子も少年たちがその店で買物をしているというのだ。女の気に入られるためには子供も店で何か買わなければならない。

「そこでは、子供たちは金をどのくらい使っているのかい？」

「さあ、よくは知らないけれど、みんな相当お小遣いを持ってるといっていたわ」

加寿子は煙草の煙を吐いて、

「心配?」

ときいた。

「うむ」

謙一は浮かぬ顔で返事をした。憂鬱な顔になった。

「……お父さんは教育家だから恭太さんが変なことになるとは思わないけれど」

友だちが悪いのだと謙一は思った。近ごろ恭太のすることがだんだん大人《おとな》びてきている。謙一はそれを今まで子供の成長のせいだと思っていたが、加寿子の話を聞くとそうではなかった。

子供でも、そんなことをすると金がかかる。また友だち同士でバアに行くこともあるに違いない。

謙一は三人組の強盗が恭太でなかったという安心が、ここで動揺してきた。恭太がいつ、第二の三人組の強盗になるかしれないのである。彼は背中が寒くなってきた。

「ルミ子に恭太をその店にこさせないようにいってくれないか」

と、謙一は加寿子に頼んだ。車の窓には青山の灯が流れていた。

「いいわ、わたしからそう言っておくわ」

「頼むよ。ほんとにそれがつづいたら困るんだ」

車は表参道のほうに曲がった。はじめアパートの灯が映ったが、やがてレストランや中華料理店、バアといった華やかな灯に変わる。加寿子が謙一の膝をつついた。

「ルミ子の店、ここよ」

指さしたのは小さな店であった。狭い入口だが、華やかな照明である。洋服生地やアクセサリーなどの美しい色彩に灯がきらめいていた。車はすぐにその前を通りすぎたが、チラリと見たその店の華やかな明るさが、暗い中に幻影の窓のように眼に灼《や》きついていた。

「なかなかきれいな店じゃないか」

と、謙一は印象をいった。

「お洒落の店だから、狭いけどきれいに飾っているわ。ああいう夢みたいな雰囲気にしないと若い人はこないらしいわ」

「相当金がかかっているね。スポンサーは誰だい？」

「彼女は自分の友だちと共同出資だといっていたけれど、スポンサーは奥に隠れているようね」

「店には女の子を雇っているのかね？」

「ひとり、若い女店員がいるけど、それは看板にはならないらしいわ。共同経営者の女の人は年増で、その人が夜の留守番代わりに出ているの。だから、ルミ子はうちの店が閉店《はね》ると自分の店にまっすぐに帰っているわ。遅くからくる客を待つのよ」

加寿子の居るマンションの部屋は、八畳二間に四畳半、それにリビングキッチンが付いているという贅沢なものだった。近所はほとんど重役クラスの人間が入っている。そのほかテレビや映画の俳優もいた。六階の部屋から見下ろす夜景は美しい。

加寿子がここに移ったのは半年前からで、その時期が謙一と彼女との交渉のはじまりだった。小さなバアのマダムにしてはこの部屋は贅沢すぎた。

加寿子は昼間は通いの中年女を雇っているが、夜はほとんど一人で居る。だが、店が済むと、彼女の友だちや店の女の子を連れてきて泊めることがあった。謙一が電話した日は断わっている。

謙一は狭い風呂に漬かりながらまだ恭太のことを考えていた。どうも加寿子から聞いた話が気持ちにひっかかる。加寿子はルミ子にいって恭太を店にこさせないようにするといっているが、恭太のほうでそれを承知するかどうか疑問だった。そんな遊びを覚えた恭太は、いま面白くて仕方のないときである。たとえルミ子が断わっても、友だちといっしょに店に押しかけるに違いない。そこまでルミ子が強硬に恭太に言えるかどうか疑問であった。

これで恭太のことがなかったらどんなにいいかしれないと謙一は思う。まったく万事うまく行っているのだ。もし恭太の問題さえなければこの世に何の不安もなかった。ただ、この息子だけが青空の一点に浮かんだ黒雲のような存在である。やれやれ、と溜息が出る。

と同時に、そんな息子に憎しみを覚えた。

「加寿子」

と、謙一はそこから呼んだ。

浴室の曇りガラスのドアが開いて加寿子の顔がのぞき、

「お風呂、ぬるいんですか？」

ときいた。

「いや。ルミ子のことだがね」

謙一がいうと、加寿子は黙って彼の顔を見ていた。

「ルミ子は君のいう通り、恭太を店にこさせないようにできるのかね？　これは強くいってもらいたいんだが」

「あの子は利口ですから大丈夫でしょ」

「できるなら、いっしょにくる恭太の友だちも断わってもらいたいのだがね」

「ずいぶんきびしいのね」

「考えてみると、やっぱり心配なのだ」

「あなたにもそんな心配があるの？」

「もちろん、わが子には違いないからね」

「あなたはお父さんだし教育者だから、自分の子供ぐらい何とかなるでしょ」

「教育家ではないが、父親には違いない。ところが、今の父親は子供には全く無力なんだ。親のいうことより、むしろ他人にいってもらったほうが素直なんだよ」

「ルミ子にはあなたの心配をよくいっておくわ」

「頼むよ」

「でも、世の中は広いようで狭いとはよくいったものね。まさかあなたの息子さんがルミ子の店に遊びに来てようとはね」

「おれもそれを考えていたところだ。話を聞くまで思いもよらなかったよ」

風呂から上がると、ベッドの用意ができていた。

謙一が家に戻ったのは夜中の一時ごろだった。

玄関の戸を開けた妻の保子が顔を見るなり、

「恭太がまだ帰りませんよ」

と、鋭い声でいった。それが今まで、うかうかと外で遊んでいる夫の責任だとでも言いたげだった。妻の直感で、女と遊んできたくらいは察している。しかし、言葉には出さなかった。

謙一が黙って部屋に通ると、戸締まりをした保子が追ってきて、

「恭太がどこにいるか知りませんか?」

と、つっ立ったままきいた。

「おまえに心当たりがないのならおれに分かるわけがないじゃないか」

と、謙一も不機嫌に答えた。近ごろ頻繁に外で泊まる恭太に腹が立った。

保子は夫を見つめるようにして、

「今日の昼間、警察から刑事さんが来て恭太のことをきいて行きましたよ」

と投げつけるように言った。

「なに、刑事が？」

謙一は、はっとして保子の顔を見返した。

「本当か？」

「二人連れで来て恭太の友だちのことを訊いて帰りました」

「友だち？　恭太のことじゃないのか？」

「友だちのことをきくのですから、恭太のこともきいて行きましたよ」

「友だちは何という名前だ？」

「伊東とか小山とか言ってましたよ」

「伊東と小山？」

謙一にもはじめて聞く名前だった。

「恭太とその友だちとどんなつき合いをしているのかと、根掘り葉掘りきいて帰りました」

「お前は、伊東と小山という恭太の友だちを知っているのか？」

「知りませんよ。あの子は友だちのことは何もわたしに教えたことがないんですもの。刑事さんからきかれても何一つ答えられなかったわ。まるで親のようでないような気がして、わたし、恥ずかしくなったわ」

保子は、そうしたことも全部父親の謙一の責任だといいたげな顔つきだった。

「その友だちがどんな悪いことをしたというんだ？」

謙一には、三人組の強盗のことが頭の中にひろがっていた。と同時に、ルミ子の店に遊びに行く高校生も浮かんだ。彼の眼には、原宿の暗い通りに、そこだけが飾り窓のように灯の華やかな店が見えていた。

「わたしもきいたけど、刑事さんは口を濁してはっきりといいませんでした」

保子も恭太のことが気になってきたらしく、はじめて彼の前に坐った。

「それは近ごろ人権問題がやかましいので、被疑者の段階では他人に犯罪内容をいわないのだ。殊に未成年ではね。だが、刑事の言葉から、それがどのような内容のものかぐらいは、ほぼ察しがついただろう？」

謙一は自分から先に三人組の強盗のことを言うのがおそろしかった。

保子も答えなかった。

「恭太の部屋は閉まっているだろうな？」

と、謙一は保子にきいた。

「ええ、鍵がかかっていますよ」

保子は、やはり不機嫌に答えた。鍵は恭太が肌身はなさず持っている。秘密の部屋を両親に無断では絶対に見せない。

「開ける工夫はないか？」

「開きませんよ。変にコジ開けたりなどしたら、あとで恭太がどんなに怒るか分かりません」

妻は息子の暴力を恐れていた。そういうときの恭太は野獣であった。家の中に野獣を飼っているようなものだった。

謙一はゆうべ、恭太の部屋に女持ちのハンカチがあるのを見ている。それは本の間からのぞいていた。ピンク色の縁取りをしたハンカチである。あれも、恭太がルミ子の店で買ったのではあるまいか。大事そうに本の間に保存しているところがそう思える。

「おまえ、恭太にどれだけ小遣いをやっているのだ？」

保子はすぐには返事をしなかった。が、

「ひと月五、六千円です」

と、低い声で答えた。

「それは夜学の月謝料も含んでいるのか？」

「そうです。夜学だって三千五百円ぐらい取られますからね。あと、参考書だの、ノートなど要るようです」

「下着だとか、散髪代だとか、そういうものは別だろう？」

「そうです」

すると、恭太が小遣いとして使うのは月に千円か二千円ぐらいである。それだけで恭太がやってゆけるとは思えなかった。

「それで足りるのか？」

「いいえ、ときどき三千円ぐらいは間に持って行きます」

「それだけか？」

「……それだけです」

謙一は、保子は嘘をいっていると思った。もっと金を与えているに違いない。恭太は小遣いを取るとき母親を脅迫しているに違いなかった。

だが、それにしても絶対額は知れている。ルミ子の店で買物をしたり、友だちと何か食べたりしたら、そんな小遣いぐらいで足りるものではない。

謙一は、ずっと前に新聞に出た高校生の強盗のことを思い出した。その高校生はナイロンの靴下で覆面をして侵入した。あとで調べたら、仲間はいずれも良家の子弟であった。

謙一は、恭太の部屋で見たピンク色のハンカチが決して安物でないことを知っている。

ルミ子の店は、そういう高級な品ばかりを売っているのであろう。すると、それを買う金に困ってくる。恭太の友だちが最近の強盗事件のことで刑事から調べられたというのも、そうした贅沢な買物や遊びに窮したあげくであろうと思うと、いつ、それが恭太の行動になるかもしれない。

謙一は、息子の非行もさることながら、それによって起こる自分の地位の不安におびえた。

理事長の出張

大島理事長が謙一の部屋にひょっこり顔を出した。

「おや、これはいらっしゃい」

と、謙一は椅子から起ち、どうぞ、と来客用の椅子に理事長を導いた。

「ご用があれば、わたしのほうから伺いますのに」

「いや、あなたも忙しいだろうから」

大島理事長は高貴な顔に、やはりノーブルな微笑をたたえて穏やかな声でいった。

理事長は今でも若いときの美貌を想わせるように端麗な顔でゆっくりと椅子に腰を下ろした。

秘書の岡本があわてて紅茶を食堂に取りに行った。

大島のほうから出向いてくるのは何か頼みごとがあってのことだ。普通の事務上の用事だったら、もちろん、謙一を理事長室に呼びつけるはずだ。謙一には大島が自分からのこのこやって来た用件に察しがついていた。

「今日はいい天気ですな」

と、大島は窓の外の明るい陽射しを眺めていった。

「このところ天気がつづきます」

謙一は、そういってから、思い出したように、

「そうそう、今回は学生に京都や奈良の古美術についてご講義をしてくださるそうで、ありがとうございます」

と、礼をいった。これは理事長のきた用件に先手を打ったのである。

「いや、余計なことをして君に文句をいわれるのじゃないかと思ったがね」

と、大島はにこにこしていった。専務理事のほうから先に礼をいってくれたのでご機嫌だった。つまり、大島がここに来た目的は、その学生の旅行に付き添って行くことで了解を求めるつもりだったのだ。女のことがあるので、さすがに大島も気がひけるらしい。

「どういたしまして。理事長の造詣の深いところを学生に話していただいたら、今回の見学旅行も一段と有意義になります」

謙一は如才のないところを見せた。

「いや、大して知識を持っているわけではなし、また専門的なことは知らないが、それでも学者のいわないことは話せると思ってね。ああいう見学では堅苦しい話をしてもはじまらない」

「そりゃそうです。現地講演ではありませんから」

と、謙一は何もかも理事長の意志に同意した。

「ただ」

と、謙一はわざと気の毒そうにいった。

「学園の規定として、理事長に行っていただいても教師並みの旅費しか差し上げられないのがお気の毒です」

「そりゃ分かっていますよ」

と、大島は鷹揚に笑った。

「わたしもべつにお礼を貰うつもりで行くわけじゃなし、また特例を認めてもらっても困る。なにしろ、学生のためだから、手弁当ででも出かけようと思っているくらいだからね」

大島理事長は、紅茶を喫《の》みながら四十分近くも謙一と話しこんだ。

「理事長は最近お国入りをなさいましたか？」

謙一は雑談のようにきいた。

大島圭蔵の祖先は和歌山県である。戦国時代は守護職の家臣だったが、主家を倒して覇を唱えた地方武将の一人である。徳川幕府になっても存続した、その地方では名門の家筋であった。

「いや、このところ、とんとご先祖のお墓参りもしていない。何やかやと忙しくてね。気にはかかっているのだが……」

大島は、その話題が出たので急に眼を輝かした。謙一は彼の表情を内心で偵察していたが、

「いかがですか、今度、学生の見学が済んだら、京都からでも奈良からでも和歌山県においでになっては？」

と、水をむけた。

「おお、そうですな、そりゃ、ちょうどいい機会かもしれませんな」

大島は、謙一のすすめを聞くと、その顔をいっそうに明るくして言った。

謙一は、やっぱりそうだったと心の中でニヤリとした。

理事長が自分から謙一の部屋に足を運んできたのは、実は京都で学生からはなれてよそに回りたい了解を求めにきたのである。名目だけでも学生の引率者ということになっているし、そのための出張旅費もとっているので、途中で学生を勝手にほうり出すことはできない。私用を弁ずるためには謙一の了解が要る。

ただそれだけなら大島もフランクに言えるのだが、彼は学生課の秋山千鶴子を同行しようと考えているらしい。秋山千鶴子といっしょだから、さすがに気がとがめるのである。

大島は自らこの部屋に来て、公用から私用に切り換える旅行の口実を説明するつもりだっ

たのだが、謙一から先に言われて、助かったという気持ちになったのだろう。それが、彼の表情の輝きによく出ている。謙一からいえば思うツボであった。

「そうなさったほうがいいでしょう。折角の機会ですから、足をお伸ばしになったらと思います」

謙一は親切そうにすすめた。

「じゃ、そうしましょう。君はいいことを言ってくれた」

大島はよろこんでいる。いくら理事長でも、学生の引率から途中で離れたことを事後承諾で済ますのには気がさすらしかった。女連れだからよけいに気が怯《ひ》けるのである。

「おひとりで大丈夫ですか？」

と、謙一はさらに言った。

「和歌山くらいなら大丈夫とは思うけどね。ただ、近ごろ足が少し弱くなっている……」

大島はますます謙一の考える方向に近づいてきた。

「……それで家の者でも呼ぼうかと思っているが、家でも手がなくてね」

と、大島は思わせぶりなことを言って、チラリと謙一の顔色をうかがった。

学生課の秋山千鶴子が専務理事室におずおずと入ってきた。秘書の岡本は中座させた。

秋山千鶴子は背の低い女だ。少し肥えているので全体がまるこい感じがする。きれいな顔ではないが、年齢より若く見えるのは短い結婚の経験を除けば、あまり男性関係がないせいであろう。謙一からみて全く食欲の起こらない女であった。それをどうして大島理事長が思いを寄せているのか、さっぱり分からない。すでに、若い女は彼の手からほとんど届かない所にいる。彼としては最後の女かもしれなかった。

秋山千鶴子はうす化粧していた。服装も地味だ。一度の結婚経験はやはり彼女を落ちつかせている。謙一の前では柔順だが、学生間の話では理屈も相当にいう女だということだった。

謙一に呼ばれた秋山千鶴子は、両手を前で組み合わせ、頭を軽く下げていた。あまり艶のない髪だが豊富である。胸は厚く張っていた。

「今度、村田先生や石塚先生といっしょに学生の見学について行かれるそうで、ご苦労さまです」

と、専務理事は彼女にやさしい言葉をかけた。秋山千鶴子は、その頭を低く下げた。

「あなたはもう三度も京都と奈良には学生といっしょに行っていますね？」

「はい」

秋山千鶴子はうなずいた。

「それならもう馴れていますね。事故のないように気をつけてください」

「はい」

「特に身体の弱い学生は汽車などに酔うかもしれない。また宿で気分の悪い者が出てくるかも分かりませんが、その辺すぐにでも手当てができるよう、応急手当ての薬など必ず用意してください。それから、学生で少しひどい発病者が出たら、必ずすぐ土地の医者に連絡するように」

「分かりました」

「今までそういう例がありましたか？」

「滅多にございません。一度だけ、汽車に酔った学生がありましたが、それは京都に着いて間もなく恢復《かいふく》しました」

「そうだ、これはあなただけでなく、石塚先生にもよくその点をいっておいてください」

「はい、そういたします」

「というのは、すでにお聞きでしょうが、理事長さんが見学旅行について行ってくださることになっています」

「はい」

と、秋山千鶴子は軽くうなずいた。謙一は彼女の顔を見ないようにつづけた。

「学生よりも、むしろ理事長さんのほうを懸念しなければなりませんからね」

「………」

「なにしろ老齢のことだし、万一ということがあってはいけません。普通だと家族の方がついて行ってくださるわけですが、今度は学生の引率ですから、それもできないでしょう。それで、あなたにはむしろ理事長さんのお世話を願いたいんです。学生のほうは石塚さんに気をつけていただくことにしましょう。分かりましたね？」

謙一が学生よりも大島理事長の世話のほうを主に頼むといったとき、前に立っている秋山千鶴子の顔が赧《あか》くなった。それでなくとも血色のいい頬だが、にわかに血がのぼってきた。彼女は、それを意識して狼狽し、いよいよ俯《うつむ》いた。

「分かりましたね？」

謙一はできるだけ事務的にいった。

「はい」

秋山千鶴子は小さな声で答え、大きくうなずいた。

「じゃ、それだけです」

秋山千鶴子がくるりと背を向けて出て行ったあと、謙一は心の中で笑った。あの様子では大島理事長と彼女との間にはっきり約束ができている。

おそらく、これで二人とも京都か奈良かで気安く学生の引率から脱出できると喜んでいるに違いなかった。どのくらい日がかかるだろうか。

学生の見学旅行は四泊五日の予定である。二人がそれから別方面の旅をするとして、それは三日ぐらいを愉しむのではなかろうか。すると、全部で一週間である。大島の留守の一週間に謙一にはやるべきことがあった。

交換台から電話がきた。

「お宅からです」

滅多にないことである。それだけに謙一は恭太が何か事故を起こしたのではないかとヒヤリとした。昨夜はついに息子は戻らなかった。

妻の乾いた声が受話器に出た。

「恭太はさっき戻りました」

「そうか」

腕時計を見ると二時を過ぎている。恭太は昨日から今ごろまでどこに行っていたのか。しかし、電話ではきけなかった。

「何か変わったことはなかったか？」

事故はなかったかという意味できいた。

「べつにありませんわ」

妻は平板な調子で答えた。

「うむ。いま、恭太はどうしている？」

「自分の部屋で寝ています」

昨夜夜通し遊び回った恭太の行動が想像できた。

「よろしい。今日は普通に帰る」

「そうですか」

電話は切れた。妻も余分なことはいわない。交換台の耳を警戒しているだけでなく、夫に反抗しているのである。いつものことだが謙一は不愉快だった。

――とにかく恭太が事故を起こさずにいたのは助かった。これから、もっとあの子には気をつけなければならない。息子のためではなかった。これは自分の地位を安泰にする計算のほうが多かった。

謙一は、誰かに頼んで恭太を説得してもらおうかと思った。親のいうことを聞かなくとも、然るべき他人の説得なら素直になるかもしれない。誰がいいか。知っている教育者には事欠かなかったが、さて、誰に頼んでもいいというわけではなかった。家庭の恥をさらすことである。また、これが反対派に利用される危険もある。

といって、このまま息子を放任しておくこともできなかった。謙一はまた憂鬱になってきた。

その電話が終わったとたん、またベルが鳴った。

「わたしです」

と、加寿子の声がした。

「さっき私立探偵社に行って、例のことを頼んで来ましたよ」

「ああ、そうか」

謙一は、部屋に誰も居なかったが、やはり言葉に気をつけた。

「で、こちらの出発の日時や、向こうでの宿泊地、旅館名を全部、先方にはいっておいたね？」

「そうしました。写真も手渡しておきました」

写真は大島理事長と秋山千鶴子のぶんである。探偵社の者が顔を知らないでは尾行ができない。

「相当お金がかかるようですよ。まだ向こうに行ってからの相手の行動が分からないので、その旅費、宿泊料など見当がつきません。とにかく前渡し金として六万円ほど取られましたわ」

「それはすまなかった。いずれ、その金はすぐあとで払うよ」

「そんなことはどっちでもいいわ。……でも、あんまりそれに深入りしすぎて、かえって足を引っ張られないように、あなたも気をつけることですよ」

「うむ、ありがとう」

謙一は加寿子の警告に礼をいって受話器を置いた。

これで打つべき手は打った。私立探偵社は上手に大島理事長と秋山千鶴子との行状をつかんでくるに違いない。要すれば隠し撮りもするかも分からぬ。こちらの希望としては的確な証拠を求めている。

謙一は煙草を吸った。いま加寿子は、そんなことに熱中してかえってこっちの足を引っ張られないようにと注意した。気のつく女である。たしかにそういう危険もないとはいえない。この学園にはまだ大島理事長派の教授や職員もいることである。

だが、まず、そんなことはなかろう。ただ、足を取られるとなれば、学校内のことではなく子供のことである。恭太の行状次第ではどんな不測の事故が発生するか分からない。この点がいちばんこわかった。まるで不発弾の上に寝ているような心地だった。いつ爆発するか分からない。

誰かに早く恭太を説得してもらいたい。誰がいいか。謙一には急にその人選が浮かばない。二、三の顔が眼に浮かばないでもなかったが、自分の立場を考えると不適当であった。プライベイトな秘密をうち明けるのも辛《つら》いが、それを利用されるのがもっと困るのである。

一人、二人、そういう心配のない人間を思いつかないでもなかったが、これはもう少し慎重に考えてみようと思った。恭太に説得力を持ち、しかも自分にとって危険のない人物となると即断はできないのである。

入口のドアが開いて鈴木事務局長の顔がのぞいた。

「いま、お手すきですか?」

「どうぞ」

鈴木はうしろ手でドアを閉めて入ってきた。

事務局長の鈴木は平べったい顔に微笑を浮かべて謙一の机の傍らに来た。頭はうすいが眉毛は濃い。その眉毛は下がっているので他人には好人物の印象を与える。謙一にとって目下右手ともなる頼母《たのも》しい男であった。

「いよいよ理事長は学生の見学団について出発されるそうですね」

と、鈴木は含み笑いを交じえていった。

「何か理事長が君のほうにいったかね？」

謙一は新しい煙草を取った。

「いま理事長に呼びつけられましてね、石田君からこういうふうな話があった、それで、あるいは見学後少しあとに残るかもしれない、ちょうどいい機会だから、もう一度あの辺の神社や寺を見て回りたいとも思っているという話でした」

「早速君にご託宣があったわけだな」

「そうなんです。大へんなご機嫌でしたよ」

「たしかにぼくから見学団について行ってもらうことをお願いしたうえ、途中でご自由に行動なさってくださいとすすめておいた。向こうでは待ってましたとばかりだったね。だからご満足のあまり、つい君にもそういわれたのだろう」

「そうだと思います」

「で、学生課の秋山女史からは、何もいってこないかね？」

「まだ、その段階ではありません。いずれ出発前には挨拶ぐらいあると思いますが」

事務局長は予算を握っている。それで教職員はみな鈴木に一目置いているのである。

「まあ、理事長が喜んでいるなら、これに越したことはない」

と、謙一は煙を吹かした。その向こうに鈴木のおかしそうに笑う顔があった。鈴木は謙一の意図を知っている。それは推察するという段階ではなく、もっと具体的なものだった。つまり、この件については両人の間に話し合いが済んでいるのである。だからここで余計なことをいう必要はなかった。互いに意味ありげな笑顔を交《か》わせば万事了解であった。

そのあと鈴木は二、三どうでもいい学園関係の事務を報告すると、

「話は変わりますが、さっき高橋さんから電話があったので、今夜でも会ってみようと思います」

といった。

「ほう」

謙一は鈴木の顔を眺め、

「で、どんな調子だな、うまく行きそうか？」

と様子をたずねた。

法学博士高橋虎雄はすでに六十を越した弁護士で、以前はある大学の法学部の教授であった。鈴木がこの前から謙一の意をうけて高橋弁護士と数度会っている。それは鈴木が高橋を以前から知っている仲だったからだ。

「まだ海のものとも山のものとも分からないと、高橋さんはいっていますがね」

「ふうむ」

「先方は大へん気むずかしいうえに慎重居士ですから、なかなか返事はしないそうです」

「しかし、海のものとも山のものとも分からないというのは、希望が持てるということだね」

「そうなんです。ですから、今晩高橋弁護士に会って、その話次第ではもっとアタックをこころみようと思います」

謙一が考えているのは、次の学長であった。自分が理事長になったときの新しい学長である。

いまの学長でもさしつかえはないが、それでは清新な改革という印象を一般に与えない。それに、現学長は無気力だとはいっても、やはり大島のロボットだったので、何かにつけてやりにくい。学長も大島に恩義を感じていることだろうし、妙なところで片意地を張られても困るのである。

謙一の意中にある人物は、もと京都T大総長の柳原是好法学博士であった。現在は七十二歳。学術院会員。日本法学協会名誉会長。肩書、履歴とも申し分なく、現学長のそれとは雲泥の相違であった。

柳原是好は京都T大に育った生粋の京都人である。法学部長をながくつとめて総長となったが、歴代総長中でも名総長のほうである。その法理論は、いわゆる民主主義の立場だが、言動は中立で穏健である。

戦前、柳原是好が助教授時代に、先輩教授が「赤色」という理由で文部省から弾圧されたことがあった。元来、京都T大は左翼的な思想傾向が強い。この文部省の圧迫に対して数名の同僚教授や助教授が抵抗して起ち上がったが、その中でも柳原助教授は勇敢に文部官僚と闘った。

この騒動は、教授陣が世論の絶大な支持を受けて勝利に帰した。もともと非は文部省の言いがかりにあったのである。が、敗けても文部省は面子を保たなければならない。官僚とはいつの世にもそうしたものである。結局、当の教授と、これを支持した二人の教授が辞めた。法学部長も責を負って退いた。

元来なら、柳原も辞職しなければならない立場だが、助教授というところから文部省の追及から免れた。しかし、この事件によって柳原助教授の名は急に高くなった。

戦後、柳原は総長であった。アメリカの占領政策で左翼勢力が急激に増大した。学生たちが大学の自治管理を行なうと宣言して、大学騒動が全国に頻発した。京都T大も例外ではなかった。もともとその民主主義的色彩は伝統的なものである。

このときの柳原総長の処置がまことに立派であった。彼は学生の首謀者たちを直ちに退学処分にした。学生に同調する教授を休職にした。嵐のような騒ぎになった。かつての戦前左翼助教授は反動分子、右翼学者として攻撃された。しかし柳原総長はたじろがなかった。彼は勇敢に学生群と闘った。勝利は総長の側に帰した。世間は柳原の手腕におどろいた。

「私の信念も立場も昔から変わらない。世の中が変わるだけである。だから、ある時は私は左翼に見られ、ある時は反動に見られるだけです」

柳原総長は言った。考えてみると、なるほど彼の思想は英国式の穏健な民主主義であった。

京都T大を退いてからの柳原は、一度私大の学長を短期につとめてからは引退してしまった。各私大からの要請を一切断わって、悠々自適の生活に入ってしまった。蛇が穴ごもりしたように決して出てこなかった。

謙一は、柳原元京都T大総長を何とかして自分の学園に迎えようとした。学園も一つの事業であるから世間に華やかな印象を与えなければならない。それには看板の「帽子」が必要である。柳原元総長だったら、申しぶんはない。

だが、柳原はあらゆる方面からの勧誘を断わって、京都山科で悠々自適の生活を送っている。七十二歳の彼は、もう自分の出る幕ではないといいつづけている。地元の京都ですら断わられているので、まして東京の若葉学園に学長としてくる見込みはなかった。しかし、謙一は諦めなかった。何とかして彼を引っ張ってきたい。

　自分が次の理事長になるには、柳原ほど最適任の学長はなかった。過去の名声はまだ世間の耳に新しい。七十二歳といってももうろくしているのではなかった。その証拠に、東京で開かれる学術会議には必ず出席している。また、朝夕冷水摩擦を実行して、その顔は艶があり、壮者を凌ぐ元気だということだった。ただ、年のせいで歩くのに多少足が縺《もつ》れる。

　しかし、その程度だったら、なにも学長として就任するのに一向に差し支えはない。要するに飾りものであるから、毎日学園に出てくる必要もない。一週間に一度か十日に一度ぐらい顔を見せてもらえばいいのである。新しい革袋には新しい酒を、ということがある。謙一は、学園の刷新にはぜひ柳原を獲得したかった。

　そのため、柳原の知人であるという高橋弁護士を通じて、この前から密かな交渉が行なわれている。事務局長の鈴木は高橋の後輩で、彼からよく高橋弁護士に頼んでいるのである。いま事務局長の報告では、柳原はあたまから拒絶したということでもなかった。色よい返事は貰えないが、絶対拒絶でない態度に謙一も希望を持っている。

「もし高橋さんのほうさえよければ、ぼくが京都まで行って柳原先生に直接お願いしてもいいんだが」

と、謙一は事務局長にいった。

「いずれ曙光が見えたら専務にも行っていただかなければならないと思いますが」

鈴木は大きくうなずき、

「専務に行っていただくと効果はずいぶん上がると思いますがね。なにしろ、専務は喰い下がるほうだから」

と、お世辞のようにいった。

「いや、そうでもないがね。しかし、ぼくはこれまで当たって砕けろ式で、相手がうんというまでは絶対に引きさがらなかったほうだ。まあ、大体、その方式でうまく行ったが、今度の柳原氏もこちらの熱意で必ず動かしたいと思っている」

謙一は口先だけでなく、実際にそう思っていた。新しい学園の出発は柳原を学長に持ってくることで世間にあっという印象を与えたいのである。

「君から高橋さんに、ぼくが京都に行っていいような状態なら、ぜひそうしたいがと伝えてくれませんか」

「分かりました」

「こういうことは時機の問題が大いにものをいうからね。高橋さんの交渉があんまり長びいても困る。柳原先生の気持ちが動きかけたところで真剣な交渉を開始したいんだ」

謙一は家に戻った。夕方の七時ごろである。電話で今日は早く帰ると妻にいっておいたので、その約束を実行した恰好になった。

べつに女房に気兼ねしたのではなかった。やはり息子の恭太に事情を聞き、できればルミ子の店に行かないように説得したい。適当な説諭者が出てくるまでは最少の予防措置を講じなければならなかった。

「恭太はどうしている？」

と、帰ったときも玄関ですぐに謙一は妻にきいたものだった。

「今朝帰ってからずっと寝たままですよ」

妻は素気ない顔でいった。自分の手に負えない息子に絶望しているというよりも、こういう状態になった息子の処置は父親の義務だという顔つきだった。謙一は癪にさわったが、ここで言い争いをしてもはじまらないので、

「恭太は、飯はどうしているのか？」

ときいた。今朝十時ごろ家に帰ったというのだから、間に一度ぐらいは飯を食いに起きたかもしれない。

「ご飯もたべないで寝ていますよ」

「飯に呼んだのか？」

「襖の外から声をかけたけれど、返事はしませんわ」

「中の様子は？」

「中の様子なんかわたしなどに分かるもんですか。鍵がかかってるんですもの」

午前十一時すぎから寝たとしても八時間以上寝ているはずだから、もう眼をさますころだ。呼べば恭太は起きると思った。彼は洋服のまま廊下を歩いて恭太の部屋に向かった。

歩きながら考えた。家に帰ると自分が全く別な人間になっている。学園では次の主導権を握るために工夫を凝らしている。元京都T大の柳原博士を引っ張り出す工作に打ちこんでいるが、その苦労には男の喜びがあった。策略の愉《たの》しさがある。それには生き甲斐が感じられる。たとえ、その工作が失敗したとしても、次の手を考える新しい愉しみが待っていた。

だが、家に帰ると、その充実感が跡方もなく消失していた。あるのはどうにもならない子供を抱えている父親の焦躁と無力感だけだった。どこにも学園で感じている自信もなければ壮大な計画を練っているという生命感もなかった。世間に対しては一人前の人間たちを縦横に動かしている自分が、家に帰ると十七歳の息子に無力なのはどうしたことだろうか。

「おい、恭太」

と、謙一は襖の外から呼んだ。返事はなかった。彼は襖を叩いた。

「恭太、起きろ。話がある」

あと二、三度大きな声を出さなければならないかと思っていると、案外中から物音が早く聞こえた。恭太の起き上がってくる気配である。

さすがに恭太には昨夜無断で外に泊まったという反省があるらしかった。返事はしないが、素直に起きたのはその引け目からだろうと謙一は思い、中から襖の鍵がはずされるのを待った。

息子は中から鍵を回して襖を開けた。暗い中で恭太は謙一の顔を避けるようにしてくるりと背中を回し、机の前の椅子に不貞腐《ふてくさ》れたようにかけた。

謙一は、わが子ながら敵意に近い緊張を感じた。

「電気をつけろ」

と、彼はいった。怒ってはならない、決して叱るまい、こちらでおとなしくいって聞かせれば分かるはずだと、無駄かもしれない期待を持ちながらだった。

恭太は黙っている。ごそごそと灰皿の煙草に片手を伸ばしてマッチを擦った。そのときだけ部屋が明るくなった。

謙一は壁際のスイッチを押した。雑然とした部屋が光線に曝《さら》された。

「眩しいな」

と、恭太はそっぽを向いていった。

部屋の中にはあらゆるものが散乱している。謙一に我慢ができなかったのは、脱ぎ棄てたズボン、上衣がそのままにボロ布片《きれ》のように置いてあることだった。ちゃんと洋服ダンスも置いてやっているのに、その中に掛けるでもなかった。この洋服は一年前に恭太にせがまれて仕方なく買ってやったものである。ズボンは痩せている恭太の脚に密着するくらい細い。

しかし、謙一はそれには黙った。ここでは整頓のことには眼をつむった。話がほかのことになる。

謙一は、かけている恭太の横に立った。恭太はこのごろまた背が伸びて骨組が発達してきている。謙一は、わが子ながらとっつきにくいものを彼の肩に感じた。

「恭太」と謙一は穏やかな声を出した。「昨夜どこかに泊まったそうだな。なぜ帰らなかったのか？」

恭太は煙草を吹かした。その横顔の筋肉がぴくぴくと動いていた。

「決して無断で外に泊まってはいけないと、あれほどいってあるだろう。なぜ連絡しなかった？」

「……………」

「両親はおまえのことを始終心配している。……なぜ無断で泊まったんだな？」

「関係ないよ」

と、息子は一言吐いた。

謙一はぐっと怒りを抑えた。

「関係ないというのはどういう意味だな？」

「ぼくはぼくだ。親には関係がないということさ」

「そうか。自分ではすでに一人前の人格だから、自分のしていることは親とは関係がないというわけか？」

恭太は煙ばかり吐いていた。その通りだ、といいたげな顔つきである。

「それは少しおまえの思い違いではないか」

「……」

「なるほど、おまえはもう小さい子供ではない。だが、まだ親の手もとから完全に独立はしていないのだ」

煙草を吹かす恭太の口がちょっとゆがんだ。

「早い話、おまえは学校に行っているが、その父兄はお父さんとお母さんだ。つまり、学校はお父さんとお母さんという保証人があることで、学生であるおまえに安心しているのだ」

息子の反抗

どのように謙一がいっても息子の恭太は知らぬ顔をしていた。

高校三年生だが、すでにその骨格は大人に近かった。横顔の顎には不精髭がうす黒く生えている。それだけでも完全に大人であった。

謙一は、神宮前のルミ子の店にしばしば行くのは息子の「大人」の部分だと思った。頰《ほお》骨《ぼね》は高く、眉毛は濃い。頰から顎にかけてニキビが醜く出ている。その中には大きな膿《うみ》をもったのもあった。恭太の友だちもおそらくこんな顔をしているに違いなかった。一人前の女への好奇心と関心が最も強くなりはじめた年齢だ。

そのために家から金を持ち出している。女の歓心を買うために無理をするのだ。その無理が行き詰まると強盗事件を起こす。現に、つい先日起こった三人組の若い強盗も恭太の友だちというではないか。

何とか今のうちにと、謙一は息子の顔を見ていると切実に思った。ルミ子に頼んで店にこさせないようにするのも一方法だが、それがどこまで効き目があるか分からない。相手は商売人だ。金さえ運んでくれるなら、その子たちの親の願いなどあまり気にかけないであろう。

「恭太」彼は、返事をしない息子にいった。「きのう、家に刑事が来て、おまえの友だちのことを聞いたそうだな？」

恭太は、ふん、と鼻で笑うような表情を示した。明らかに強い抵抗を示しているのである。

「その連中は、なんでも強盗の被疑者だそうだが、おまえはそんな連中と遊んでいるのか？」

「べつに遊びはしないよ」

恭太が返事らしい返事をした。

「じゃ、どうしておまえの名が出たんだ？」

「そんなこと向こうの勝手だから、おれには関係ないよ」

「だが、そういう友だちと交際があることはあるんだろう？」

「つき合いだから、いろんな人と交際はある」

「そんな不良の連中とはつき合わないほうがいいよ。おまえのためだからな」

「説教かね？」

と、恭太はガタンと椅子を鳴らし、脚を組んだ。ふてぶてしい態度である。

「説教するつもりではないが、おまえの将来のためにいっている。今がおまえにとっていちばん大事なときだ。悪い友だちを持ったために途《みち》を誤った人間は世間に多いのだ」

「ひとはひと、おれはおれだよ」

「自信を持ってるわけだな。しかし、悪いことをするのは面白いものだが、その面白さにひかれて悪に対する観念がうすれてしまう。それも友だちに影響されるところが多いんだ」

「お父さん、おれはくたびれている。もう一ぺん寝たいから、あっちへ行ってくれよ」

と、恭太はいった。謙一は怒りがこみあげてきたが、ぐっと抑えた。

「昨夜はどこに泊まっていた？　その友だちの家か？」

「友だちの家だとどうして分かる？」

恭太がくるりと謙一のほうを向いて睨んだ。

「うるさいから、もうおれに干渉しないでくれ」

おれに干渉するな、といった恭太の眼つきは凄かった。それは親に向ける眼ではなかった。他人に対して罩《こ》めている憎悪であった。

謙一は怒りを抑えた。ここで叱っては悪結果が分かっていた。少しでも恭太に反省の心を起こさせなければならなかった。それに、目下の問題は、恭太がその友だちといっしょにルミ子の店に遊びに行くことである。これを何とかやめさせたかった。加寿子を通じてルミ子にいっても、どれほどの効果が上がるか分からなかった。

「まあ、落ちついて聞け」

と、謙一は息子にいった。

「おまえはまだ世の中のことが分かっていない。分からないままに思い上がっているのだ。おまえだって常識はあろう。自分のしていることがどこまでいいか、どの点が悪いかぐらいは分かっているに違いない。友だちの義理とか、今までの面白さの惰性とかに引きずられて取り返しのつかないことにならないようにおれはいっているのだ」

「説教はご免だね」

と、恭太はふてぶてしく答えた。

「説教ではない。おれはおまえの心に反省を求めているのだ」

「どちらでも同じだよ。おやじさんは若い者の気持ちが分かっていない」

恭太は空うそぶいた。

「若い者の気持ちというのは何だ？　勝手なことをするのが若い者の気持ちか？」

「そんなことをいうから若い者の心が分かっていないというのさ。年齢の違いだよ。こんなことをここで言い争っても仕方がない。考え方の違いだからな」

恭太は妙に大人びたことを言った。

「おれだって若い女学生を預かっている身だ。若い世代のことは、これで普通の人よりは理解しているつもりだ」

「ふん、女学生か」

と、恭太は、ふふん、と笑った。が、その瞬間、彼の顔に今までの硬い表情が少し崩れて妙な具合になった。女子学生と聞いて恭太に別な感情が浮かんだらしい。謙一にはそれがいやらしく見えた。

「女の子とおれとは違うよ」

と、恭太は奇妙な顔つきでいった。

「それは違うかもしれない。だが、おれは手前味噌でいうわけではないが、おれの学校の女子学生はみんなしっかりした考えを持っている。おまえたちのように遊んでなんかいない」

「それは人によりけりだよ。女子学生だって結構遊んでるやつがいるよ」

と、恭太は何も知っちゃいないというように、学園経営の父親をあざ笑った。

「少なくとも、そんな学生はおれの学校にはいない」

「そのおやじさんが肝心の息子を教育できないのは困ったものだな」

と、恭太は他人ごとのようにいった。

子供に嘲弄《ちようろう》されたような気がして謙一はまたむかついたが、ぐっと抑えた。

これが普通なら、おまえのようなやつはすぐここを出て行けと怒鳴るところである。出て行けといえば、恭太は早速にも家出するに違いなかった。反抗的にもそうした態度をとるだろう。だが、家を出たあとの恭太を思うと、謙一はそれがいえなかった。家出した息子は虎を野に放ったようなもので、何をやるか分からない。

「おまえ、少しは勉強しているのか?」

と、謙一は恭太が黙ったので言った。

「え、勉強はやっているのか?」

二度問うたが返事はなかった。

あまり言うと、恭太が癇癪を起こしそうだったが、父親は引っ込みがつかない気がして、

「どうなんだ?」

と三度訊いた。

恭太のコメカミに筋がふくれ上がった。と、思った瞬間、彼は本立てのほうに手を伸ばし、両手で抱えあげると、そのまま床に投げつけた。本立ての教科書や参考書が音立てて散乱した。そのなかに芸能週刊誌が三冊まじっていた。あっという間もなかった。

恭太はそれだけでは済まず、机の上に積んだ本も、筆記道具も、紙も、両手で払い落とした。床の上が無残な状態になった。

「何をするんだ?」

謙一は顔色を変えて息子に詰め寄った。

が、その恭太も蒼白になっていた。彼は棒立ちになって父親からの攻撃を待っていた。それは直ちに反撃に移れる態勢でもあった。

謙一は両の拳を握った。だが、それを振り上げることも、前に突き出すこともできなかった。彼が手を出せば息子は暴れ出すにきまっていた。子供は真っ蒼な顔で昂奮しているのだ。

恭太は謙一くらいの背の高さになっていた。近ごろは、ぐんぐん伸びてきている。筋肉も逞しくなりつつあった。彼は少年期から青年期に向かって着々と肉体の構築を遂げつつあった。

いまだったら謙一も恭太と格闘して負けはしないと思った。しかし、一方的に制圧できる自信はなかった。父子ですさまじい喧嘩になる。彼はその激しい物音が近所に聞こえる不体裁を考えた。家は狭くはなかったが、夜のことだし、塀の向こうにある隣家の窓に音が届かないとは言えなかった。その窓ぎわには、やはり受験生がいつも勉強していた。隣の子はよく出来る生徒であった。

「何という態度だ」

謙一は息子を睨んでそういうよりほかなかった。憤りで言葉がふるえた。

「それが親に対する返事か？」

彼はできるだけ声を抑えて言った。すると余計に声に震えが出た。

「ふん」

恭太は父親が手を出さないと知って、いくらか身体を動かした。その代わり、軽蔑の表情がありありと浮かんだ。

「勝手に生んだくせに……」

恭太は吐き出すように言った。

「なに？」

謙一は嚇《かっ》となった。

「まあ、いいよ。あっちに行ってくれよ。おれをこのままにしといてくれ」

「……」

「説教なら、明日でも聞くよ。……ああ、腹が減った。おれ、飯を食うよ」

恭太は自分の腹をわざとらしく撫でた。

謙一は息子が茶の間に行くのを見送って、息子の部屋にしばらく残っていた。

床に投げ出された本は、そのまま散乱した状態で謙一の眼に映っている。芸能週刊誌がひろがったままになっていた。若い女優の半裸の写真が大きく出ている。名前も聞いたことのない歌手と、これも一向に不案内な若い男優との恋愛がどうだこうだとデカデカと書いてあった。実に愚劣である。

その辺の棚には同じような週刊誌がのっていた。芸能週刊誌だけでなく、ワイセツ文書と違わない桃色週刊誌が重なっていた。参考書など手垢もついてなく、ページを開いたかどうか分からないくらいきれいであった。

謙一は腰をかがめて散乱した本を集めた。とにかく父親がこうして息子の抛《ほう》り出したものを整頓してやったら、帰ってきた恭太もさすがにいくらかは反省するだろうと思った。しかし、本を拾いながら謙一は、自分ながら情けなくなってきた。あの行為が、息子の親に対するやり方であろうか。あの乱暴な言葉は親にむかっていうべきものだろうか。ならず者の仲間にいっているのと違わない。

これも妻の保子が至らぬからだと、謙一は思う。彼はこの十年間、学校の仕事で忙しく飛び回っている。朝出たら夜遅くまで家には帰れないし、出張や旅行も多かった。子供の教育は保子に任せているつもりであった。それがこんな状態だ。わが女房ながら、これほどまで無能力で無教養とは思わなかった。保子にいわせると、その責任は謙一にあるというが、そんなことを一方的に言うのでも分かる通り、彼の仕事に全く理解を持っていなかった。

謙一が拾った書籍を半分ほど本棚に立てかけたときだった。

いきなり茶碗や皿の割れる大きな音響がした。同時に鈍い音が起こり、保子の叫ぶ声が聞こえた。

謙一は息子の部屋を飛び出した。走って茶の間に行くと、恭太が凄い顔つきで仁王立ちになっていた。畳の上には茶碗や皿が割れて落ち、その辺は飯や、汁や、おかずなどが汚物のようにひろがっていた。傍らには保子がうつ伏して泣いていた。

謙一は瞬間に、その事態を知った。

「どうしたのだ？」

彼は息子に荒らく言った。息子はジロリと父親を眺めたが、すぐ眼をうつ伏している母親の背中に戻して睨んだ。

「どうしてこんな乱暴をするのだ？」

と、謙一は再び激しい憤りに駆られて、今度は大声できいた。

息子はコメカミの筋を浮かして黙っていた。

うつ伏して泣いていた保子が顔をあげた。

「恭太が……恭太がこんな目に遭わせた」

と、謙一のほうを見上げた。充血した顔だったが、眼のふちが腫《は》れたように赤黒くなっていた。

「おまえは何というやつだ」

と、謙一は息子に詰め寄った。

「親を殴るとはどういうことだ？」

「ふん、こんなおかずで飯が食えるかい」

息子はうそぶくと、大股で立ち去ろうとした。

顔を殴られた保子はまだうつ伏せになって泣きじゃくっている。傍らには恭太が突っ立って拳を握りしめている。母親を殴打した恭太には反省の色は少しもなく、その光った眼には心地よさそうな色さえ出ていた。

「恭太」

謙一は、ここで自分が手を振りあげてはならないと自制した。

「言って聞かせることがある。ちょっと、こっちへ来い」

動かないでいる恭太の片手をとると、息子は激しくふりほどいた。強い力である。手の筋肉が鋼のように発達していた。謙一は、これはちょっと叶《かな》わないなと思った。

謙一には子供のころの恭太の記憶が多々あった。あのころは恭太もおとなしかった。叩くとすぐ泣いた。叱ると怯《おび》えた。意気地《いくじ》のない子供だと思った。あのころは家も貧乏だった。

いつごろからこんな子になったのか。それほど前ではない。一年半くらい前からだ。高校二年生のころに変わったと思う。それは突然といってもいいくらいの変化であった。

最初は保子に小遣いをせびり、思う通りに出してくれないといって母親を小突いた。次には母親の頭を叩いた。

保子は真っ蒼になった。今までになかったことであった。それを境にして恭太の乱暴がつのった。

　小遣い銭を要求通り与えると、恭太はおとなしい。不足だと母親に暴言を吐き、手を当てる。保子は恭太を恐れはじめた。乱暴されないために言いなりに金を出した。

　恭太は金を握ると外にとび出す。夜遅くでなければ帰ってこない。外で悪い友だちと遊んでいることは容易に想像がついた。彼が悪くなってゆくのは、友だちの影響に間違いはない。

　恭太は足を踏み鳴らして出て行った。

　謙一は、ひっくり返された食卓の傍らで泣いている保子に声をかけようと思ったが、下手に慰めようものなら、今度はこっちに喰ってかかってきそうなので、

「おい、早くそこを片づけろ。恭太はおれが叱っておく」

と、彼女の背中に言った。

　保子は返事をしない。顔もあげない。息子が去って、夫がひとり居ると分かってからは態度が変わってきた。うつ伏せのままだが、泣き声がやんだ。背中に憎しみが出ている。子供にでなく、夫に対する反感である。

　謙一には妻の気持ちがわかっていた。保子は、謙一に女が居ると察している。どこの誰とまでは突きとめていないが、女が居るということだけは確信している。

　保子は息子がこうなるのも、謙一に女がいて、息子を放任しているからだと考えている。

息子からこんなにひどい目に遇わされるのも、謙一に女があるからだと思っている。息子への恨みが、夫とその女とへの怨みに変わっていた。

謙一は書斎に戻った。

机の前に坐ったが、心が落ちつかなかった。家の中は静まり返っている。妻の保子は、まだ茶の間から動かないでいるらしい。足音も聞こえない。茶碗や皿を片づける音もしないから、恭太がひっくり返した食卓はそのままになって、撒かれた飯、汁、おかずは畳が吸っているのであろう。電燈の下に光る汚物が連想された。

保子がいまにも血相変えてここに走りこんで来そうであった。息子に殴られた眼のふちを腫らし、顔じゅう涙で濡らして駆けこみそうである。夫の慰めを求めにくるのではない。夫を責めにくるのである。

恭太の部屋からは、かすかにポータブル・テレビの流行歌が聞こえていた。茶の間にあるテレビでは低俗な番組ばかり見て、ゲラゲラ笑っているので、いつか叱ったら、

（そんなに邪魔になるなら、おれがひとりで見るポータブル・テレビを買ってくれ）

と強要した。カッコよい小さなテレビが彼には欲しかったのだ。生返事をしているうちに、恭太は知り合いの電気店から勝手に取ってきた。謙一は仕方なく、五万何千円かを支払った。金はかかったが、保子はテレビの前にあぐらを組んだり寝そべったりして大口を開けて笑っている目障りな息子が居なくなったので、内心ではほっとしていたのだ。

恭太の部屋で聞こえていたそのポータブル・テレビの歌謡曲が次第に高くなってきた。あきらかに親への面《つら》当てである。あの歌声を聞いたら保子がまた腹を立てるに違いない。息子に突っかかってゆくわけにはゆかないから、ここに来て文句をならべるかもしれない。厄介なことだ。こんなとき、家を抜けて加寿子のところに行ったほうがよほどの気晴らしになるのだが、と少々うんざりしていると、騒がしい歌謡曲がぱったりとまった。

おや、恭太はスイッチをとめて寝るのかな、おかずが気に入らないといって文句をつけ食膳をひっくり返した手前、腹が空いても飯をたべさせてくれとも言えず、黙って睡《ねむ》るつもりになったのかと謙一が考えているうちに、物凄い大きな音響が起こった。

謙一はさすがにじっとしておれず、廊下を急いで恭太の部屋の前に行くと、襖に鍵はかかってなかった。それを開けて入ると、恭太がズボンの両のポケットに手を入れて突っ立っている。

謙一は、恭太の前にポータブル・テレビが叩きつけられて転がっているのを眼にすると、頭の先まで怒りが走ってきた。

「何をするのだ」

彼は息子に怒鳴った。

恭太はじろりと白い眼を父親に向けた。

「なぜ、テレビをこわしたのだ？　返事をしろ」

「このテレビがボロだからだよ」

息子は顎を反《そ》らして言った。

「ボロ？　二カ月前におまえが持ってきた新品じゃないか？」

「性能が悪いんだ。音が濁っている。こんなのダメだ。新しいのを買ってくれ」

恭太は、腹が減ったので何か食いに行くから金をくれと父親の謙一に傲然と手を出している。謙一はその手を叩き払いたい衝動に駆られた。しかし、やっと自分を抑えた。

「なんという奴だ」

と彼は息子のふてぶてしい顔を睨んで言った。

「自分から飯もおかずもひっくり返して食べられないようにしておきながら、今から外食するから金をくれとはよくも言えたな」

「仕方がないよ。まともなものを作らないオフクロが悪いんだ。あんなモノ、食えやしないよ」

恭太は吐き捨てるように答えた。

「ぜいたくを言うな。おまえはまだ高校生じゃないか。親のつくったものに文句を言えた身分じゃない。何でも食べるのだ」

「飼い犬やネコじゃないよ。食えないものを出しても咽喉に入らないよ」

「そんなにひどいものはつくっていない。おれだって不平を言わずに食べている」

「オヤジさんは外でよくうまいご馳走を食べているから平気なのは当たりまえだ。たまにしかオフクロのつくったものを食べないんだからな。おれは、いつもいつも家のエサだけだからな。それに、オフクロは子供に食べさせようという誠意も努力もないよ。ライスカレーが三日つづく。魚の干モノと芋の煮つけが出たら毎日のようだ。万事がその調子だ。あんまり投げやりだよ」

恭太は早口に言った。

子供の言うことには一理あると謙一は思った。保子にはそういう投げやりなところがあった。毎日のおかずにつくりようがないと言って困っているが、それにかまけてあり合わせのもので間に合わせている。献立表をつくってみるという気持ちはさらさらなかった。

謙一も以前にはそれでも叱言《こごと》を言ったことがあるが、保子は、あんたが毎晩ちゃんと時間通りに帰ってきて家で夕食をたべる人なら何をこしらえても張り合いがあるが、外で食べるほうが多いから何をつくる気もしないと言った。その気持ちの底には謙一が外の女と交際していることへの嫉妬があり、口から出る言葉にもイヤ味があった。

それきり、謙一は食事のことは妻に言わないことにしている。言えば口争いになり、妻は余計なことをからませてくる。妻は意地でも張ったように単調な料理しかつくらなかった。

考えてみると、恭太はその被害者である。謙一はそれを思うと、保子の無思慮に腹が立った。それだけ息子の言いぶんに同情したが、だからといって食事が気に入らないといって茶碗や皿を食卓ごとひっくり返したり、実の母親を殴ったり、八つ当たりに小型テレビを床に叩きつけたりする行為を許すわけにはゆかなかった。

「飯代が欲しければ、金もやろう。しかし、その前におまえは自分の行為を当然と思っているのかどうか聞きたい」

謙一は息子の顔を見て言った。

保子はどうしているのか、足音もしなかった。

おまえの行動は自分でも正当と思っているのかと父親にきかれて、恭太は小癪にも鼻をふくらませて笑った。

「そんなことを聞くのは古臭いよ」

「なに？」

「それだから、お父さんは若い者の気持ちが分からないというんだよ。正当とか正当じゃないとかいっても、それはお父さんの時代のモノサシではかってるんだろう。言うだけ無駄だよ」

少しも学校の勉強をしないくせに、口だけはえらく大人びたことを言った。それも恭太が年上の若者とつき合って、その口マネをしているとしか謙一には思えなかった。

すると、その年上の若者、多分、二十歳《はたち》前の未成年だろうが、深夜の六本木や原宿あたりをうろついている問題の連中の姿が浮かんだ。彼らは深夜のバアを徘徊し、女の子のいる店といえばハエのようにたかってゆく。またしても、ルミ子の店が思い合わされた。

何とか恭太をそこに行かせるのをやめさせたい。どんな拍子で、ルミ子の口から、自分と加寿子の関係が恭太に洩れるか分からないと思うと、謙一はおそれた。半分は息子のため、半分は自分自身のためだった。

「ああ、腹が減ったな」

恭太はじれったそうに言った。

「早く金をくれよ。腹が減ってしようがないよ」

謙一は少しくらい金をやってもいいとは思ったが、出た言葉は別なものになった。

「金はやれない。食いたかったら、家でつくったものを食え」

みすみす金を出すと甘く見られるという謙一の考えがそう言わせた。また、意識の一部には、茶の間にうつ伏せている妻への手前もあった。

「なに、くれないのか?」

恭太は急に態度を変え、父親を睨みつけた。

「おまえが外でぜいたくな飯を食う金は無い」

「言ったな」

恭太は、あとをどうつづけようかとちょっと迷っていたようだが、

「よし」

と叫ぶように言うと、床の上に転がっているポータブル・テレビを拾った。黙って見ていると、それを机の上に置き、自分は上衣をつけはじめた。

「おまえ、それをどうするのだ？」

「ふん、金をくれなきゃ仕方がないよ。このテレビを叩き売ってやる」

「なに！」

「食べるためには仕方がないよ」

「おまえ、そのテレビは誰が買ってやったと思っているのか」

「仕方がないよ。叩き売るのが悪けりゃ、質屋に持ってゆくよ。あとで、とり戻せるからな。それならいいだろう？」

謙一は返事ができなかった。

上衣をつけ終わった恭太は小型テレビを片手につかんだ。

恭太がポータブル・テレビを片手につかむのを見た謙一は怒り心頭に発してきた。

「やめろ」

彼は息子の手から小型テレビを奪おうとした。それは、恭太がさっき床に叩きつけたことでガタガタになったようだった。

「なに」

今まで割とおとなしかった恭太が急に狂暴な顔になった。獲物を奪われるときの動物に似ていた。

「それはおまえのものじゃない、おれのものだ」

謙一は言って、恭太の持っているテレビの手提げをつかんだ。息子の手と激しくふれあった。恭太は父親の手を振り放し、テレビを身体の反対側に移した。

「おれのものだ。金は、おれが払っている。こっちに渡せ」

謙一は大人《おとな》げない言い方だとは思いながらも、勢いの上からそう言わざるを得なかった。

「金はそっちが出したかもしれんが、品物はおれのものだ」

恭太は勝手なことを言った。

「屁理屈を言うな。金を払ったものに所有権があるのはきまっている。おまえが自分勝手に処分することはできないのだ」

「金、金ってなんだ」

恭太は蒼い顔になって父親にどなった。

「なんだとはなんだ。その金をおまえはおれにくれと言ってるじゃないか？」

「出さないじゃないか」

「あたり前だ。高校生のくせに、外食するようなゼイタクな金は渡せない」

「よし、それじゃこのテレビを叩き売ってくる。二束三文でもかまやしない。おれにくれたんだからおれのものだ」

恭太はテレビを脇にかかえこむようにして、部屋を出て行こうとした。

謙一はそのうしろからテレビに手をかけた。多少、危惧がないでもなかったが、このまま見すごすと、息子がますます増長すると思ったからだ。つい、力を入れてテレビの端を引っ張った。

それを予期していたのだろう、恭太はテレビをガタンと床に投げ捨てると、くるりと謙一のほうをむいた。次に机に走ると抽出しを開け、ガチャガチャ探していたが、手に切出しナイフをつかんで戻ってきた。

ナイフをつきつけた恭太は真っ蒼になっている。謙一も蒼くなった。彼の心臓はどきどきと高鳴った。父親殺しの非行少年の新聞記事が頭の隅をかすめた。恭太の表情には逆上がひろがっていた。謙一と相対して立っている彼は、ナイフの切先を一メートルと離れないところから向けていた。

(一一〇番を……)

謙一は保子に叫ぼうとした。が、その妻はずっとはなれた茶の間でまだ突っ伏したままでいるに違いなかった。声が届きそうになかった。

みっともない、という自制が働いていた。若葉学園の理事という世間体が胸の奥にうごめいた。息子に、助けてくれと言いたくなった。

謙一は恭太が立ち去ったあと、息子の部屋にじっと坐っていた。しばらくは放心した状態だった。心臓の高鳴りだけがまだつづいていた。いや、それは息子と対決している時よりは速く搏《う》っていた。

恭太はさすがにナイフの切先を父親に突き出すまでには至らなかった。彼は父親が怯《ひる》んだとみるや、勝ち誇ったような顔になって、ポータブル・テレビを提げ、足音高く出て行った。

――おそろしい子供だと謙一は思った。親にナイフをつきつけたが、それは脅しではなかった。恭太の真っ蒼な顔は半ば本気であった。恭太のあの瞬間は気が狂ったのと同じである。逆上して前後の見さかいがなくなっている。殺す気はないが、突き刺そうとする衝動は十分にあった。

ほんの数分前、ちょっとしたはずみで切り出しナイフが自分の身体に入っていたかも分からぬと思うと謙一はぞっとした。負傷よりも、救急車で病院に運ばれた後に起こる事態である。新聞は大きく報道するに違いなかった。私立女子大の理事がわが子に刺されたのだ。教授でなくとも、教育者として世間では理事を見ている。人の子を教育する者が、わが子の教育ができなかったと嗤《わら》うだろう。同情されることはなかった。

謙一は自分がこれから構築しようとする学園内の地位を根底から脅かす者はわが子だと思った。反対派の勢力、現理事長の抵抗などは、その前には小さかった。そっちのほうには闘って勝てる自信があった。しかし、わが子の暴力は直接に彼の辞任につながっていた。これは対策とか、作戦とかの知恵を超えたものだった。謙一の側は全くの無防備だった。突発的なものであった。

戦前はわが子が赤になることが教育者の恐怖だった。赤色分子、またはその同調者として警察に検挙されたら、それだけでも教育者の親は教育界から葬られた。いまは、非行少年だ。

このままではいけない、子供の処置を早く何とかしなければ大へんなことになる、と謙一は身体の下から焦躁《あせり》がはい上がってきた。昔だったら、「勘当」という便利なものがあった。いまは息子が何をしようと親は関知しないという重宝な宣言方法がなかった。

保子が、そっとのぞきに来た。

「恭太がどうかしたんですか？」

さっきの騒ぎの音は多少聞こえて様子が変だと分かっているのに、今ごろになって見にくる女房に腹が立った。説明する気にもなれず、

「おい、恭太の担任教師は何という名だ？」

ときいた。

「吉田先生です」

「吉田何というんだ？」

「吉田満太郎さんです」

保子は夫の様子がいつもと違うので、素直に答えた。それでも気にかかるとみえ、さっき泣いたときの顔つきは消えて不安げなものが出ていた。

「自宅はどこだ？」

「そんなものは分かりません」

保子は一度も担任教師の家を訪問していなかった。

二つの面

吉田満太郎先生は三十そこそこの青年であった。色の白いまる顔に眼鏡をかけ、長い髪をオールバックにした文学青年といった感じの教師だった。

謙一はこの息子の担任教師を一目見た瞬間からがっかりした。こんな若い、世間知らずの男に、恭太のような生徒が統制できるはずはないと思った。だから、あんな生徒が出来るのだ。恭太ばかりではない、ほかにもたくさん似たような生徒がいるに違いない。恭太は、むしろそんな友だちから悪影響をうけている。

以前の恭太はあんな子ではなかった。一年前に急に様子が変わった。この高校にはそんな生徒が多いらしい。——謙一は自分も学校のことはクロウトだとは思いながらも、一般の父兄なみの考え方に落ちていた。

謙一は吉田先生に遇いにきたことを後悔した。相談しても仕方がないように思われた。この文学青年のような教師は、生徒を訓戒するどころか、教室で生徒にひきずり回されて途方に暮れているように見えた。

午後三時、渋谷近くのこの喫茶店で会いたいと今朝、謙一は高校に電話して吉田先生の約束をとりつけたのだった。先方は謙一の職業を知っていた。一も二もなく承諾した。

謙一は、恭太を戒めてくれる適当な人物を探しているのだが、すぐには思いつかなかった。そこに昨夜の出来事である。恭太にナイフを突きつけられては、悠長に構えてはいられなくなった。とにかく、担任の教師に会って、その話を聞いてみたかった。

高校では生徒にどんな教育をしているか、特に道徳面ではどのような方針を持ち、それを授業に具体化しているのか。また、学校での恭太はどんな様子なのか、成績がよくないことは分かっているが、素行はどうなのか。やはり家庭でのように、教師に暴言を吐き、反抗し、仲間と徒党を組んで乱暴をしていないか。――聞くことはいっぱいあった。

その吉田先生は、謙一の前におどおどしていた。相手が女子大の理事という肩書なので、はじめから威圧を感じているふうであった。彼の文学青年的な眼は神経質に動き、眼蓋《まぶた》が震えているようであった。この担任の教師は、恭太の教育のことで、父兄である女子大の理事が自分に何か突っ込みに来たように畏れている様子にみえた。が、とにかく恭太をあずかってもらっている先生だし、教室における恭太の様子も聞かねばならないので、なるべくていねいな態度に出た。

昼間の喫茶店の中は、さいわい空いていた。ただ、レコードのジャズが絶え間なく流れているのが、こんな話をするのに閉口であった。

謙一はまず恭太が家庭で粗暴になっていることを控え目に話し、学校友だちに不良がかった者はいないかと訊いた。

「さあ、特にそういう友だちが恭太君にいるということには気がつきませんが……」

吉田先生は、眼鏡をずり上げ、頼りなげに答えた。

学校では恭太に悪い友だちがいるとは特に気がつかない、という吉田先生の頼りなげな返事は、謙一が予期した通りであった。彼はこの文学青年のような担任教師を見たときから、明快な答えと態度とを期待してはいなかった。

「ほほう。お宅でもそうなんですかねえ？」

と、吉田先生は眼をまるくして謙一の顔を見た。実際に信じられないという表情である。もちろん、教育者の家庭に、普通のよその家庭と同じ子供の悩みがあるとは思っていなかったようである。

さすがに謙一もはずかしい思いがした。これでも担任の教師には恭太の行動の半分も言っていない。洗いざらい言えば、この教師はどんなにおどろくだろう。

「ほかの父兄も、そういう悩みを、先生に訴えてきますか？」

謙一は訊いた。

「あります。お母さん方が見えます」

と、吉田先生はうなずいた。

「やっぱりねえ」

「よそはもっとひどいですね。子供から母親が打ったり殴られたりしています。この前など、腫れ上がった眼をしたお母さんがぼくの家に見えて二時間ばかり泣いて帰られました。わがままをきいてやらないと、すぐに暴力を振るうらしいですなア」

吉田先生は顔をしかめた。恭太のケースと全く同じである。それに対して、この文学青年じみた教師がどんな返事をしてその母親を帰したか聞きたいものである。

「そういうケースは近ごろ多いんですか？」

謙一は問うた。自分の若葉学園は女子大なので、そんな問題は分からないといった顔つきを見せていた。

「多いですな」

と、吉田先生はうなずいた。

「それはどういうことですか、子供の反抗期なんですか？」

「反抗期という概念では、近ごろの現象は律し切れないようですな」

吉田先生は、果たして文学青年らしい言い方をした。

「ははあ」

「これまでの単なる反抗期ということだったら、親を殴打するようなことはしなかったですな。せいぜい、言うことをきかないとか、黙って家をとび出してみるとか、いわば拗《す》ねてみる程度でしたな」

親を殴るだけではない、恭太はナイフを構えてきたのだ。

「しかし、近ごろはそこを通り越して親に直接暴力を振るうようになりましたね。困ったものです」

吉田先生は眼鏡の奥の眼をしょぼしょぼさせた。

「すると、非行少年の型ですか？」

「いや、非行少年ではありません。非行少年は外で乱暴を働いたりしますが、いまの場合の子供は外ではひどくおとなしいんですよ。……そうそう、恭太君も学校ではひどくおとなしいんですよ。友だちにも愛嬌をふりまいて明るい子なんですがねえ」

謙一は、恭太が学校ではおとなしく、明るい子だと吉田先生から聞いて、意外であった。あの子にそんなことがあるとは想像されなかった。学校でも悪い友だちと組み、非行の仲間に入っているとばかり想像していたのだ。

「いや、近ごろの生徒にはそんなのが多いのですよ。家庭では野獣のように暴れるが、外では羊のようにおとなしいんです。私のところに訴えてみえる父兄の子供はたいていがそうなんです。なかには優等生もいますよ」

「優等生が？」

「最近のふしぎな現象ですね。以前には聞かなかったものです。乱暴な子は、家でも外でも乱暴だったんですがね」

「………」

「いわば、内弁慶というやつでしょうな。根は小心なのでしょう。外ではオドオドしているほうなんです。絶えず、強い仲間に気を使って、それに追従しているといったような……」

そういわれてみると謙一にも恭太について思い当たるフシがないでもなかった。恭太は外で単独では行動していないらしい。いつも仲間がいる。仲間に誘われるとイヤとはいえないのかもしれないのだ。ルミ子の店に行くのも、その強い仲間に言われて仕方なしについて行っているのかも分からぬ。——

謙一は、これは親心の甘い観測かもしれないと反省はしたが、恭太が外でおとなしい子だと吉田先生に聞かされて、いくぶんの安らぎは覚えた。

彼は、頼りなげに思われた吉田先生が少しずつ頼母しげに見えはじめた。

「そういう気の弱い子が親に反逆するのは、どういうことでしょうな?」

彼は訊いてみた。

「一つは、外で強い子の下に圧迫されている鬱積が両親に向かうのかもしれません。殊に母親にはね」

「ははあ」

「母親はどうしても子に甘いし、弱いですから。抑えられている弱者が自分より弱い者に対して、そのコンプレックスの捌《は》け口を求めているのと似ています」

そうだ、恭太はそういう卑怯な子だと思った。卑怯だから、すぐ逆上するのかもしれない。いきなり切り出しナイフを揮《ふる》ったところなど、男らしい子とは思えなかった。——

「それには、甘やかして育てたということもあるでしょうね。だから、そんな子は、長男か一人息子です。二、三男坊にはあんまりないようですな。ほとんどそれには例外がありません。……恭太君はたしか一人息子でしたね？」

吉田先生の質問に謙一もうなずくほかはなかった。

「やはり、そうでしたね。やはり躾《しつけ》がきびしいようでも、一人息子さんですからね」

吉田先生もひとりでうなずいた。

——謙一は恭太をそれほど甘やかして育てたとは考えていなかった。保子も、子供は好きでない性質《たち》である。むしろ、両親とも、恭太には無関心であった。

「それから、もう一つは、家庭であんまり子供に勉強を押しつけるのも、反抗の原因の一つになっているようです」

吉田先生は、謙一の様子をみて少しずつ話すことに自信を得てきたようであった。眼の前にいるのは私立女子大の理事ではなく、粗暴な子供に悩んでいる父兄の姿と、先生には映ってきたらしかった。

――子供に勉強を押しつけすぎているのではないかという吉田先生の推量は全く当たっていなかった。謙一は仕事のほうが忙しく、子供の勉強をみてやることはあまりなかった。それは恭太の顔を見れば、勉強しろとはよく言ったが、それは親の口癖であって、それで子供が勉強を押しつけられている圧迫感を持っているとは思えなかった。そのような圧迫感は、親が実際に子供の学習を見てやってこそ起こるものである。

また、保子も恭太の学習に立ち入るということはなかった。高校二年から三年くらいになると、保子の手では負えなくなっていた。吉田先生は、よその家庭の、いわゆる教育ママのことを言っているらしいが、自分の家庭とは遠いものだと謙一は思った。彼は心の中で苦笑した。

「一体、近ごろの子供は自分の親のことをどう思っているのでしょうな?」

謙一はここで全体的な問題を出した。

「そうですねえ……」

吉田先生は小首をかしげ、眼鏡の奥の眼をしばたたいていた。

「われわれの子供のときと、だいぶん違いますね。われわれのときは、母親が少しくらい無理なことを言っても、口答えくらいはしても、そんな無茶な反抗はできなかったものですがね。小学校では親に孝行という修身を教えていましたし……。あれがやっぱり身についていましたよ。いや、古いと言われると、それまでだが」

「そんなことはありませんがね」

「一体、高校では道徳教育というのをやってるんですか？」

謙一はいくらかあらたまった調子で聞いた。

「それは、やっています」

吉田先生はうなずいた。

「それには、親には孝行しなければいけない、ということを教えているんですか？」

「それは、父兄の方からよく受ける質問です。殊に、子供に手を焼いているお母さん方からですね」

吉田先生はそう言って、ちょっと考えるようにして、

「道徳教育には、特に親孝行ということは言っていません。戦前の修身と違って、高校でも詰めこみ主義ではいけませんからね。生徒が納得するような合理性がないといけないのです。では、親孝行には合理性がないのかというと、これがむずかしいのです。君たちは赤ン坊のときから、苦労をかけて育てられているし、現在もいろいろと庇護をうけている、だから、その恩愛には酬いなければならないと言うと、先生、それは親の義務です。義務だから恩を感じる必要はないと、生徒は言うんですな……」

子供を育て、学校にやるのは親の義務であるから、恩を感じる必要はないと、生徒が言うという吉田先生の言葉を聞き、恭太も同じことを吐いているのを、謙一は思い当たった。

「高校生には、道徳教育の教科書はないのですか？」

謙一はきいた。

「高校生には、道徳教育的な教科書はありません。まあ、それに代わるようなのが、三年前にできた倫理社会という教科書でしょうな」

「それには親と子の関係があるのですか？」

謙一は、恭太の持っている教科書をのぞいたこともなかった。だから、倫理社会という耳馴れない書名を聞いても、それは初耳だった。

「親と子の関係は書いてありますが、しかし、それは親孝行という徳目的なものではなく、社会学の面から説いているのです」

吉田先生は眼鏡の縁をずり上げて、持ってきた鞄を開いた。その中から一冊をとり出して、

「ちょうどここにそれを持っていますから、お目にかけます」

と差し出した。

謙一は、その倫理社会の本の目次を、ぱらぱらと見た。「人間性の理解」「人生観・世界観」「日本人の考え方」「現代日本の人間関係」といったようなものがならんでいる。

中をめくってみると、ソクラテスやルソーなどの顔写真が出ていた。一体、こんなものと親孝行とは、どんな関係があるのかと思っていると、吉田先生が、

「そこのところは、この辺をご覧になると出ています」

と、向かい側から自分でページをめくって見せた。

なるほど、「親子関係」という短い一項目が出ている。謙一は活字に眼を落とした。

「家父長家族では、親に対する服従が美徳とされ、孝行が道徳の根底とされていた。むろん、親の子に対する庇護・愛情は道徳的に要求されていたが、家の道徳としてはむしろ孝行が主となり、親と子の相互の愛情ということは、あまり表面にはでなかった。ところが近代家族にあっては、親と子の結合は、人格相互の結びつきであり、孝行は義務的なものであるよりは、むしろ、自然発生的なものであるはずだと考えられるようになった」

全体の本の中で親孝行に関する記事といえば、わずかに二百字程度であった。

これによれば、戦前の家の道徳としては、親孝行が主であったが、戦後の新しい考え方では、孝行は義務的なものよりは、むしろ、自然発生的なものだという。

バカなことが書いてあると謙一は思った。親孝行が自然発生的なものなら何もいうことはない。それが「自然発生」をしないから各家庭に親と子の争いが起こるのではないか。この教科書では、まるで孝行を昆虫か植物のように、自然現象としてしか見ていないのだ。これで倫理といえるだろうか。

また、親と子の結合は人格相互の結びつきとあるが、そんな人格を子供が意識していれば、何もいうことはない。そんな自覚がないから学校で教育する必要があるのではないか。

――「倫理社会」という教科書によれば、旧観念では、子供は親に服従、孝行は家の道徳の根底だったが、新秩序では、親子は人格的結合で、孝行は自然発生的なものとみなしている。これによれば、戦前のほうが遥かに「道徳」を感じさせるが、新教科書では、親子関係を全く冷たい科学的視点でしか捉えていない。孝行を自然発生的なものとしてしか、教師は傍観してないのだろうか。ここには倫理はない。あるのは科学の観察だけであった。

「これは非常に危険な書き方ですね」と謙一は吉田先生にいった。

「孝行が自然発生的なものとすれば、自然発生しない場合をも肯定しているわけですね？」

「そのところが大へんむつかしいですな」

と、文学青年のような吉田先生は当惑した顔になった。

「ここに書いてある通りだと、生物や植物と同じですから、そこには自然発生的なものもあれば、無いものもある。それは科学が証明するところです。そうすると、孝行が自然発生的でないことも、生徒は合理的なものとして、受け取ると思いますね。この点はどうですか？」

謙一は質問をつづけた。

「それは、やはりなんですな、子供の人格の意識に待つほかはありませんね」

「子供に人格を自覚させる教育は、行なわれているのですか?」

「その点は、先生にご納得いただけるかどうかは別として、ここに一応は書いてあります」

と、吉田先生はまた向かい側から手を出して、本のページをめくった。

そこには、「青年期と人生」という柱が立てられ、その中に「反抗と孤独を越えて」という小項目がついていた。謙一はまた、その短い文章に眼を走らせた。

「こうした反抗と孤独感とは、青年期の特徴であって、むしろこの特徴を積極的に生かすべきである。そのためには、反抗が単なる反抗や、安価なヒロイズムに終わらないように、反抗したい気持ちのよって起こるところを検討し、一方ではじぶんのあり方を反省し、他方では成人たちの世界のどこに欠陥があるかを正しく認識し、批判して、それを越える価値を自らつくりだすよう努力しなければならない。また、孤独を単なる弱々しい逃避や感傷に終わらしてはならない。孤独を新しい価値創造の母胎としたいものである。なぜならば、創造は、喧騒の世界からではなく、孤独と沈潜を通じて得られるものだからである。このように反抗と孤独感という、青年に与えられた特質を生かしてはじめて、わたしたちは、明日のよりよい世界の創造に貢献することができる。そして、このような生き方に努力している人間だけが、ほんとうの意味での自立精神をもっている人といえよう」

たいそう哲学的な教え方である。どこまでも理屈で押し通している。

「反抗したい気持ちのよって起こるところを検討し、一方ではじぶんのあり方を反省し」とあるが、そんな自己検討や反省が子にあれば、何も苦労するところはない。これは教科書ではない、いい気な評論だと謙一は思った。

謙一は「倫理社会」の教科書を読んで、そこには教育的な「倫理」は無く、存在するのは「社会」だけだと思った。

親子の関係の他の項目を見ても、旧民法は親の財産は長男が相続していたが、新法では妻と子供のすべてに分配されるとか、旧法では親に対する扶養が妻子よりも優先し、義務づけられていたが、新法では、実情に則して決めるとか、そっちのほうにばかりスペースを割いている。法律的には、その通りに違いないが、そんなことばかり強調していては、子はますます親を軽視する。

恭太の場合にしてからそうだ。保子が何か注意すれば、

「関係ない」

とか、

「うるせえ」

とか怒鳴って睨み返す。

聞けば恭太は外ではおとなしく、人づき合いがいいという。他人のご機嫌をとり、親に反抗する。そういう生き方を教えるのが、この「倫理社会」の教科書の類《たぐい》ではないか。

「ぼくから言わせると、ここに書かれているのは筆者の机上の作文ですな」

と、謙一は吉田先生に言った。教科書の監修者は、ある高名な社会心理学者であった。

「筆者の先生方にも高校生の子供がいると思いますが、もし、そのお子さんがほかの家庭同様、親に反抗してどうにも手がつけられないとなると、自分の書いたこの倫理の作文をどう思うでしょうね？」

「さあ……」

吉田先生は返事に困り、下を向いて苦笑いしていた。

「ぼくはたいへんな矛盾を、筆者の先生方も感じられると思いますがね。……で、あとはこの教科書に沿って、現場の先生方がどういうふうに生徒に教えられるかですが、この点はどうでしょうか？」

謙一は突っ込んだ。

「はあ、それはですな……」

担任の先生は眼鏡の奥の眼を忙しくしばたたいた。

「現場の教師は、一応、文部省の指導要領に従っています。その線に沿って……」

「文部省の指導要領はどんな方針ですか？」

「大体、教科書と同じです。教科書自体が文部省の指導要領に従って編集されていますから」

吉田先生は、いささか持てあましたように言った。

これでは要領を得なかった。大体、文部省の指導要領は分かったようで分からないことが書いてある。あんまりハッキリ書くと、他の勢力から突っ込まれると役人は考えているらしい。あとは適宜、現場の教師の指導力に俟《ま》つ、といった態度である。責任を現場の教師におしつけているかっこうである。

だが、その現場の教師には、定見もなく、自信もない。――

謙一は恭太の担任の先生吉田教師と別れて、車を新宿に向けた。今日午後四時半発の小田急で、箱根の塔ノ沢に行くことになっている。事務局長の鈴木は、一足先に塔ノ沢へ行って、彼の知り合いの高橋弁護士と待ち合わせていた。

昨日から、京都の柳原博士が箱根に来ているので、今日はその初めての面会であった。

謙一は車の中で考えた。吉田教師と会ったが、結局、子供の道徳教育の方針は要領を得ずに終わってしまった。現場の教師も迷っているのだ。なかには、いわゆる進歩的な高校教師もいるに違いない。文部省の方針が現場まかせだとすると、そうした教師は親孝行を旧い道徳として否定し、教壇では、あの生物学のような社会心理学を教えているのだろう。また、旧い家庭観念を考えている教師も、うかつなことをいえば「進歩的」な教師につるし上げられたり反動呼ばわりされたりするので、思い切ったことがいえないのだろう。校長にしてもその通りで、要するに現在の道徳教育は何もないといっていい。あんな教科書は執筆者の自己満足的な作文にすぎない。

だからこそ、近ごろ高校生の粗暴に悩む家庭がふえている。「恐るべき子供」が増加しているのだ。しかも、彼らは非行少年ではない。その意味では、彼らは臆病なる野獣だ。

謙一は、今の高校教育には一切頼らないことにした。これでは自分の息子は救われない。恭太を説得するのは、やはり教育者よりも人生経験に長《た》けた年配者にしよう、すぐにはその人物に心当たりはないが、そのうちきっと見つけようと思った。

そう考えつくと、彼はもう息子のことは忘れてしまった。なんだか、それで一つの解決がついたような気になった。小田急の電車に揺られているときの彼の心は、これからあの柳原博士を口説き落とす工作に、完全に占められていた。子供のことは何とかなると思った。実際には、その根本的な解決はむずかしい。漠然と役に立つ説得者が現われることを期待した。未解決の問題を解決できたような、安易な気持ちで自ら納得することにした。こんな憂鬱なことをいつまでも思っていても仕方がないのだ。それよりも、今度は自分本来の仕事に立ち向かわなければならない。このほうが息子や家庭の鬱陶しい問題よりも、ずっと男らしくて生き甲斐があった。

終点の湯本駅に着くと、ホームに鈴木が出迎えていた。

「高橋先生は、すぐそこのホテルのロビーでお待ちになっています」

事務局長は、改札口から出た謙一に報告した。

「そう。それで、柳原さんもそこにいるのかね？」

「柳原先生はホテルがお嫌いで、杉ノ家別館にお泊まりでいらっしゃいます。高橋先生との打ち合わせ通り、七時からお目にかかるようになっています」

「高橋弁護士の話はどうだったな？」

「高橋さんは、見通しとしては楽観でも悲観でもないといっています。柳原先生は昔から、そんなふうに事前交渉では得体の分からない人だそうです」

ホテルのロビーでは高橋弁護士が謙一の着くのを待っていた。ここで、鈴木事務局長を入れて三者の話し合いとなる。問題は、これからあの柳原博士が、果たして若葉学園の学長に就任してくれるかどうかの見通しであった。

「柳原さんは、出るまではなかなか慎重でしてね、今度もまだ、その態度が煮え切らないんですよ」

と、柳原博士の友人だという高橋弁護士はいった。真っ白な頭の赤ら顔である。実際の年齢よりは、かなり若く見えた。その顔も脂ぎっている。

「柳原先生は、こちらの話を全然受け付けられないわけではないんですね？」

謙一はきいた。

「あたまから撥ねつける、ということではありませんな。もっとも、わたしが間に入っているせいもあるが」

と、弁護士は自分の「顔」をちょっぴり見せた。

「それなら、これからわたしがお目にかかってお願いすれば、成功するかも分かりませんね？」

「ぜひ、そうありたいものです。あなたが三顧の礼を尽くす誠意をお見せになったら、柳原さんも重い腰を上げるかも分かりませんよ」

「柳原先生は、もう待っていてくださるんでしょうね？」

「あなたが見えたら、連絡の電話をすることにしています。早速かけてみましょう」

と、高橋弁護士は気軽に椅子から起ち、フロントに行って電話を借りていた。

七時に近い箱根の山は、すでに暮れている。暗い山あいには、温泉の灯が光っていた。窓から見えるそうした風景を、謙一はぼんやり眺めていた。ここで私語するのは高橋に悪いと思ってか、横の鈴木も黙って茶をすすっていた。

謙一は、恭太のことはすっかり頭からはなれていた。いま心を占めているのは、柳原博士を何とか虜《とりこ》にしたいという猛然たる意欲だけであった。仕事を持つ男には、家を一歩出ると、その瞬間から家庭の憂鬱を振り切れる特権がある。

電話を終わった高橋弁護士が戻ってきた。

「お待ち申しあげている、ということでした」

高橋は柳原博士の言葉をつたえ、茶碗をとり上げた。

「それはどうも……」

謙一が礼をいうと、

「ときに、石田さん、現学長の椎名さんのほうは大丈夫でしょうね？」

と念を押した。もちろん、後任の学長を持ってくるからには、現学長をトラブルなしに動かせるか、ということである。

「それは問題ありませんよ。なにしろ、椎名さんは理事長のシャッポですからね、理事長が替われば椎名さんのほうには、問題がないわけです」

大島理事長を近く引退させることは、謙一もぼんやりと高橋弁護士にはほのめかしていた。また、それでなければこんな交渉はできない。

杉ノ家別館は、塔ノ沢の旧い旅館である。箱根一帯が、ほとんどホテル式になっているのに、この著名な旅館は、決してその流行を追おうとしてなかった。庭は早川を見下ろす断崖のふちにひろがっている。樹も石も古い。由緒をもつことは、その保存された宿帳に大正時代からの首相、陸相、枢密顧問官ならびに華族の名が、ずらりと記されていることでも分かる。

謙一と高橋弁護士、それに鈴木事務局長の一行は、暗い古びた廊下を女中に案内されて奥へ歩いた。廊下だけは、さすがに緋の絨毯が敷き詰めてあったが、少しも華やかではなかった。

柳原博士の居る部屋は断崖に近い十畳の間だった。昔風の家だから、間取りもゆったりとしている。近ごろの合理的な建築のなかで、この無駄の多さは貴重なものであった。大きな応接机を前にした柳原博士は、脇息を置いて和服で坐っていた。

袴をつけている博士は、はじめて遇う若葉学園の専務理事に、些少の敬意を表したとみえる。昔気質の几帳面な老人でもあった。

博士の横には、三十過ぎぐらいの男と、その妻らしいのが坐っていた。その正体は、謙一が博士と挨拶を交わしたのちに、さし出された名刺で分かった。博士の四男で、京都の銀行に勤めている国四郎という名だった。

「父が老体なものですから、上京のたびに、こうして付き添っているのです」

四男は色の白い好男子であった。

「父は学術会議の機会に、上京するのを愉しみにしています」

と、横から国四郎の妻がいった。これも京女らしいおっとりした顔であった。

肝心の博士は、あまりものを言わなかった。しかし、その大きな禿げ頭は肥えた顔によく似合い、にこにこしながら聞いているところは、好々爺であった。耳に補聴器を当てている。ひとの話は、それで聞こえるわけだが、やはり自分から進んで話すのは大儀そうだった。写真でよく見る顔だが、今はそれよりも老いが進み、眉毛の大きいのが特徴として残っていた。眉毛の端には、長命を表わす長い白髪が垂れていた。

「ずいぶんお元気そうでいらっしゃいますね」

と、謙一は膝も崩さないでかしこまっていた。

「いや、もう駄目です」

と、老博士は睡そうな眼つきでほほえんだ。

「父はあんなふうに申していますが、まだまだ元気ですよ。耳は遠いが、記憶力はたしかなもので、家では読書を欠かしたことはありません。それに、ひとさまの前はこのように寡黙ですが、家庭では、よくしゃべるんですよ」

四男の国四郎がいった。当人は学者の家に生まれたが、どうもそのほうの才能がないので、畑違いの銀行屋になったと笑っていた。

「それを伺って安心しました。もう、先生にお話は通じていると思いますが、実はわたくしどもの学園にぜひご出盧を願いたいと思いまして、お願いに上がった次第でございます」

と、謙一は老博士にむかい、少し大きな声で言いながら頭を下げた。

横の高橋弁護士は何かと博士と謙一の間をとりなすようにしていた。弁護士は博士の旧友だが、博士よりはずっと若くて活動的に見える。それは弁護士という職業柄かもしれなかった。一方は学究の徒であり、一方は絶えず事件の調査とか、法廷の出入りとかに活動している。いかに依頼者から高額の弁護料を巻き上げるか、ということに専念している夕イプだった。彼は民法が専門で、大会社の顧問をいくつか兼ねていた。

「君もまだまだ京都の竹藪の奥に隠棲する身分じゃないよ。いくら庭で体操したり散歩したりしても気持ちの老いこみはどうしようもないからね。いちばんいいのは、現役に復帰してばりばりと働くことだね。張り合いが何よりの健康法だよ」

と、高橋弁護士は博士に弁じた。

「うむ、うむ」

と、柳原博士は逆らいもせず、微笑しながらうなずいていた。春風駘蕩《たいとう》と聞き流している態度である。

「ねえ、国四郎さん、あんたからもすすめなさいよ。奥さんもそうだ。まだまだ、老人を床の間に置いておくのは国家のため損失ですよ」

京女の国四郎の妻は、舅をチラチラ見ながら笑っていたが、国四郎のほうは、

「高橋先生はお張り切りのようだが、うちのおやじはだいぶん違いますからな。それに、われわれが横合いからいっても、いやだと思えばテコでも動かない爺さんです」

それが、謙一の依頼を婉曲に断わっているように聞こえたので、謙一もここで頑張らなければならなかった。

「もちろん、学園の学長に来ていただくとしても、京都からお移り願うことはないと思います。わたくしどものほうで月に二、三回ぐらい京都のほうにお伺いして、いろいろご指

示をいただいたり、こちらの報告を申しあげたりしたいと存じます。とにかく、先生に学長として就任していただくことだけで、どのようにわが若葉学園が権威をもつか分かりません。……これまで先生もほうぼうの大学から、同じような要請があったと聞いております。また、それをお断わりつづけになった先生のお気持ちも、よく拝察しております。それを十分に理解しながら、あえてお願いするのでございます」

謙一は熱心にいった。しかも、態度にはどこまでも恭《うやうや》しさを失わなかった。うしろにいる事務局長の鈴木は、ただ謙一についていっしょに頭を下げるだけだった。

柳原博士は黙ってうなずくだけで、一向に手ごたえはなかった。それも前から聞いていることなので謙一もおどろかず、自分の誠意が必ず相手に通じるものという確信で頼みつづけた。

「この前からぼくがいろいろと口説いているんだけど、先生、一向にとり合わないものだからな、今日は本人を連れてくれば、少しは君の気持ちが動くかと思って、ぼくも大いに希望を持って来たわけだ」

高橋が柳原博士にしきりといっていた。

何をいっても博士は答えない。ぼんやりした顔つきで、まるで子供のようにうすら笑いしているだけであった。

——柳原博士は呆《ぼ》けているのではなかろうか。

謙一は相手の表情や態度を見ながら、ひそかに考えた。柳原老博士は、補聴器に耳を当てたまま脇息に凭《もた》れて、おとなしく皆の話を聞いていた。傍らには、国四郎の嫁の京女が付き添っている。

謙一は、博士に頼んでばかりいるのも執拗にとられそうなので、ときには話題を変えた。相手はのれんに腕押しで全く反応はない。だが、功を焦って失敗することをおそれた。いっぺんに相手の返事を取ろうというのが無理である。これほどの大物だ、簡単には承諾しないに違いない。法学界の長老という権威もある。勿体ぶったところを見せられるのは、我慢しなければならなかった。

謙一は、柳原博士の過去の経歴にふれた。博士は戦前、京都のT大の法学部の少壮助教授であった。折からファッショが進み、ある教授の著作が、国体に背くものとして政府の弾圧を受けた。ときの文部大臣は、その教授の辞職を総長に迫ってやまない。そこで、法学部の教授や助教授四、五人は結束して、その擁護に起ち上がったのだが、なかでも若き柳原助教授は、その抵抗運動の中心であった。

その話になると、老博士の顔は生気が出てきた。

「その後いろいろ出ている本を拝見しますと、先生の態度や行動はご立派でしたね。まったく敬服のほかはありません」

謙一は、尊敬を顔いっぱいに見せていった。彼は博士に会うために、相手に関する本はできるだけ眼を通し、予備知識を持ってきたのである。実際、当時の柳原助教授の行動を、たたえない本はなかったのだ。

「あのときは、わたしよりも、梶原先生が、皆の中心でおられましたのでね。……梶原先生がおられなかったら、文部省の攻勢に、脆くも敗れたろうと思います。……わたしなどは、梶原先生のほんの使い走りのようなもので、それが世間には、誤って映ったのです……」

博士は緩慢な口調で、ぽつりぽつりと話した。

その口ぶりだと、文部省の激しい弾圧も、それを撥ね返す強い団結も、何だかふにゃふにゃに聞こえるのだった。博士は、ときどき言語の明晰《めいせき》を欠いた。何をいっているのかよく分からない。はじめのうちは謙一も聞き返したが、あまりそれが頻繁なので、大体の意味を推測で補うことにした。

あまり言葉が分からなくなると、息子の国四郎が、父はこういっているのですよ、と通訳をした。そのようにゆっくりした話しぶりのうえに、博士はときどき咳込んだ。それも容易に収まらないところをみると、博士には喘息の気味があるらしかった。すると、息子の嫁の京女が博士の背中を軽く叩いたりさすったりして、まるで看護婦のようであった。

謙一は、そんな柳原博士を見ると、だんだん頼りなくなってきた。これが、世間で大きく評価している学界の重鎮であろうか。聞くと見ると大違いとはこのことである。

しかし、もし、こういう人が学長に来てくれれば、これくらいありがたいことはなかった。自分が理事長になれば、柳原博士の学長は完全にロボットである。

謙一は、博士のだらだらした話を聞きながら、思いはまた学長の就任要請につのってくるのだった。

柳原博士は懐旧談にふける。

学問の自由・大学の独立を守るために、文部省とどのように闘ったか、そして彼らが、当時の知識階級の支持をどのように大きく得たかを、語るのである。同僚教授の中には、早くも文部省の軍門に下る者もいれば、中立的態度を装って、日和見主義をとっているのもいた。それを何とか崩さないように説いて回り、また新聞記者などを通じて、精力的に外部に宣伝したのが柳原助教授である。

だが、結局、団結は破れた。当初、総辞職の決意を表明していた教授や助教授の中から、続々と落伍者が現われた。最後には辞職組と残留組とに分かれた。

その間、柳原助教授は、文部省と大学との板ばさみで、ふらふらしている総長に迫ったり、また、神経衰弱になった学部長を叱責したりした数々のエピソードを語るのである。

老人の話は長い。しかも、話しながら、前に言い忘れたところを思い出して挿入するので、筋が一貫しなかった。話があっちに飛び、こっちに飛んだ。

高橋弁護士は、いつもその話を聞かされているとみえて、煙草を吸いながら笑っていた。

「君、そんな堅苦しい話よりも、少しは柔らかい話もしたらどうだ」

と、弁護士は煽《おだ》てた。

「また、先生があんなことをいやはります」

と、老博士の看護婦役の京女は、眼もとを笑わせて睨む。

すると博士は、若いときドイツに留学した際の道楽を披露する。あるいは島原で遊んだ話をする。

もうろくした禿頭の老人が、若いときの艶話をすることほど幻滅的なことはない。しかも、当人は結構自分のその話に陶酔しているのである。謙一はそっぽを向くわけにもゆかず、しきりと感心したように、また、興がっているふうに相槌を打たねばならなかった。

そこに余計なことには、息子の国四郎が註釈を入れるのである。話はますます長びく。

だが、話の長びくのは、むしろ歓迎すべきことかもしれなかった。そのうちに、博士のほうで承知する可能性があるからだ。もし、あたまから拒絶するつもりなら、こんな長話はしないであろう。極端なことをいえば、玄関払いでも済むことだ。謙一は、老博士のたどたどしい話にうんざりしながらも、その希望に心をつないでいた。

そのうち、夜食を兼ねた握りずしが出された。

博士は、嫁にすしを取ってもらったが、箸が自由に動かせなかった。指でつまんで口に持っていっても、飯粒を子供のように胸にこぼした。京女の嫁は、ハンカチを出して博士の膝に当てたり、醬油を顎から垂らすので、別なハンカチで胸当てをしてやった。博士は穴子のすしが好きで、うまいといって食べているが、しまりのない口のあたりは、タレで意地汚なくよごれた。オールド・リベラリストも、だらしないものだった。

謙一は腕時計をそっと見た。九時を過ぎていた。風が出たらしく、窓の外から谷間の林を渡るゴウという音が聞こえている。

謙一と、高橋弁護士と、鈴木事務局長とが、杉ノ家別館から前のホテルのロビーに戻ったのは、九時半ごろだった。

謙一はロビーの椅子にぐったりとかけた。その様子を見ていた高橋が、

「あなたも疲れたようですね。やっぱりああいう人に遇うと、話しているときは何でもないが、あとで疲れが出るもんですね」

と、笑っていった。

高橋は、柳原博士のような高名な学者に会ったので、その緊張が疲労となって出たのであろうといっている。謙一は、たしかに疲れてはいたが、それは高橋弁護士がいうように柳原博士の権威に緊張したためではなく、博士のよく聞き取れない長話と、だらしない恰好にくたびれたのである。しかし、むろん、謙一は弁護士の意味の取り違いのほうに、調子を合わせた。

「全くです。以前から高名なことを承っているので、初対面のぼくとしては大そう緊張し

ました。やはり偉い人に遇うのは疲れるものですね」

「みんなそういいますね。ぼくらは前からの友だちで、冗談をいい合っているが、そうでない方はやはり柳原君の前には硬くなるようです。あんなに年取って、世間のもうろく爺さんと違わない恰好なんですがね」

「いや、やはりそこは威厳に打たれますよ。殊に、博士があんなふうに無造作な態度を見せてくださるので、余計にその人徳に打たれるわけです」

高橋弁護士がいみじくもいったモウロクという言葉に、謙一は心では賛成であった。あんな状態では、たしかに年齢《とし》のせいで頭が呆けているとしか思えない。もう少し経てば、世に高名な博士も完全に癡人同様になるかもしれなかった。

だが、当人がどのようであれ、若葉学園にはぜひシャッポとして戴きたいのである。これくらい操作のしやすい学長もほかになかろう。しかも、彼の名前だけで、学園の箔《はく》がどのようにつくか分からないのだ。現学長の椎名博士などの比ではなかった。

「ところで、高橋先生。やっぱり心配なのは柳原先生の意志なんですが、さっきのお話のところではイエスかノウか、さっぱりお気持ちが分かりません。先生のご判断ではどうなんでしょうか？」

謙一は博士の「親友」にきいた。

「そうですな、柳原君は以前から慎重居士でしてね、われわれからみるとはがゆいくらい、物事を決定する前にグズつくんですな。まあ、昔気質で責任感が強いので、どうしても返事が手間どるんですなア」

高橋弁護士は煙草を片手にいった。

「そうすると、さっきの印象ではどうですか。気持ちは動いていたように見えますか？」

「たしかに動いている、ぼくはそう感得しましたよ。柳原君があんなに長話をすることも珍しいですからね。当人、あなたが気に入っているなと、ぼくは見てたんですよ」

「そうですか。それならいいんですが……」

謙一は、高橋の言葉だけでなく、自分もそう感じていたので、ひとまず、ほっとした。

男女の間

謙一は、ホテルのロビーで高橋弁護士と鈴木事務局長と別れた。

「実は、これから、もう一人遇わねばならない人がいるんです。銀行関係の人なんですが、その人が仙石原のホテルに居るので約束しています。申し訳ありませんがこれで……」

「そうですか。それは大へんですな」

と、高橋弁護士は本気で言った。学園の理事ともなると、会社の役員と同じで、とかく金融にかかりきりになる。ことに私学の経営は苦しいのだ。高橋は同情していた。

鈴木も同じで、金融方面のことは謙一でなければ分からないことが多いのだ。謙一も、いちいちは鈴木に知らせていなかった。

「ご苦労さまです」

と、鈴木は玄関まで謙一を見送った。

謙一が車を走らせたのは仙石原ではなかった。塔ノ沢から上に登った強羅のホテルだった。

謙一は、フロントで加寿子の部屋番号をきき、エレベーターで七階に上がった。教えられたドアをノックした。すぐには応答がなかった。ノッブを回したが開かなかった。三度目のノックのとき、ドアが中からカチリと鳴った。押して入ると、バスタオルで捲《ま》いた加寿子の裸が逃げて行くところだった。浴室のドアが閉まった。湯の音がしていた。入浴中にノックがしたので、加寿子が裸で鍵をはずしに飛び出してきたのだ。

謙一は、椅子にかけてテレビを見ていた。十時の民放ニュースだった。格別な出来事はない。湯の音が激しく聞こえている。加寿子は上がってくるらしい。謙一を待ちくたびれて湯に入ったところにやって来たので、すぐに出る気になったようである。

部屋の中にもう一つドアがある。その向こうが寝室らしかった。湯の音がやんだ。

加寿子が髪をタオルで掩い、ピンクのネグリジェで入ってきた。

「遅かったわね」

加寿子は謙一の傍らに立っている。頬が上気し、光っていた。

「うん。案外と話が手間どって……」

「そう。待ってたけれど、長いから、お先に湯を使ったわ。……すぐお入りになったら？」

「うん」

椅子から立つと、加寿子がうしろに回って上衣を脱《と》った。

「どれくらい待った？」

謙一はネクタイを外しながら、うしろ向きにきく。

「二時間くらい前に着いたわ」

「そう。ずいぶん早かったな」

ワイシャツのボタンを一つ一つはずす。

「だって、お店に出ないんですもの。東京に居たって仕方がないわ」

「そりゃ、そうだけど。……もう少し、おそく来れば待たなくてよかったのにな」

加寿子がワイシャツを脱がせた。謙一の気持ちがようやく浮いてきた。

謙一は湯槽《ゆぶね》に漬かった。西洋式の風呂はいくら慣れたようでも落ちつかない。のびのびと横たわるのが本当だろうが、しゃがんで肩まで漬かるという日本人の好みには合わないのである。西洋式の湯槽に入ると、謙一はいつも早く飛び出してしまう。その点、女はどうなのだろう。謙一は、すべすべした白い陶器の浴槽の中に、仰向けに横たわる加寿子の姿態を想像した。

窓から見える外の景色は美しかった。強羅そのものが箱根の中でも高い所にあるだけに、下に見おろす小さな灯の点在が、黒々とした山と森の間に沈み、やはり東京から離れたという気がした。星が低く見えた。

あの灯の一つが塔ノ沢に当たる。あの宿では、柳原老博士が息子と嫁とに囲まれている。

かなり呆《ぼ》けているらしい老博士は、こっちの話を承知するかどうか、まだ分からなかった。こちらの条件としては、最高の待遇を申し出ている。べつに東京までおいでにならなくともいいといっているし、給料もボーナスも現在の学長の二倍近くを出すと、高橋弁護士を通じていっているのだ。相手はこれまで他の私大からの同じような話を、何回か断わっている。それだけに、この条件は仕方がなかった。

しかし、柳原博士が、他の大学の学長を断わりつづけたときは、まだ彼の老化がそれほど進まないときだった。いわば、停年後の働き盛りであった。そのときと現在とはだいぶん違う。今は、博士の健康も頭脳も、相当に衰えている。それでも、こちらは博士の虚名欲しさに、それだけの条件を出したのだ。

まず、高橋のいう通り見込みはあると思う。

それは傍らについている国四郎という伜である。あの男は俗物だ。銀行員になっただけに、ものの考え方が現実的である。おいぼれた父親に、それだけの金が出るとなれば、彼のほうが進んで受けたほうがよいと、父にすすめるのではあるまいか。そういえば、今度箱根に博士について来たのも、そのような考えがあってのことのようにもとれる。

一つは、この際父親の機嫌をとり、こちらが出す莫大な給料の裾分けを狙い、一つは、今度の話の代理人をもって任じ、今後の発言権を持とうというところがありそうだ。そういえば、あの京女の妻も、いやに舅にやさしくしていたが、これにも夫と同じような下心があるかもしれぬ。京女は口がうまいし、上辺《うわべ》はやさしいが肚は計算高いというのが、通説である。

博士はもう寝ているに違いなかった。今夜は自慢話をだいぶんしゃべったようだ。あれでくたびれてアンマでもとり、そのままいびきをかいて睡ったかもしれぬ。とにかく、あいう老人が学長に来てくれれば、こっちのものだと謙一は思った。

現在の椎名学長は、こんな話が裏で進行しているなどとは、夢にも知らない。また、椎名が頼りにしている理事長の大島は、目下、関西方面に学生の見学旅行という名目で、秋山千鶴子と行っている。出発以来、今日で三日目だ。日程によると今日は奈良に回るのだが、今日あたり、大島は秋山を伴《つ》れて脱出するのではなかろうか。

一行には、意を含めた石塚助教授をつけてある。理事長のいう通りにさせるがいいと申し渡してある。その大島と秋山千鶴子とは、私立探偵社の者が隠れて見ているとは夢にも知るまい。

謙一が浴室から出ると、加寿子も化粧が終わって、テレビを見ながら待っていた。謙一はホテルの浴衣で、ネグリジェの彼女とさしむかいの椅子にかけた。テレビの淡い光が、あっさりとした寝化粧の顔に映えていた。

「ビールなら備えつけの冷蔵庫にあるけど、ウイスキーにしますか?」

加寿子はきいた。

「もう、運んではくれないだろう」

「きいてみるわ」

加寿子は、電話でサービス係にたずねていたが受話器を置くと、

「時間が遅いから、やっぱりダメですって。ビールにするわ」

と、部屋の隅の冷蔵庫のほうに行った。時計を見ると十一時近くになっていた。

ビールをコップ二つに注いで、かたちだけ乾杯した。いまさら、彼女の身体をすぐにひき寄せるという仲でもなかった。そういう時期はとっくに過ぎている。

「何を考えているの？」

加寿子が彼の横顔を眺めながらきいた。

「交渉のことだよ。今夜、口説きに行った先生がうまく承知してくれるかどうか気になるんだ」

「そうかしら」

「なんだ？」

「お家《うち》のことじゃないの。そっちのほうが、気になって……」

「バカを言うな」

と言ったが、謙一は実はそれを考えていたところだった。べつに、妻に嘘をついて、女と箱根のホテルに来ているのが気を咎《とが》めているのではなかった。そういう時期もとうに過

ぎている。気になるのは今夜、家に保子と恭太しかいないことだった。恭太が勝手なことを喚いているような気がする。それでも父親が家に居ると居ないのとでは、恭太の態度はかなり違う。母親ひとりだと勝手気儘をする。母親をあたまからバカにしているのだ。今ごろは思うように金をくれないと言って、保子を殴っているかもしれなかった。畳に頭を抱えてうつ伏している妻の姿が、チラチラ浮かんでいけなかった。

加寿子は寝る前にビールを必ず二本は飲んだ。べつに、つまむものは必要なかった。コップを呷《あお》るようにしてつづけて飲む。面白くないときは、そのピッチが上がる。いまも速度ははやかった。謙一が家のことを考えていると思っているのだ。

「夕刊、入ってないかな？」

「新聞なら、あそこに置いてあるわ」

机の上に載っていた。

「新聞を読むくらいに退屈なの？」

「そういうわけじゃないが」

「わたしとは話がないの？」

「夕刊を読んでないのだ。夕刊を読まないと落ちつかないんだ。読んだら、いくらでも話すよ」

加寿子がからみだすと面倒なので、相手にしないで机に新聞をとりに行った。社会面の見出しが眼に入ったとき、謙一は思わずどきりとなった。

謙一が見た社会面には、

「高校生の強盗未遂殺人犯人つかまる、三人組の一人は判事の息子」

とあった。

謙一は、この前の三人組の、若い強盗未遂殺人犯人のことだと知った。急いで記事の中の「犯人」の名前を見たが、もちろん、未成年なので、A、B、C、としか書かれてなかった。学校名も伏せてあって、都内某高校の生徒（十七）としてあるだけだ。だが、恭太でないことは、その父兄の職業が書かれているので分かった。

一人の少年は判事の息子である。一人は会社役員、一人は音楽家の息子であった。

記事によれば、三人の高校生は遊ぶ金に困り、顔の半分をハンカチで覆面し、都内麻布笄町のある家に侵入し、金貸しの老婆を絞め殺したが、近所の者に騒がれて逃走したとある。

謙一は、恭太でなかったことに安心すると同時に、この三人が恭太と知り合いだったということに、新しい恐怖をおぼえた。殊に判事の息子というのが衝撃であった。新聞もそのことを強く報じている。父親判事の「申し訳ない」という談話も出ているが、新聞の観測では公職を辞するほかはあるまい、というように書いてあった。

もし、これが恭太だったらどうだろう。たちまち、自分はこの判事と同じ立場に立って、若葉学園の理事を辞めなければならない仕儀となる。一切が破滅だ。彼は、この記事の活字が、一つ一つ自分の心臓を叩いてくるような気がした。

加寿子はチラリと、その紙面に眼を走らせた。彼女は、もっと早くその新聞を読んで報道を知っているのだ。

だが、そのことに一言もふれないのは、やはり謙一の気持ちを察しているからであろう。この前、彼女の家の帰りに強盗未遂殺人事件のニュースを、タクシーの運転手から聞いたことも、彼は話していた。それが息子でなければいいが、という不安も打ち明けた。彼は、加寿子には家庭内のことを、何でも打ち明けている。そのために、ルミ子の店に恭太が遊びに行かないように止めてくれとも頼んでいる。

謙一が、新聞を見てやや蒼ざめた顔でいると、

「どう、ビールでもお飲みになっては」

と、加寿子は元気づけるようにすすめた。

謙一はビールを一気に飲んだ。咽喉が渇いていたのが分かった。

「あなたも心配なことね」

と、加寿子は慰めるようにいった。

「………」

息が乱れてすぐには言葉が出なかった。まだ、空恐ろしい気持ちが立ち直っていない。

彼は新聞を抛り出すと、ぐったりとなって椅子に深くかけた。

「親を苦労させるやつだ」

と、謙一は喘ぐようにつぶやいた。

「でも大丈夫よ。まさかここまではなさらないわ」

と、加寿子はひと通り元気づけるように言った。

だが、その保証はなかった。いつ、謙一は、この判事の立場に立たせられるか分からないのである。

謙一は加寿子とベッドを一つにしたが、高校生の犯罪の記事が気にかかって情感が中絶された。こういう時だけでも、子供の恭太から解放されたかったが、あの新聞を見てからいけなくなった。彼女の身体に溺れることができなかった。愛欲の深みから、すぐに浅い岸にひき戻されるのである。愉しんでいた箱根の一夜は、最も興ざめなものになりそうである。

加寿子も面白くない顔をしてベッドに腰かけ、煙草をふかしていた。が、彼女にも謙一の心が分かっていたので、自分に浅い彼の情熱を責めなかった。しかし、不機嫌な顔であった。加寿子は口を利かずに、煙ばかり吐いていた。

ホテルの中は静まり返っていた。外を走る車のクラクションだけが、寂しげに聞こえていた。

加寿子が、サイドテーブルに載せている腕時計をとりあげた。

「これから東京に帰ろうかしら……」

彼女は呟いた。

「いま、何時だ？」

謙一は枕の上で首を回した。

「一時前だわ……」

低い声で加寿子は言った。

「こんな時間にか？」

謙一は女の横顔を見つめた。

「ハイヤーだったら、行ってくれるわ」

乾いた声であった。

加寿子は硬い表情でいた。いかにも面白くないという気持ちを、露骨に出していた。考えてみれば、恭太のことは彼女には、かかわりのない話であった。謙一には同情できても、その同情をベッドにまで持ちこんで、愛欲の邪魔にする気持ちはなかった。それとこれとは別問題であった。ここには、一切の余事を考えない没我だけの要求があった。

謙一にしてみれば、彼女の気持ちも分からなくはないが、もう少し「理解」があってもいいと思った。ゆきずりの情事ではないのである。おれだって何もかも忘れてそうしたいのだ。それができないのは、この悩みがあるからだ。この不幸にもう少し同情があってもいいのである。こっちを慰めるどころか、不機嫌な顔で、この深夜に東京に帰ると言い出した彼女に腹が立ってきた。

「じゃ、ハイヤーを呼ぶか」

謙一は毛布をはねのけた。

加寿子が、少しおどろいたように眼をちらりと向けたが、これもくわえていた煙草を急に灰皿に揉み消した。

「今から出発すれば、東京に着くのは四時ごろになる」

謙一はシャツを着ながら言った。騎虎《きこ》の勢いであった。夜明けごろに東京についても、加寿子のマンションには寄らないぞと思った。むろん、家に戻る意思はなかった。

加寿子は洗面所に入った。顔を洗う水音が高くしている。女も意地を出していた。

洗面所の水音がやんだ。化粧品のふれ合う音がしている。ネクタイを結んでいた謙一は、ドアの向こう側に耳を立てた。化粧する加寿子の指先の荒々しさが想像できた。

謙一はネクタイを締め終わったものの、それでも決断がつかず、椅子に坐って煙草をくわえた。女は気持ちがむらである。考えがいつ、どう変わるか分からない。さっきは行きがかりで、すぐにも出発するつもりで化粧室に入ったものの、どこまでが本当か分からなかった。

謙一は、こんな状態ではもう加寿子とも長くないような気がした。向こうでその話を切り出すなら、応じてもいいように思う。二年間のつき合いであった。バアを持っていれば、男客からもいろいろ言われるだろうし、女もぼつぼつ気分を換えようとしているときではないか。

ブラインドの下りた窓の外は、むろん暗かった。その向こうに箱根の暗い森林が闇の中に沈んでいるはずである。

謙一は、大島理事長が秋山千鶴子を伴れて、今夜はどこに泊まっているだろうかと思った。もちろん、京都はとうに脱出しているに違いない。奈良にも居ないはずだ。大島の郷里の紀伊に入っているだろう。Kという町は大島家先祖代々の土地だった。旧くから、名家として大島家は地元の尊敬をうけている。彼はそれが自慢であった。

紀伊に行けば、大島は二、三泊はするに違いない。それから和歌山や白浜、熊野あたりを回り、伊勢を通って戻ってくるかもしれぬ。老境に入った大島には、三十二歳の秋山千鶴子が最後の恋人になるに違いなかった。してみると、大島が、女として少しも魅力を感じない彼女に、老いらくの恋を燃やしているのもふしぎではなかった。

自分も大島ぐらいの年になったら、そういうことになるのだろうかと謙一は思った。二十以上も違う女なら、あんな秋山千鶴子みたいな醜い顔の、愛嬌も何もない女に、夢中になるものだろうか。謙一はこれまで、あまり不器量な女とはつきあったことがなかった。

これでも、女を見る眼は高いと思っている。

だが、大島理事長にしても、壮年時は同じことだったかもしれぬ。年取った今でも、大島はすこぶる上品な顔をしている。あれで、その私行《しこう》を知らない者には、典雅な老紳士としか映るまい。青年時や壮年時の大島はきっと美男子に相違なかった。そして女に騒がれてきたであろう。もちろん、そのころの彼は秋山千鶴子みたいな不美人には、ハナもひっかけなかったと思うのである。……

隣で椅子を引く音がした。

ドアを開けて、加寿子が入ってきた。寝巻だが、顔だけはきれいに化粧している。彼女は、謙一がワイシャツとズボン姿で腰かけているのを見て、瞬間、反抗的な眼をしたが、すぐには着更えのほうには行かず、離れた所に立った。

謙一は、無言で自分を見つめる加寿子の眼を意識しながら、煙草の煙を吐きつづけた。

玄関のほうで、車の出て行く音がした。この深夜に、やはりホテルを発つ客があるらしかった。

「何を考えているの？」

と、黙りつづけて謙一を見ていた加寿子がきいた。

「べつに……」

謙一は煙を吐いていった。

「やっぱり恭太さんのこと?」

「いや、ほかのことだ」

「そりゃ、恭太さんのことが心配になるのは分かるわ。でも、そんなことをいつまでも考えたって仕方がないでしょ」

「………」

「あんたの家庭の心配を、わたしたちの間にまで、持ちこまれては困るわ」

それが加寿子の本心であった。その点、彼女は正直だといえる。事実、彼女にしてみれば、彼が家庭の心配を持ちこんでくるのは、夾雑物《きょうざつぶつ》にすぎない。女は相手の男と直接的なもの以外は望まない。それが純粋だと、女は信じている。

「考えているのはほかのことだ」

と、謙一はいった。

「誤魔化さないで」

「べつに誤魔化す必要はない」

「では、何を考えてるの?」

「大島理事長のことだ」

「お仕事なのね?」

「仕事ではない。この前君に頼んだ、例の調査のことだ。あれは私立探偵社の者がずっと尾《つ》けているはずだな？」

　女は返事をしなかった。それから、そこに立っているのが少しくたびれたとみえ、彼の傍らに寄ってきてテーブルの煙草をとり上げた。椅子に坐った彼は、ライターを近づけてやった。

「……それがどうしたの？」

「大島は、今どこに泊まっているかなと思っている」

「そんなことは今と関係ないでしょ」

「もちろん、関係はない。しかし、想像は自由だろう」

「………」

「空想とか想像とかいうやつは、場所や時点にかかわりなく、ポカリと浮かんでくるものだ。これは愉しいものだ。ポッカリ出てきた粟粒みたいなものを、心で追っているんだからな」

　煙草を吸っていた加寿子が、仕方なさそうに彼と離れた椅子に坐った。謙一は、それをジロリと尻目で見た。女は着更えを急がないようである、もしかすると、思い止まったのかも分からない。

　実際、この時間にホテルを出ても、東京に着くのが未明だから、結局、彼女は自分のマンションに帰るほかはないのである。面白味のないことだった。ここに泊まっていれば、明日はゴルフにも行けるし、ドライヴだってできる。ここだと目先の変わったことが待ちうけているが、東京では退屈な日常生活に立ち戻るだけだ。

「あの年寄が、三十年配の女を三晩も四晩も抱いて、大丈夫かなと思うよ」

謙一はぽつりと言い、つづいて少し卑猥なことを口にした。

加寿子の眼の表情がやや変わってきた。

女の気持ちは微妙であった。ついさっきまで、男の態度に腹を立てて、今にも深夜のホテルを出発しようとした加寿子が、大島と秋山千鶴子との愛欲行を聞くと、好奇心を湧かし、その場に落ちついてしまった。

同じ晩、いや、この瞬間にも大島と秋山千鶴子とは、どこかの旅館の蒲団の上で、もつれ合っているのかもしれないのである。加寿子は、その場面を想像しているようだった。それには、さっきの謙一の卑猥な言葉が手助けしていた。

加寿子の様子が明らかに変わっていた。たったの今まで、硬くて荒々しかった動作がしずまり、顔の表情も、情感のあるものになごんできた。

その眼はうるみ、ときどき下を向いた。

謙一は、加寿子の変化を横眼で見た。彼は作戦に似たようなものを、こっそりと立てた。

「秋山は顔はまずいけど、精力的な女という感じだ。これまで男に相手にされなかったから、あまり男を知っていない。女の三十前後は、男と閨《ねや》に夢中になるものだ。恥も外聞もなく、男に何度となく求める。大島さんもご満悦だが、あの年齢ではどこまで女を満足させられるかね」

そのあと、謙一はもっと際《きわ》どいことを言った。

加寿子は、

「バカね」

と低く言った。が、その声はさっきと違い、猫が啼《な》くようであった。

加寿子は、猫のように発情してきたと謙一は思った。今夜、ここに着いてから変な行きがかりで、一度も抱擁ができなかった。女はもとよりそれを不服に思っていた。その不満の下地に、大島と秋山千鶴子の情事のシーンが拡大されていた。それは幻想の春画《オブシーン》であった。

謙一は腰を浮かし、加寿子の傍らに寄った。彼女は顔をそむけ、両手で彼の腕をはねのけたが、はじめから弱い抵抗であった。

「そんなことで誤魔化されないわ」

加寿子は言ったが、謙一が彼女のうなじを吸うと、加寿子は抵抗を放棄し、身体をふるわせた。

謙一は女を抱き寄せ、その唇を上から塞《ふさ》いだ。加寿子は、最後の見せかけの拒絶で両手をだらりと下げていたが、次第に息をはずませると、遊ばせていた手を彼の背中に回し、締めつけてきた。

「へんな意地を張るなよ」

と、謙一は彼女の耳に言った。

「あんたが悪いのよ」

加寿子は上気した眼で笑った。

どちらからともなく椅子から起った。

「早く、ワイシャツもズボンもとって」

加寿子が催促した。

「出発は止したのか？」

「意地悪」

加寿子は彼の腰に抱きつくようにして、ズボンのバンドをはずしにかかった。

情報

それから五日ばかり経った。

謙一が学校に出ると、まもなく彼の部屋に秋山千鶴子が入ってきた。

「昨日帰って参りましたので、ご報告にあがりました」

と、軽く頭を下げた。

秋山千鶴子の態度には、明らかに大島理事長の威を借りているものがあった。見学旅行の学生一行は、もう四日前に戻っていた。むろん、引率の石塚助教授も任務を果たして、同時に帰っている。秋山千鶴子と大島理事長とは、学生たちより三日も遅れて戻ったのだ。それなのに秋山千鶴子の様子には、自分の気儘勝手を詫びる様子は少しもなかった。当然だというような顔をしていた。

「ご苦労さまでした」

と、謙一のほうがにこやかな顔で労をねぎらった。

「学生たちより遅れたようですが、どこかに回って用事でもしたのですか？」

「はい。大島理事長さんにお願いして、私用をさせていただきました」

大島理事長という言葉に、秋山千鶴子は特に力を入れた。理事長の許可があったから、謙一の了解は必要でなかった、といいたげな顔である。

「そうですか。で、どこに？」

謙一はわざときいた。実は、石塚助教授の報告で、大島と秋山とが京都に着いた日に、早くも一行を離脱したことを確認している。

「三重県の田舎に行って来ました。そこにわたしの姉が居るものですから」

「なるほど。そこで休んでいたわけですね？」

「はい」

「ひとりでおいでになったんですか？」

と、謙一はちょっと意地悪い質問をした。

「はい、もちろん、ひとりです」

と、秋山千鶴子はチラリと謙一の顔に鋭い眼を向け、昂然と答えた。

「ここを出発する前に、三重県の田舎に行くということは、分からなかったんですか？」

「京都に行って、急にそれを思いついたんです。……出発前に申しあげないといけなかったんですか？」

秋山は反撃に出た。

「いけなくはないが、なるべく予定どおりに、してもらいたかったですね。なにぶん、出張ですからね」

「分かりました」

秋山千鶴子は、俯いて唇を噛んでいたが、

「それだったら、三日間は休暇にしていただいて結構です」

と、腹を立てたような口調でいった。

論理の合わない話である。往復の旅費は出張で取っておきながら、その間の勝手な休みを休暇にしてもいいというのである。

謙一はそこを突っこみたかったが、折角、彼女が理事長の威光をカサに着ている際だし、言いたいだけのことは言わせようと思った。相手が図に乗れば、それだけこっちのワナにかかるというものである。

秋山千鶴子は、スリッパの音高く部屋を出て行った。謙一は声を立てて笑った。

大島理事長の場合は、秋山千鶴子と少し違っていた。大島は、謙一を広い理事長室に呼びつけた。

「やあ、留守中はお世話でした」

と、彼は大きな机の前からいった。上機嫌の顔である。

「どうもお疲れさまでした」

と、謙一は学生の見学旅行について行ってもらった礼をいった。

「久しぶりに京都へ行って、非常によかったよ。それに、今度はうちの学生だから愉しかった。だが、どこに行っても京都の寺は、相変わらず人が多すぎるね。あれじゃ、もう、京都の寺には宗教も信仰もない。完全に見世物化している」

大島理事長は長々とそんなことをいった。自分が秋山千鶴子と、学生団から離脱したことなどは、一言もいわなかった。

「学生たちに講話をしたが、どうも今の学生は歴史にも古美術にも、基礎知識がないから困るね。まるで小学生のように無知だ。だもんで、丁寧に初歩的なことを話してやらなければ分からない。学園ももう少し歴史教育に力を入れたほうがいいね」

理事長はそう注意した。

「そうですね。どうも女子学生は、総じて歴史には興味を持たないようです」

「そういう傾向はたしかにあるが、困ったものだな。文学ばかり好きでは、知識が片輪になる。それじゃ卒業して結婚しても、何にもならないからね。それに、ぼくが話していても、話に耳を傾けているのはほんの僅かだ。うしろのほうは勝手に私語したり、キョロキョロとよそ見をしている。ああいう落ちつかなさでは困るね。話しているほうが、だんだんバカバカしくなってくる」

バカバカしくなってきたから、学生団と別れたといいたげであった。つまり、これはその理由の伏線を張っているのかもしれない。

「それにつけても、引率の先生方の苦労が分かったよ。旅費規定ではどういうふうになっているかしれないが、少なすぎたら、この際考慮してもらいたいですね。引率の教師は景色を愉しむどころではない。学生に事故がなければいいがと、それぱかり気をつけている。まったく、その苦労は大へんなものだと、今度初めて分かったよ」

これも、大島が秋山千鶴子といっしょに、途中からずらかったのに対して、残っている二人の教師への心遣いかもしれなかった。

謙一は、大島が何を話しても、ただ聞いているだけだった。秋山千鶴子が途中から、三重県の田舎に帰ったことなどはいわなかった。

「あんたも忙しいようだけど、ときどき学生について行くのもいいと思いますよ、今度のように多勢ではなく、少人数のグループだったら、これはまたかえって愉しさが出てくるでしょう。適当なときに考えてみませんか」

と、大島は笑いながらいった。

それも自分のうしろめたさを隠す世辞かも分からなかった。ここで、大島理事長に旅費の精算をといったら、どんな報告書を出すだろうかと謙一は思った。

謙一が理事長室から戻ったとき、そこに事務局長の鈴木が入ってきた。

鈴木は、彼の机の上に両手を置いて上半身を乗り出し、小さな声で、

「いま、高橋弁護士から電話がありましたが……」

と報告した。

「ああ、そう」

謙一は鈴木の顔を見上げる。

「ちょうど、あなたが理事長室に行っておられたので、あとでこちらからお電話するといっておきましたが、どうやら柳原博士が例の件を承認したらしいようです」

「ほう、そうか」

と、謙一も鈴木のほうに身を寄せたので、二人は顔と顔とがほとんど接近した。

「電話をかけるにしても、学校からじゃまずいね。外からかけようか？」

と、謙一はいった。

「そうですね。交換台の耳もありますし、外から公衆電話でもお使いになったほうが、自由に話せるでしょう」

「じゃ、そうしよう」

謙一は一刻も早くそのことを聞きたくて、席から起った。

公衆電話は、正門から一丁ばかり行ったところにボックスがある。謙一は散歩でもするような恰好で門を出た。わざとぶらぶら歩きながら、ボックスの傍らまでくると、あいにくと中に女が入って、受話器を耳に当て、笑いながら話していた。これは長くなると思って、彼はそこから離れた。電話ボックスの傍らに居るところを、職員や学生に見られたら、怪しまれるにきまっていた。

何気ない恰好で、五、六分ほどつぶすことにした。本通りはよく学生が歩いているので、わざと横丁に入った。その辺は住宅街で、ほどなく雑木林や畠のあるところに出る。開けたといってもまだ、この辺は都心にくらべて畠が残っているのだ。

謙一がその畠道に出る辺まで来たとき、すぐ向こうの雑木林の蔭に、二人の男女が歩いているうしろ姿が見えた。謙一が思わず足を止めたのは、男のほうがさっき会ったばかりの、大島理事長だったからだ。女はもちろん秋山千鶴子である。路が狭いせいもあったが、二人は横腹をくっつけて歩いている。

謙一はもとのほうに足を戻した。こんな時間でも、二人はいっしょにいたいらしい。秋山千鶴子のほうから誘ったのか、それとも大島のほうから連れ出したのか分からないが、どうやら女からのような気がした。

謙一は、さっき秋山千鶴子に見学旅行の付き添いのことで少し皮肉をいったのを思い出した。秋山千鶴子は相当頭に来ていたようだったから、そのことを早速大島理事長に告げ口するため、こんなところに大島を引っ張り出したのだろう。女は男と関係がつくと、早速その権力を利用しようとする。女は利用することだけを考えている狡猾な弱者であった。

謙一が引き返してみると、公衆電話のボックスは空いていた。

「高橋ですが、先日はどうも」

と、弁護士が事務所の者と替わって電話口に出た。

「さきほど、わたくしどもの鈴木にお電話をいただいたそうですが、ちょうど会議中で失礼しました」

謙一は丁寧にきいた。

「いや、実は、柳原君のほうからさっき電話をもらいましたのでね、早くその吉報をお報らせしようと思いましてな」

弁護士は弾んだ声でいった。

「吉報ですか。それはありがたいですね。では、いよいよ柳原先生はご承諾くださったんですか？」

「はっきりとはまだ、その意味はいってきません。しかし、あなたにお時間があれば、京都の自宅までおいでくださらないかということです。柳原君は、もう京都に帰っていますから」

「京都に？　はあ、それはご先方のご都合さえよければ、いつでも参上します」

「向こうから来てくれという以上、承諾の意志と受け取って間違いないでしょう」

「それは柳原先生直接ですか、それともほかの方からのお電話ですか？」

「柳原君からぼくに、じかに電話があったんです」

「それはますます結構ですな」

謙一は、柳原の息子がいったのだったら、まだ用心しなければならないと思ったが、当人直接だったら大丈夫だと考えた。どうも、あの息子は少し策略ありげである。あまり好きになれない男だった。

「それでは、一週間内に必ずお伺いします。いま手もとに手帳を持っていませんので、ちょっとスケジュールが分かりかねるのです。こちらの勝手をいって、申し訳ありませんが、都合のつく日を早急に択《えら》んで、お報らせすることにします」

「それは結構です。どうせ柳原君は閑《ひま》ですからね。あなたは忙しい人だから、そちらの都合に合わせていいんですよ」

「どうもありがとうございました。ほんとにこのことが成功すれば、まったく高橋先生のおかげです」

謙一は、厚く礼を述べて電話を切った。

外に出たが、自然と顔がほころびた。これでこっちの考えている企図は、半ば達したようなものである。柳原を学長に据えるか据えないかが、こっちの作戦の成功、不成功の岐《わか》れ目になる。道を歩いていても、全身に自信が漲《みなぎ》ってくるのを感じる。逆に足は軽いのである。さっきの秋山千鶴子と大島理事長のうしろ姿が、紙のようにうすく思い出された。

部屋に戻ってすぐに、事務局長の鈴木を呼んだ。手短かに電話のことを話した。

「そうですか。そりゃ結構でしたね」

と、鈴木も満面に喜色を浮かべた。

「専務さん、無理に外で電話なさる必要はなかったですね。理事長はここからどこかに消えていますよ」

「理事長の影は、その辺の雑木林の中をうろついているだろうね」

謙一は煙草を出して笑った。

事務局長の鈴木が去ったあと、謙一は卓上の電話で直通のダイヤルを回した。

加寿子が出た。

「ぼくだがね、例の私立探偵社のほうから何か報告はなかったかね？」

「いま連絡しようと思ってたとこだわ」

と、加寿子は睡げな声でいった。昨夜、店が遅くなったらしい。

「先方からお電話があって、正式な報告書は、いま原稿を書いて、それをタイプするようになっているので、提出するにはまだ時間がかかるけど、お急ぎなら大体のことをお話ししてもいいといってたわ。どうなさる？」

「早く聞きたいな。報告書がひまがいるなら、それはあと回しでいいから、内容の要点だけでも先に報らせてほしいね」

「じゃ、その人と直接会いますか？　向こうは会ってお話しするといっています」

「よかろう」

「いつ？」

「今日の帰りでもいいんじゃないかな、向こうの都合さえよければ」

「五時半か六時ごろね」

「場所は、かえってどこかのホテルのロビーのほうがいいかもしれない。そうだ、Gホテルにしよう。その人と簡単な飯を食ってもいいけど」

「じゃ、折り返して返事するわ」

加寿子は電話を切った。

謙一は、事務局から上がってくる書類に眼を通したが、大島を追い込んでゆく計画が、次第に具体的になったと思うと、心が弾んできた。柳原のほうも、まず承諾は決定的とみていいのだ。そっちのほうさえ磐石の見通しがつけば、少しぐらい大島の処置が乱暴になっても、成功の確率はある。

十分も経たないうちに、加寿子からの電話があった。先方は六時ごろにGホテルにくるというのだった。

「君はどうする？」

「わたしはお店のほうがあるから失礼するわ。その人、左手に大きな封筒を持っているから、それを目印にしてくれといってたわ」

「そうか」

加寿子が居ないほうがいいかもしれないと思った。

「じゃ、済んだら店のほうに電話で連絡するかもしれない」

受話器を置いたあと、ちょっと考えて、石塚助教授を呼ばせにやった。

石塚が彼の前に現われるのは、これで二度目だった。最初は、京都から学生団を引率して帰った報告だったが、そのときはまだ謙一も、大島と秋山のことは聞かないでいた。帰る早々聞くのも、石塚にこっちの腹が見すかされるような、気がしたのである。

石塚も今度はそのことで呼ばれたと思ってか、オドオドした眼でいた。

「まあ、そこに掛けたまえ」

「はあ」

石塚が腰を下ろしてから、謙一はおもむろにきいた。

「大島さんと秋山さんとは、京都に着いた日に見学団から離れたそうだが、そのときの模様はどうだったな？」

石塚助教授は語る。

それによれば、京都、奈良の学生見学団は、予定どおり十時の新幹線超特急で東京駅を出たが、車中では大島理事長と秋山千鶴子とが隣合わせの席に坐り、絶えず二人で話し合っていたという。その様子があまりに親しげなので、引率の教授二人は学生の手前、まことに都合が悪かったそうである。といって、相手は理事長だから、直接に注意するわけにはいかなかった。あれをみても、二人の間が通常でないことを想像させたという。学生たちも両人の態度に気がつき、しきりと私語をしていたそうである。

京都着が一時前だが、とにかく、その日は大島理事長も学生と行動を共にした。その日は、苔寺、竜安寺、芭蕉庵、野々宮といった、主に洛西のコースだったが、大島理事長は、その得意の博学を学生たちに披露した。そのときも秋山千鶴子は絶えず理事長の傍らに立っていたのである。それがあまり馴れ馴れしいので、教授の村田が秋山にそっと注意すると、彼女は憤然として、

「大島理事長さんは学園にとって大事な人だし、あまりお元気とはいえないので、自分は万一のことがあってはいけないと思い、付き添っているのだ」

といい返したのだった。

夕方、一行は予定の時間に戻った。そのとき秋山千鶴子が村田教授に、これから郷里の三重県に立ち寄って行きたいから許可してほしい、と申し出たが、これには理事長の了解がある、といい添えたものだ。

おどろいた教授は、大島にきくと、大島は、

「せっかく郷里に近い所に来たのだから、秋山君の帰省を了解した。秋山君も日ごろから学園に勤勉に勤めているし、そのため帰省の機会がなかなかないので気の毒に思っていた

から許可してやってほしい」

と言った。

教授は引率の相棒である石塚に、どうしたものかと相談した。石塚は出発前に謙一からいい含められていたので、理事長が許可していればやむを得ないでしょう、といった。村田教授は何か割り切れないような顔をしていたが、秋山の依頼をやむなく聞き届けた。

すると、それから三十分も経たないうちに、大島理事長が村田のところに現われた。

「どうも学生の現地講義は、思ったほど効果がないようだ。ぼくの話をおとなしく聞いている者はあまりいない。みんなガヤガヤと落ちつかなくて騒々しい。こんな雰囲気ではとても説明してやる気になれない。それというのが、学生たちに古美術や歴史の初歩的な常識がないからで、これは学園の教育の欠陥である」

と叱言をいった。

それだけではなく、もう自分はここで失礼したい、これからは久しぶりに自分の行きたい所を回って、ゆっくりと寺を見たいというのである。村田教授にそれを断わる理由はなかった。そうして、旅館を出るときの大島理事長の横に、ちゃんと秋山がスーツケースを持って寄り添い、いっしょの車に乗ったというのである。大島はそのとき、三重県に帰る駅のホームまで秋山といっしょになったのだと、まるで偶然のように話していた。

石塚がそう語り終わったとき、謙一は訊いた。

「それで、君は大島理事長の行く先がどこだか分からなかったかね、たとえば切符など見なかったかね？」


謙一がGホテルのロビーに入ると、その辺に坐っていた人群れの中から、黒い洋服を着た男がこちらを見ながら起ち上がった。片手に目印の大型封筒を持っていた。

「石田さまでいらっしゃいますか？」

と、私立探偵社の調査員は歩み寄ってきて頭を下げた。

「そうです、お待たせしました」

ロビーの片方は喫茶室に仕切られている。奥のテーブルが空《あ》いていた。謙一は、そこに彼を誘った。まだ二十六、七くらいの、色の蒼白い青年だった。

「加藤さまを通じて依頼を受けました件を、とりあえず中間報告的に申しあげに来ました」

と、彼はきびきびした調子でいった。加藤は加寿子の姓である。

「どうも、ご苦労さま」

「正式な報告書は、整理をしたうえで原稿にし、タイプに打ってお目にかけるのですが、それまでは時間がかかりますので、一応、ざっと報告するようにと、加藤さまから申しつかりましたので」

「そうしていただくとありがたいんです。で、調査はあなたが現地に行かれたわけですか？」

まさか、大島理事長と秋山千鶴子を尾行したのは君かとも訊けなかった。

「はい、わたくしが参りました」

私立探偵社の青年は少しも悪びれもせず、明快に答える。他人の私行を調査するのは、彼のビジネスであった。

コーヒーが運ばれてきたので、話はいったん中断された。

「で、どうでした？」

謙一は、角砂糖をコーヒーの中に落としてから顔をあげた。

「はあ」

青年は封筒を膝の上に置き、ポケットから手帳を出して、その間にたたんではさんだ紙をひろげた。彼のメモであった。

「わたくしは、ご先方が東京を出発されるときから、ごいっしょの列車で参りました。その車輛は、学園のほうで貸切になっていましたので、やむなくほかの車輛におりましたため、列車中でのお二人の様子は分かりませんでした」

「そのへんはいいんです」

「京都駅に着かれてから洛西の寺を回られるときも、それとなくバスのあとについて、タクシーで参りましたが、ここではべつに何ということはありませんでした。大島さまは学生に説明されておられましたし、秋山さまは大島さまの傍らにずっと付き添っておられました。旅館に帰られてからがどういう発展になるのか分かりませんので、同じ旅館に居ましたわたくしはフロントに頼んで、もし大島さまと秋山さまが、出発されるようなことがあれば、連絡するようにといっておきました。午後六時ごろ、今からご出発されるというフロントからの連絡を受けましたので、わたくしは大急ぎで支度をし、旅館代を払って、玄関の前に車を停め、お二人がお出かけになるのを待っていたのです」

調査員の報告は、いよいよ京都駅から列車に乗るところに進んだ。

詞査員が話した要領は次の通りだった。

——大島理事長と秋山千鶴子とは、午後六時発の奈良行電車にて七時ごろ奈良到着、駅前にてタクシーを探していたので、調査員も直ちにタクシーを確保し、二人の落ちつき先がNホテルであることを確認した。調査員も同ホテルの別室に部屋をとり、それとなく監視をしたが、両人は食堂に出て夕食をとった以外、翌朝まで外出をしなかった。部屋番号は一〇九五である。

十日午前十時ごろ、両人はNホテルのフロントに、タクシーを寄こすように頼んだ。このことをホテル側の協力によって知った調査員も、直ちにタクシーを呼ぶ。十時半ごろ、両人はタクシーにて春日大社に行き、参拝した。乗ったタクシーをそのまま帰さずに確保してあったので、この日は奈良見物と思われた。調査員もタクシーを付近に待たせ、両人のあとより見物人に紛れて尾行したが、彼らは、春日大社より二月堂、三月堂をめぐって駐車場に下りた。その間、両人は極めて親密な様子であった。

タクシーに乗った彼らは、それより大仏殿に行き、さらに新薬師寺、唐招提寺、薬師寺と回った。その間、大島理事長は秋山千鶴子にいろいろと説明していた。

午後三時ごろ、両人はいったんホテルに引き返し、宿泊料その他の支払いを済ませた。よって調査員も、両人が電車にて奈良駅より橿原神宮駅に向かい、そこで宇治山田行に乗りかえるのを尾行、同じ車輌に入って両人の観察をつづけた。

隣合わせに席をとった両人は、乗車中、絶えず親しげに話を交わしていたが、三重県名張駅に入ると、両人がスーツケースを網棚より下ろし、席を起った。よって調査員も同駅ホームに降りたが、両人は駅前に出ている旅館の番頭の勧めるままに、タクシーに乗った。タクシーの出発直後、番頭にきいたところ、行く先は同市の「渓雲閣」というので、調査員もあとより同旅館に入ったが、女中より両人が楓の間に入ったのをたしかめた。楓の間は、調査員の入った部屋と、偶然にも同じ三階だったので好都合であった。

両人は部屋で夕食をとり、午後六時ごろから近くを散歩したが、互いに肩を寄り添うようにして渓流のほとりを歩いていた。午後七時半ごろ、宿に帰着、その後は一歩も外に出なかった。なお、楓の間の係女中にそれとなくきいたところ、宿帳には「山村正太郎および姪山村悦子」と記載されてあった由である。係女中の観察では、それが完全にアベックであることを調査員にひそかに告げた。

十一日午前十一時ごろ、両人はハイヤーで近くの室生寺《むろう》に向かった。荷物が宿に置いてあるので単なる見物と分かり、調査員はその尾行が危険なることを知って、宿にとどまっていた。午後一時過ぎ、両人は「渓雲閣」に帰着、すぐに支払いを済ませた。早速、係女中にきくと、両人は名張より宇治山田までの指定席二枚を入手したことが分かったので、調査員も同じ切符を手に入れた。

私立探偵社の調査員の報告はつづく。

——宇治山田市に着いた大島理事長と秋山千鶴子とは、スーツケースを持ってタクシーに乗り、伊勢神宮に向かった。調査員もそれを追跡した。両人は外宮と内宮に参拝した。仲の睦じいことは以前と同じである。伊勢神宮の参拝を終わったのが午後四時ごろで、それよりタクシーに乗って宇治山田市方面に引き返した。調査員は、両人が手荷物を車の中に持ちこんだので、あるいは別な場所に泊まるのではないかと考えたところ、果たして車は宇治山田市には戻らず、そのまま二見ヶ浦へ向かった。

二見ヶ浦では簡単に海岸を見物し、すぐに列車に乗った。このときが六時半ごろである。

予想どおり両人は鳥羽駅に下車した。駅前にならんでいる旅館の番頭のうち、鳥羽観光ホテルの旗を持った番頭に勧められ、タクシーに乗ったので、調査員もあとより鳥羽観光ホテルに行き、両人の部屋番号をたしかめた。

折悪しく鳥羽観光ホテルは満員だったので、調査員はすぐ前の真珠閣という旅館に部屋をとったが、そこでは都合よく前の鳥羽観光ホテルの玄関が見渡せるところに入れた。その晩は両人とも外へ出ないと分かっているので、べつに張込みはしなかった。

翌朝十時ごろ、支払いを済ませて部屋の窓から監視していると、両人が鳥羽観光ホテルの玄関から出てきた。荷物を持っていないので、鳥羽湾の見物と分かった。調査員も二人のあとをついて行くと、先方はモーターボートを借りて、湾内を一周した。大島理事長は危険と思ったか、モーターボートにあまり気乗りしないようだったが、秋山千鶴子のほうはひどく躁《はしや》いでいた。

十二時ごろ、両人は上陸し、海辺に臨んだレストランで昼食、午後一時ごろ、いったんホテルに戻った。それより二十分して、玄関に呼ばせたタクシーで鳥羽駅に向かった。調査員は尾行した。二人は、午後一時二十五分鳥羽駅発の名古屋行の列車に乗り、午後五時ごろ名古屋駅着。それより、いったんホームを出て新幹線の切符窓口に行ったので、調査員も新幹線の東京行切符を買った。次の列車は午後五時二十二分発であった。

東京駅に八時ごろ着いた二人は、ホームから降車口まではいっしょだったが、そこで別々になり、それぞれタクシーに乗った。調査員は両人が自宅に帰ったものと推定したので、それ以上の尾行をやめた。……

「……こういうわけで、大島さんと秋山さんが京都から別行動をとって以来、各旅館でずっと同じ部屋に泊まっていたことは確実です」

と、若い調査員は語り終えていった。

「なるほど、よく丹念にお調べになったものですね」

と、謙一は驚嘆を交じえていった。他人の情事行を一人で追跡していたこの男が、少々気の毒になってきた。仕事とはいえ、彼もさぞかしいらいらしたことであろう。

「いや、それはわたしの仕事ですから何とも思っていません」

と、調査員は謙一の言葉に笑って答えた。

三顧の礼

謙一は明日、京都に行くことにした。

善は急げである。柳原博士の気が変わらないうちに、内交渉に当たることにした。高橋弁護士に電話で意見をきくと、弁護士も早いほうがよかろうという。

高橋が早速、京都の柳原博士に連絡をとってくれた。その結果、お待ちしています、という博士の答えが返ってきた。

謙一は、柳原博士に次期学長の交渉に出かけることは、学園の誰にも話さなかった。同僚の理事にも打ち明けない。自分の味方だと思っている教授にも、言わなかった。滅多な人間には教えられないのである。どんなことで秘密が洩れるか分からない。万一、大島理事長の耳に入るようなことがあったら一大事である。

ただ、事務局長の鈴木だけにはこっそり言っておいた。これは彼の腹心である。彼が居なくては謙一の策略は成就しない。

「いよいよですな」

鈴木は聞いてニコニコし、謙一を激励した。

「しっかりやってください。そこまで漕ぎつければ大成功疑いなしですが……」

「ぼくが関西に出張したと言ったらまずいから、仙台の親戚に不幸があったから、そっちに行ったとほかの者には言ってくれたまえ」

「承知しました」

「まだ、これに気づいている者はないだろうね、うすうすでも？」

「全然ありません。ぼくも気をつけて、理事や職員、それに教授たちの言動を見ているんですが、そういうことは気ぶりにも認められません」

「よし、よし」

謙一は満足そうにうなずき、以後も注意するように鈴木に頼んだ。

万事のお膳立てが完全にできてから、まず味方の理事や教授にぼつぼつと話すつもりだった。柳原博士ならみんな双手《もろて》をあげて賛成するに違いないが、それは謙一の陣営の者で、大島派も居ることだから、次第に票がためをしておかなければならぬ。もう大丈夫というところで、一挙に柳原学長案を理事会や教授会に発表するつもりだった。

勝算は十分にある。柳原学長なら申し分はない。立派なものである。現学長は無力である。あれは大島理事長の操り人形にすぎない。

人物の大きさは柳原博士にくらべて雲泥の相違だ。これは天下万人の認めるところだろう。

大島理事長がぐずぐず言ったら、秋山千鶴子とのスキャンダルを持ち出すつもりだった。大島を追い落とす理由はいくらでもある。たとえば、彼の独裁だ。経営権を握っているので、大島の言いなり放題になっているのは事実である。もっと学園を民主化させねばならない。これは教授会や学生たちの支持をうけるだろう。次には、理事長としての無能ぶりである。自分は少しも動こうとはしない。文部省への陳情やら折衝、寄付金集め、授業料の値上げ案、何もかも謙一にやらせてきた。

これだけでも十分なところへ、秋山千鶴子との醜聞は致命的だろう。女は学園の職員なのだ。——

玄関で妻の保子が電燈のスイッチをひねった。格子戸に映ったその姿で、保子の不機嫌なことが分かった。その不機嫌さはいつもだが、今夜は少し寂しそうである。

謙一が中に入ると、保子は黙って玄関の戸締まりをした。

「恭太はどうしている?」

靴を脱ぎながら彼はきいた。保子は黙っていた。返事をしないことが、彼女の抵抗的な返事だった。恭太は居ないのである。しかも、それがいつものように普通でない外出のようだった。

居間で洋服を着かえていると、保子がうしろから入ってきた。謙一は、

「明日から京都に出張する」

と短くいった。妻には、柳原博士を次の学長に迎える工作のことなどは話していない。学園のことには、全く興味を持たない女だった。しかし、このときは理由を言った。

「次の学長に京都に居る柳原さんをお願いするつもりだ。それで交渉に行ってくる」

「そうですか」

妻は、思った通り興味なさそうに答えた。

「明日の朝八時の新幹線に乗るからな」

「あなたお一人ですか？」

と、きいたのは、女を連れて行くのかと、暗にさぐっているのだ。

「事務局長の鈴木君をつれて行くつもりだったが、まわりの眼がうるさいので、おれ一人が行くことになった。よそから電話がかかっても、京都に行ったとはいわないようにしてくれ」

「分かりました。で、お帰りは？」

「明後日の午前中に戻る。東京駅から真っ直ぐ学園に行くからな」

「……」

妻は黙っていた。女との同伴を信じているようだった。

「恭太は？」

謙一は、先ほどから気になっていることをきいた。

「午後から出て行きましたよ」

「困ったやつだ。まだ帰らないのか？」

「今晩は友だちの所にでも泊まってくるんでしょ」

謙一の頭の隅に、チラリとルミ子の店が浮かんだ。

「友だちといったら誰だ？」

「あの子は、そんなことはいいませんよ」

保子は投げやりにいった。「なにしろ、えらい見幕で飛び出して行ったんですから」

「えらい見幕とは？」

「自分の部屋のものを、何でもほうり投げて行ったわ」

「どうしたんだ？」

「一万円ほど貸してくれというから、何をするかときいたら、友だちに金を借りているので、どうしても今日返さなければいけない。だから貸せというんです。……貸せといっても、あの子が返すはずもないし、あんまりデタラメが過ぎると、強くいったんです。そうすると、黙って部屋の中に入り、ひとりで暴れ出したんですよ」

「……」

「部屋の柱は疵《きず》だらけだわ。恭太がナイフで滅茶滅茶に切りつけたんですよ」

謙一は言葉が出なかった。

謙一は恭太の部屋に行ってみた。

どういうわけか、今度は鍵をかけてなかった。暴れた末に飛び出して鍵をかけるのを忘れたか、それとも、わざとその乱暴ぶりを親に見せようとしたのか分からない。

謙一が電燈のスイッチをひねると、まさに足の踏み場のない有様だった。あらゆる本がそこに投げ出され、紙は散乱し、まるで屑屋の択《よ》り場に入ったようである。さらに、妻が言ったように、柱にはナイフで切りつけた疵が到る所にあった。家を建ててからまだ五、六年も経たないのに、無惨な暴行だった。

子供は、親がどのように苦労して金をため、この家を建てたかは全然念頭にないのである。謙一は今さらのように恭太を何とかしなければと思った。もう腹を立てる気力もなかった。

これまで恭太の乱暴はたびたびだったが、今回のようにひどいのは初めてである。よほど、母親から金が取れなかったのが、口惜しかったに違いない。

その金は、多分ルミ子の店で使うつもりだったのであろう。いくら友だちと遊びに行くといっても、店の品を買わなければ歓迎されるわけはないのだ。しかも、その店は男のものは何も売ってない。若い女のおシャレな服飾品ばかりだった。恭太は、その店からルミ子の歓心を買うために、必要でもない商品を買っているらしい。どうせ買った品は、自分の友だちに付いているガールフレンドにでも呉れてやるのだろう。ルミ子の店の品は高級品ばかりで、しかも飛び切り高い値段である。

このまま放っておいては大変なことになる、というのが謙一の怖れだった。親から金が取れないとなると、何をするか分からない。近ごろは学生の強盗事件もよく起こっている。未成年の窃盗も多いのだ。

恭太をあまり追い詰めないほうがいいと思った。むろん、彼の要求する金をいうままに出すわけではないが、あまり締めつけても逆効果が生じる。

当面はそれでいいとして、あんな派手な店には不良がかった学生が集まるにきまっているから、恭太がその享楽的な気分に感染するのは当然だし、結局、学校の勉強もだんだん駄目になってくる。

ルミ子には、この前、加寿子を通じて恭太を寄せつけないようにといわせたが、相変わらず恭太はあの店に通っているらしい。してみると、加寿子がどこまで真剣にルミ子にいって聞かせたものやら分からなかった。また、たとえ加寿子がいっても、ルミ子は自分の商売だし、欲に駆られてママの忠告など本気に聞くはずはないとも思えた。

何とかいい工夫はないか。——

謙一は、こうなると、も早、誰に頼んで説得してもらっても恭太には効き目がないと思った。自然に彼の自省を待つほかはないが、それはいつの日であろうか。

謙一は、今まで恭太を頭ごなしに叱っていたが、圧迫するだけではあまり効果がないと気づきはじめた。いくら乱暴な子でも、親の誠意が分かれば多少は心が改まってくるだろう。面と向かっていい聞かせるより、手紙でも書いて彼の机の中に入れておこうと思った。

謙一は書斎に入って机の上に便箋をとり出した。

煙草を喫いながら考えた上でペンを走らせた。

「恭太。同じ家にいっしょに暮らす父親として、子のおまえにこんな手紙を書かなければならないのは胸が痛むことだ。

ほんとうなら、おまえとじっくり話し合いたい。話し合って、おまえの不満もよく聞き、おれも親の気持ちをよく伝えたいのだ。しかし、おまえは父や母の言うことに頭から耳をかそうとはしない。何かこっちで言い出せばすぐに反抗的になって突っかかってくるか、逃げ出すかする。父にはそれがかなしいのだ。

だが、このままではいつまでたっても解決にはならない。おまえも父や母の顔を直接に見なかったら、話を聞いてくれると思い、この手紙を書いて机の抽出しの中に入れておく次第だ。この気持ちを分かってくれ。そして、よく読んでくれ。

おまえの年ごろは、総じて親に反抗したがるものだ。それはおまえだけではない、ほかの子もそうだから、その年ごろを『反抗期』とよんでいる学者もいる。だから、その点ではおまえの反抗をあまり責めようとは思わない。ある時期がくればなおるものだと期待しているし、両親はそれを待っている。

だが、それにしてもおまえの現在は、少し度《ど》がすぎるよ。おまえも心の中では、きっとそう思っているにちがいない。カッとなったあとの反省をきっとしていると思うよ。だが、いまは急には改めることができないのだね。その気持ちもおれには分からなくはない。

この前、父はおまえの担当の先生に会った。おまえは学校ではおとなしい子で、みなに愛されているそうだね。それを聞いて父はうれしかったよ。おまえが家の中でするような乱暴を外でもやっていたら、父はどうしようもないからね。

そうすると、おまえは気の弱い子なのだ。意志が弱いんだな。外でいろいろイヤな目にあってもそれに立ち向かうことができず、ついその鬱積が家で父や母にバクハツするのだと思う。それだったら、父も母もいくらでもおまえの手つだいをするよ。それで早くおまえの気分が立ち直ればね。

しかし、心配なのは、おまえのその気持ちの発散が悪い友だちとつき合うことに向かうことだ。それは悪い友だちは面白いことをいろいろ知っているから、おまえが夢中になるのも無理はない。だが、その夢中になっている間に、良いことと悪いことの区別がつかなくなってしまう。つまり、はじめはおまえも悪いことだと思っても、友だちがやっているのを見ているうちに、それが悪いこととは思えなくなってしまうのだ。それがおそろしいのだ。とくにおまえは気が弱いからその危険がある。

長い人生には、いろいろな危機がおとずれてくる。父にもその経験がある。それを強い意志で切り抜けるかどうかが、その人が人生に成功するかどうかにかかっている。

……」

謙一はここまで書いてきて一応読み返し、長くなった煙草の灰を落とした。

謙一は、翌朝八時の新幹線で京都に向かった。

家を出ると、家庭のことがどこかに飛び去ってしまうのはありがたかった。特に、こうした小さな旅行は、完全に家との関係を断ち切らせた。列車の中には、見も知らない他人ばかりが乗り合わせている。ビュッフェに行ってトーストを食べても、コーヒーを飲んでも、肘と肘のふれ合う者のことごとくが、彼とは何の関係もない他人ばかりだった。彼は、あらゆる環境から完全に断ち切られた人間になっている。家庭の絆《きずな》はなおさらのことだった。

だが、まわりに居る人たちも、それぞれ煩わしい家庭を持っているのだ。みんな、その中から脱け切ることができずに藻掻《もが》いている昆虫みたいである。思いなしか、周囲に居る人間も束《つか》の間の断絶の自由を享楽して、顔色が輝いているように見えた。

彼は、昨夜書いた手紙を、恭太の机の抽出しに入れてきた。あれほど真情を尽くし、噛んで含めるように書いておいたから、恭太の心も多少は動くに違いないと思った。結局、便箋十枚を越す長い置手紙となった。

——人生には何度も危機があること、それに気づいたら勇気をもって脱すること、それが一時の誤魔化しや気の弱さで流されてしまうと、取り返しのつかないことになる。最初が大事である。はじめにその習慣をつけておけば、あとから次々と訪れるであろう危機を乗り越えることができる。殊に、おまえの年齢は人生を決定する重大な時期である。そこのところをよく考えるがいい。また、親の側からいえば、おまえの態度にどんなに悲しい思いをしているかしれない。家庭は暗く、重い仕事を終えて帰ってくる父は、さらに暗澹とした家の中に足を踏み入れるかと思うと、やりきれないのだ。いま、こうした父や母を救うのは、おまえしかいない。自分のためにも、両親のためにも、ぜひ、よく考えてみてくれ。……大体そういう意味であった。

手紙の終わりごろ、妻の保子が茶を持って入ってきた。黙って机の傍らに茶碗を置きながら、じろりと彼の書いているものを横眼で見た。恭太に宛てて書いているとは分かっても、べつに何もいわなかった。謙一も、妻にそれを説明する気になれなかった。

妻も可哀そうだとは思った。一日中、恭太の前に不安な生活を送っている。妻こそ、あの家から脱走できない立場だった。恭太が何を仕出かすかと、いつもヒヤヒヤしながら暮らしている。妻には、むしろ恭太が家を出て行ったほうが、心の安まりなのだ。

謙一は恭太の外出に不安を感じ、妻はそれに安息を覚える。この矛盾をめぐって、夫婦の感情がしっくりと合わなかった。ましてや、本来の性格の違いがある。

妻は謙一に女が居ると感じている。証拠は握っていないが、本能的な直感で知っている。それとなしに皮肉は言っても、正面から突っかかってくることはなかった。しかし、加寿子の前の女と付き合うころから、態度ががらりと違ってきた。妻は黙々として、夫に復讐の機会を狙っているようにみえた。

京都の若王子《にやくおうじ》付近はまだ古い面影が残っている。近ごろ、洛西のほうは土地の造成などで年々面影が崩されているが、この東山の麓は前のままであった。若王子の近くには永観堂や詩仙堂などがある。

謙一はタクシーを降りると坂を登った。狭い路で、石段も爪先上がりだ。両方から茂った樹が枝を垂れて逼《せま》っている。石段の向こうには古い石垣が見え、鳥居があった。

柳原博士の家はたしかこの辺だと聞いていたが、若王子社の境内に出て迷った。付近にはほとんど民家がない。由緒のある社とみえて、菊の紋章の幕や提灯が配されていた。

仕方がないので、また石段を降りた。そこに通りかかった中年の女にきくと、

「柳原先生の家はあすこどす」

と、指を上げて教えてくれた。石段とは別に径《こみち》が丘陵の斜面についている。そこには森ばかりで、屋根らしいものは見えなかった。新緑でむせかえるばかりだった。

謙一は、その径を辿《たど》って上がった。自然林の中の曲がった径の正面に、小さな門があった。近づくと、「柳原」という標札がかかっている。枝折戸《しおりど》のような、門とはいえないようなものだった。

黒木の門柱のボタンを押すと、奥から三十ぐらいの女のひとが庭石を伝って姿を現わした。

「どうぞ、お入りなさって」

門には鍵も何もしてなかった。

「東京から参りました石田というものです」

女中とも思えないので、謙一は丁寧に頭を下げた。

「はい、お待ち申しておりました」

多分、博士の嫁と思われたが、この前箱根で会った四男とは別な子の妻であろう。面長な色の白い女だった。

蛇でも出そうな草の茂った庭伝いに行くと、はじめて低い母屋が見えた。右側は竹垣だが、その上には竹藪が茂っていた。真っ蒼な色である。

「静かなお住まいですね」

と、謙一はいった。実際、京都でないとこういう住居は見られなかった。

「なんですか、山の中で……」

と、案内の女はいった。

茶室の待合に似た玄関に上がった。障子が蒼く映っているのは、あたりの木や竹の茂りが光線を投げているからである。

しかし、家の中は暗かった。天井が低いし、採光がなかった。外から急に入ってきた眼には、しばらく足もとが見えないくらいである。

「古い家ですさかいに、どうぞ足もとにお気をつけなさって」

前の畳をすべってゆく女のひとは柔らかい口調で謙一に注意した。

短い廊下の突き当たりの襖を開くと、いっぺんに明るい部屋になった。縁側のガラス戸に竹の葉がすれすれによりかかっていた。

その縁側近くの畳に敷かれた座布団の上に、謙一は坐った。女は奥に引っ込んだままである。

右手のガラス戸近くは竹藪だが、この位置から見ると、その竹藪は半分のところで切れて、大きな古い池がひろがっていた。池のまわりは林であった。

謙一が、古池をガラス戸越しに眺めながら、十五分くらい待っていると、奥のほうから畳を踏んでくる足音が聞こえてきた。

謙一は坐り直した。

黒っぽい単衣の柳原博士が、さっきの女の人に背中を支えられるようにしてヨチヨチとした足どりで入ってきた。

謙一は座布団をはずして低頭した。

「やあ、この前は……」

柳原博士は女のひとに扶《たす》けられ、彼の正面に坐って声をかけた。

「先生。箱根では失礼を申し上げました。今日はまたお忙しいところをお邪魔申し上げまして」

謙一は両手を突いて言った。

「いや、わたしはちっとも忙しくないから、かまいませんよ。あなたこそ、遠いところをおいで願って恐縮です」

博士は機嫌のいい声で答えた。

それから傍らにいる女のひとを紹介して、

「わたしの三男の嫁でしてな」

と言った。思った通りであった。

三男の嫁はあらためて謙一に向かって指を突いた。

「今度、先生にご無理をお願いに上がりました。どうぞお力添えをお願いします」

謙一は嫁にも鄭重に挨拶した。三男の嫁は黙って微笑した。

謙一はこの雰囲気だけでも、博士の承諾は成功と判断し、喜びと勇気が湧いてきた。

京女の嫁は、いったんそこを起っていった。

「たいへん閑静なお住居でいらっしゃいますね」

謙一は、竹藪と木立に囲まれた池を眺めながら言った。池の面はいかにも古そうに濁っていた。

「いや、古い住居でね、庭もあの通りほったらかしですよ」

「自然のままで大へん結構のようにさっきから拝見しております。いかにも先生のご閑居に似つかわしい、人里はなれた感じで感激しておりました」

その気持ちは嘘ではなかったが、用語はどうしても最大級になる。

「用の無い年寄りはこういうところがいい。ははは」

博士は笑った。

「どういたしまして。先生にはまだ世の中を指導していただかなければ……」

謙一は言いかけたが、すぐに用談に入るのも性急すぎると思い、

「このお家は、ずっと前からお住まいでございますか？」

と、前の話題に戻した。

「いや、ここには五、六年しか住んでいません。その前は、福井芳穂さんが居られましたが、お亡くなりになったので、あとを譲ってもらったのです」

福井芳穂は京都画壇の大家であった。

「ははあ、道理で、さきほどから奥床しいお住まいだと拝見しておりました。はあ、なるほど」

謙一は、感心したように何度もうなずいて、藪と池にもう一度眺め入った。

そこに三男の嫁が抹茶をささげて入ってきた。

謙一は、柳原博士の三男の嫁からもらった抹茶をすすり、楽《らく》の茶碗を抱えたまま、博士と静かな世間話を交わしていた。すぐに用件に入るのにはまだ早そうに思われた。博士がもう少し親しみを持ってくれたときに切り出したかった。

柳原博士の機嫌は決して悪くはなかった。小さな声だが、よく話した。ときどき、言葉がもつれてはっきり分からなかったが、意味は通じた。謙一は要領よく相槌を打った。

博士は言葉だけでなく、その動作が緩慢であった。茶碗を口に持っていっても、嫁が手を添えた。口の端から雫が洩れて胸をよごした。嫁はすぐにハンカチで着物の前を拭く。菓子をたべても、ポロポロとこぼす。嫁はまたそれを拭きとる。

箱根の宿で四男の嫁がそうであったように、三男の嫁もまた、博士の付添人か看護婦であった。

謙一はひそかに、柳原博士は軽い脳軟化症にかかっているのではないかと想像したくらいである。

それならかえって好都合である。帽子にするのに、これほど理想的なことはなかった。

「……ところで、先生」

謙一は、ちょうど潮どきだと思って、いよいよ本題に入った。

「高橋弁護士さんから箱根のあとお電話をいただきまして、なるべく早く京都のほうにお伺いするようにとのことでございましたので、実は早速にも上がったわけでございます。お願い申し上げたこと、お聞き届けいただけるという希望を持って、喜んでお伺いしたのでございますが、……いかがなものでしょうか、先生、わたくしどもの熱望を、叶《かな》えさせていただけるのでございましょうか？」

ここを先途と思うから、謙一は顔にも言葉にも熱情と誠意とを現わし、しかも、表現には気をつけて懇請の態度をみせた。

「うむ、うむ」

博士は深くうなずき、正式な話を聞くときのように改まって坐り直した。

謙一は頭を少し下げて、博士の返事を待った。

「わたしも、あなたからの話をよく考えてみました。ご返事がおくれたのは、何もわたしがもったいぶっているわけではない……」

博士は、ゆっくりと言った。

「はい。それは、もう、よく分かっております」

「この前、お話ししたように、もうわたしのような老骨が出る幕ではないと心に決めて、よそからのそれと同じお話もみんなお断わりしました。そこで、あなたのほうのお申し出も、いまさら、という気がしたのですが、聞けばあなたの学校は女子ばかりということです。それで、わたしも少し考え直しました……」

「はい」

「わたしは近ごろの女子の考え方がよく分かりません。どうも腑に落ちないのです。それで、女子の学校なら学長になって、みんなと接近し、それでその考え方を聞いてみたり、また、わたしの思っていることを伝えてみようかな、と考えましたよ」

謙一は、柳原博士が女子大なら学長に就任して、直接、最近の女の子の考え方にふれたいと言ったので、内心で雀躍した。

「もし、先生に就任していただけたら、本校の学生もどのように光栄に思うか分かりません。そして先生のご指導で、現在の女子学生の気風がすっかり変わってしまうと存じます。われわれも教育上に大きな教示をいただくことになると存じます。いや、これは本校だけではなく、日本の女子大教育史の上で画期的な新風が生まれると確信いたします。……先生、どうぞ、おねがい申し上げます」

謙一は両手を突いた。

「いや、そう期待されても困りますが……」

柳原博士は苦笑して、チラリと横に付き添っている三男の嫁を見た。色白の京女は微笑を浮かべた。

「とにかく、いますぐお引き受けするという返事はできませんが……」

「はあ？」

「よく考えます」

見たところ、博士はこの話に乗ってきていた。十中八、九までは承諾の様子であった。よく考えてみる、というのは承諾を前提にして考慮するという意味であろうと謙一は思った。

博士はこの話を誰かに相談してみるつもりだろうか。家族の意向は反対でないようだから、あるいは友人か弟子筋に相談するつもりかもしれなかった。

謙一はちょっと不安になった。そのへんから故障が出てくるような気がする。

今度、京都に出てきていっぺんに解決するつもりだった。はじめからその意気ごみで東京を発ったのである。

「はい。お考えいただくのは、ありがたい次第ですが……」

と、謙一は遠慮しながら言った。

「どうかわたくしどもの切望を容れていただくほうにご考慮をねがいとう存じます」

「ふむ、ふむ」

柳原博士は、うなずいたついでに考えるように下をむいていたが、つと、その顔をあげ

て、

「石田君。参考のために二、三点を訊いてもいいかね？」

と、彼の顔をじっと見た。

「はい。どうぞ。何なりと……」

謙一は心がひきしまった。

「ありがとう。だが、これはあくまで参考のためですよ」

「はい……」

「第一問はだね、現在の学長さんはお辞めになるについては、絶対に無理な点はありませんね？」

「はい。ございません」

トラブルが起こるとすれば、むしろ大島理事長との間である。大島のロボット学長は問題でなかった。謙一はそう考えて、その点は絶対に無理はない、学園がこぞって先生をお迎え申し上げるのだ、と答えた。

「それでは、第二問になるが……」

と、柳原老博士は、第一問の謙一の説明を聞き終わってから言った。

「学長の権限というのは、どういう範囲のものかね？　仲介の高橋君の説明では、そこのところがよく分からなかったが」

高橋弁護士は、今度の交渉の橋渡しである。謙一は、前に高橋には学園側の希望とも条件ともつかない大体の要点を伝えておいた。

それは主として学長の待遇上のことである。彼は、博士に就任を切望するために、思い切った好条件を出している。たとえば、現学長の給料の二倍を考慮していると高橋から伝えさせている。柳原博士だと、その価値は十分にあった。

だが、学長の権限については、何も言ってなかった。それは現在の学内の規定におのずから定まっている。

学長は学園の最高責任者だが、それは教育行政についてで、経営面にはタッチしないことになっている。それには理事長がいるので、学長としては金繰りや寄付金の募集で走り回る必要がないようになっている。これは学長としての経済的な面の負担を免れさせている。

謙一は、柳原博士から学長の権限はどの範囲かときかれて、多分、経済的な苦労を考えているのであろうと思った。そこで、彼は現在の内規を説明した。

「金の工面をしなくて済むのは助かりますね」

と、博士は満足そうだった。しかし、次に、

「人事権の問題は、学長の権限でどういうことになっていますか？」

と質問した。

「教授の任免や昇進などについては、一応教授会の決定にもとづくことになっていますが、もちろん、学長には最終決定権があります。したがって、教授会の決議を否定されても、一向にかまいません」

と謙一はいった。これは経営面のほうが分離されているので、主に教員の人事問題だと解釈した。

「それでは、第三問に移りますが」と博士はいった。

「学長の意志と理事会の意志とが齟齬《そご》を来たした場合には、どのような調整方法がありますか?」

これまでの学長は理事会のいいなりになっているロボットなので、博士の質問のような問題は起こらなかった。たとえば、学長が学内の設備の充実を希望しても、理事長のほうで予算がないといえば、それなりに潰れたものである。博士の質問は、その急所を突いていた。一方からみれば、それだけ柳原博士はその就任に大きな意気込みをみせているともいえる。

「調整機関としては、協議会というのがあります。これは評議員会の代表を入れて、三者の協議ということになっています」

「評議員の顔ぶれは、どういう方ですか?」

と、博士はきいた。謙一は思い出すまま三、四名の名をいったが、その多くは卒業生の父兄の著名人と、大島理事長の知人であった。

博士は、それを聞いて何もいわず、

「あなたが東京に帰られたら、そういう名簿を一応送ってみてください」

と、おだやかにいった。

柳原博士は、そんな話をする間にも、身体を絶えずゆらゆらとさせていた。ちょうど、風に吹かれてそよぐ枯れ芒《すすき》のような具合だった。老齢のために、身体をシャンと立てていることができないのである。

また、博士は茶をしきりと呑んだ。そのつど口の端からこぼして胸を汚す。傍らの三男の嫁は、たびたびハンカチで衿をふいてやらねばならなかった。

この調子では、たとえ博士がどのような注文をつけても、学校の実際問題にはあまりタッチできないように思われた。べつに東京に出てもらわなくとも、ここに居てもらってもいいのである。謙一の持ち出した条件は、相手を煩わさないように、最上の用意が払われていた。

言葉を換えていえば、相手は何もしないで高給を取ることになるのである。学園の報告は彼か、あるいは他の理事が、そのつど電話でしてもいいし、月に一回は東京から来て報告してもいい。そして、柳原博士に注文があれば、その指示通りに動けばいいのである。

第一、このように身体の不自由な状態では、博士が東京にたびたび出てくることは不可能である。

謙一は、こう考えて、博士がたとえ人事問題について学長の権限を要求しても、大したことはないと思った。博士の言いぶんは、いわば理想的な大義名分からである。博士は責任感の強い人だ。ただシャッポになって京都で高給を貰うだけでは気が済まないのであろう。戦前、文部省の弾圧と闘って自由主義を守り抜こうとした往年の気概は、まだ去っていないようにみえる。しかし、一方では、その輝かしい過去のために、博士がわざと理想的なことを言っているように取れなくはない。

要するに、博士が学園の人事権を主張しても、それは理事長としての謙一のほうで適当に操作すればいいのである。理想としては博士の考えは尊重するが、実際の運営はどうにでもなるのだ。

「もし学長に就任していただければ、学長室は先生が快適に過ごしていただくように、改装するつもりでございます」

と、謙一は博士の質問の終わったところでいった。

「それについて、先生のご意向があれば承りとう存じます。もちろん、現在も冷暖房の設備はございますが、部屋が少し狭いかとも存じます。改装するにつきましては、十分に先生のご健康を考えて設計させるつもりでございます」

「いや、特別な注文はありません。どういう部屋かわたしには分かりませんが、現在の学長がお使いになってるままで結構です」

柳原博士はいった。

「それでは、その点はわたくしどもにお任せ願いとう存じます。次に先生が東京に来ていただくときのお住まいでございますが、現学長はご自分の家に住んでおられますので、未だに学校で持っている学長の住居というものがありません。就任をご承知願えれば、新しく建築をしたいと思います」

柳原博士との話し合いは大体終わった。謙一は、博士が学長就任を十中八、九分まで承諾する意志だと判断した。あとは博士が形式的に二、三の友人と相談するだけであろう。

「学長就任をお許しいただければ、東京のほうにお住まいを新築させていただきとう存じます」

と、謙一は申し出た。

「ほう、わたしのために学長公舎を新築してくださるのですか？」

と、博士は意外そうな眼を向けた。

「はい。現在の学長は東京の方ですから、自分の住まいから学校に通っておられます。しかし、先生は京都でいらっしゃるので、学校のほうでお住まいを建てさせていただきとう存じます」

博士が東京に出てくるのは、月に一回か、ふた月に一度という割になるのであろう。そのために学長公舎を新築するのは勿体ない話だったが、それくらいの礼儀を尽くさなければばと、謙一は思った。学長の家は、たとえ柳原学長が辞めたあとでも、それなりに使用できるので無駄にはならない。

「若葉学園は、そんなにお金があるのですか？」

と、柳原博士は少し悪戯《いたずら》そうな眼つきをした。

「いいえ、お金の点はどこの私大も同じように窮屈ですが、まあ、われわれのほうはよそに比べましていくらか余裕がありますので。それに、先生に東京へ来ていただければ、本校の権威としてもその設備は必要だと存じます」

謙一は答えた。

「わたしのためだけなら、その必要はありません」と、柳原博士は語尾がはっきりしないながらも、きっぱりと断わった。「わたしは旅館に泊まります」

謙一は、はじめて博士のきびしい一面にふれたような思いになって、頭を下げた。

「恐れ入ります。ただ、本校としてはどうしても先生にご出馬いただきたいので、できる限りの設備をしたいと存じておりましたので」

「ご厚意はありがたいですが、それだけの金があれば、どうか学園の設備のほうへお回しください。学園のために東京に半永住するわけでもなし、旅館住まいで結構ですよ」

博士は柔らかい調子になっていった。

「先生がそのようなご意志なら、ありがたくそういうことにさせていただきます。また、ご意向に副いまして学園の設備拡充には、できるだけ努力したいと思います」

「どうか、そうしてください」

どうか、そうしてくださいと博士がいったのは、すでに学長就任を承諾したのと同じであった。もし、そうでなかったら、他人の学校について余計なことはいわないはずである。

博士は、正式な返事はいずれこちらからいたします、と最後にいった。しかも、ここまで話し合いが進んでいるのであるから、そう長くはお待たせしないとも付け加えた。

謙一は、畳に頭をすりつけるようにして感謝の意を表した。——

若い女

謙一は若王子からホテルに戻った。

これで柳原博士の引き出しは成功したと思うと、窓から見える京都の街まで、彼には充足した風景に映った。東山が瓦屋根の多い街の向こうになだらかに連なっている。

柳原博士は謙一を門の前まで見送った。もう結構です、と断わったのに、とにかくそこまで、といって三男の嫁に支えられて出てきたのだった。夏草のおい茂った路からふり返ると、竹藪に囲まれた枝折戸の前に、博士は嫁に付き添われて佇んでいた。それが今でも雀の宿のじいさんに見える。

部屋でコーヒーをとり、ゆっくりと飲んだ。次には東京の高橋弁護士に電話をした。

「いま、柳原先生のところから帰ってきました」

高橋弁護士に謙一はそう報告した。

「話の具合は大へんうまく進みました。柳原先生は十中八、九分まで、本校の学長に就任してもらえるものと信じています。確定的なご返事は高橋先生を通じてということでしたから、先生のほうからもよろしくお願いします」

「それはよかったですね」

と、高橋弁護士の声は答えた。

「ぼくもできるだけ援護射撃しますよ。まあ、ぼくの印象でも柳原君は学長を引き受けますね。あの人は律義だから、はじめから気のないものだったら素気なく断わりますよ。そんなふうにあんたにいろいろと聞いたというのは、本人に就任する気があるからです。もう間違いありませんよ」

「どうも、いろいろとご心配やご尽力をいただきましてありがとうございます。おっしゃるように柳原先生の気持ちは固まっているように見えますが、まだ一分の不安が残っています。こちらとしては最後のご返事をいただくまでは安心ができませんので、その点をよろしくお願いします」

「分かりました。いずれ帰京されたらお会いして、その話を詳しく伺うことにしますが、いつ帰られますか?」

「明日は東京に戻るつもりです。帰りましたら、すぐにご連絡します」

弁護士との話が済んだら、すぐに交換台が東京の鈴木事務局長からの電話をつないだ。

「いかがでしたか?」鈴木はきいた。「もうお帰りになってる時分だと思ってお電話したんですが」

「たった今、こっちに戻ってきたところだ。大体、うまくいったよ」

「そうですか。それは結構でした」

と、鈴木もほっとした声でいった。

「君、いま、どっから電話をしてる？」

「自宅からです。心配なので、学校から戻ってお電話したのです」

鈴木は学校からではかけられないと思って用心したのである。

「いま、高橋さんにはとりあえず報告しておいたがね、柳原さんの最後の回答は高橋さんを通じてくるはずだから」

「分かりました。で、専務は、いつこっちにお帰りですか？」

「明日の昼過ぎには学校へ行く」

謙一は鈴木の電話を切ったあと時計を見た。まだ三時過ぎだった。

実は、今夜は久しぶりに京都に来たので、ゆっくりここに泊まるつもりだった。柳原博士の引き出しに成功の見通しがついたので、気分もゆったりする。京都に一晩を予定したのは、万一、博士との交渉が難航した場合、徹夜でもして説得にかかるつもりだったのだ。

京都には彼は何度も来ていた。今さら名所めぐりでもない。考えてみると、ゆっくり休めるようでもあるが無聊《ぶりょう》でもあった。

謙一は、ふと加寿子のことを考えた。まだ時間が早いから、これから呼んでも遅くはない。すぐに飛行機に乗れば、早ければ五時ごろには伊丹に着ける。新幹線でも七時には駅に到着するのである。

謙一は、今さら加寿子でもなかったが、一晩泊まりで東京を離れたいといっていたことを思い出し、この際、それを実現させてやっても悪くはないと思った。

すぐに、交換台に加寿子の家の電話を呼ばせた。

五分ぐらいして交換台から、いくらお呼びしてもお出になりません、と告げてきた。彼女は留守なのだ。ふだんは女中を置かずに、昼間、近所の知り合いの人を家政婦代わりに頼んでいる。その女も居ないらしい。

時間的にみて、まだ店に行くのは早かった。手伝いの女が居ないということで、謙一の頭にはある予感が走った。

謙一は、昨日、加寿子に電話して京都に出張することを告げてある。帰りの予定もそのときにいった。

だから、彼女は今夜謙一が東京に居ないのを知っているわけである。

謙一は、手帳を出して、マンションの管理人のところへ交換台からつながせた。

「さあ、今日は朝十時ごろからお出かけになったようですよ」

と、管理人は謙一のことを知らないからありのままをいった。

「いつごろお帰りになるか分かりませんか？」

と、謙一も単なる知り合いのようにきいた。

「今夜はお帰りにならないんじゃないでしょうか」

「は、お帰りにならないんですか？」

謙一は、予感が当たったと思った。

「ええ、ふだんとは違うお支度で、スーツケースを持ってお出かけになりましたからね。それに、いつも通ってくるお手伝いさんも今日はお休みです」

管理人は答えた。

「どこに行かれたか、行く先は分かりませんか？」

「さあ、何も聞いておりませんので」

「どうもありがとう」

謙一は電話を切ったあと、椅子からしばらく動かなかった。煙草ばかり吹かした。さすがに平静でいられず、胸の動悸が激しく搏っていた。

——男と一晩泊まりの旅に出た。

もう間違いはなかった。この断定は正確である。加寿子が誰と浮気をしに行ったか相手も分からず、また、その男が問題ではなかった。もう別れる時期に来ている。ちょうどいい機会だとは思いながらも、女への憤りをやはり消すことはできなかった。

謙一は、そろそろ飽きてきた加寿子と別れるきっかけができたと思いながらも、女の浮気を考えると、やはり心が耐えられない。気にかけずに平気になろうとしても、そうはゆかなかった。考えはすぐそこに戻った。

謙一は、このまま京都に泊まるのが苦しくなってきた。おそらく、ホテルのベッドの上で一晩同じことを考えながら輾転《てんてん》するだろう。彼は急いで帰り支度をはじめた。柳原博士の引っ張り出しに成功した喜びも忘れてしまった。

それにしても加寿子の相手を知りたい。証拠を握りたい。別れる理由として、もっと明確な事実をつかみたかった。

思い出したのはルミ子のことである。加寿子のバアで働いている女だから、ママの加寿子の事情には相当通じている。割り切った性格で、古い義理人情のことはあまり考えないようである。ルミ子は金銭欲が相当強い。原宿で友だちと例の店を共同で持っていることでも分かるように、経済観念が発達している。金さえ出せば何でも打ち明けてくれそうであった。

謙一は急いで手帳を繰った。原宿の店の電話番号を前に控えている。そこに一応かけてみることにして、留守なら、その行く先を店番の者に聞けば分かると思った。

ホテルの交換台はあまり待たせないで原宿の店につないだ。

「ルミ子さん、居ますか？」

謙一は、電話口に出た少し年配らしい女の声にきいた。

「はい、いらっしゃいます」

女の声は名前をきき返しもせずに引っ込んだ。幸運である。ルミ子は昼間店に居るとは聞いていたが、若い女のことだから、いつも神妙に店に居るとは限らないと思っていた。

「わたし、ルミ子です」

聞きおぼえの声が耳にひびいた。

「ぼく、石田だ」

ルミ子はちょっと黙っていた。石田というだけでは見当がつかないようだった。

「あら」

といった。彼の声が分かったらしかった。

「いま、京都からだがね」

謙一がいうと、

「京都からお電話というので、誰かと思いましたわ」

ルミ子の若い声が急にはずんだ。

「こっちに用事があってね」

「いつから、そっちにいらしてるんですか?」

「今日着いたばかりで、今夜帰る」

「ずいぶんお早いのね」

「ぼくはね……」

と、謙一は腕時計を見た。今からだと五時半の新幹線には間に合いそうだった。

「……五時半の新幹線に乗る。東京駅には八時すぎに着くはずだ。君、今日、お店に行くのかい？」

「ええ、そのつもりにしてますけど」

「加寿子は、今日は居ないんだってね？」

ルミ子の声が沈黙した。それでルミ子は加寿子の予定を知っていると判った。

「加寿子が店を休んでいることはぼくも知ってるんだよ。……君、八時すぎに東京駅へ来てくれないか。話したいことがある。降車口のタクシー乗り場で待っていてほしいが」

新幹線で着いた謙一が東京駅の丸の内側にある降車口に出ると、京都からの電話で約束した通り、タクシー乗り場付近にルミ子の姿が見えた。ルミ子も彼を認めて歩み寄り、

「お帰んなさい」

と、濃い化粧で笑いかけた。ちょっと見ると混血児かと思うように日本人ばなれしたメーキャップだ。

「どうも」

電話でわざわざ彼女を東京駅に呼びつけたかと思うと、謙一もちょっと照れた。

「今から店に出るのかね？」

「行くつもりでしたけど、今日は休みます」

彼は内心あわてて、

「それは悪かったな。話はべつに今日でなくともよかったんだが」

そこに列をつくって客を待っているタクシーの先頭の運転手が、二人が乗るのか乗らないのかとこちらを見ていた。

「とにかくどこかに行こう。君、夕食はまだだろう？」

「でも、平気なんです。四時ごろ、軽くいただいたから。でも、先生はまだなんでしょ？」

ルミ子は、謙一が大学に勤めているので先生と呼んでいた。

「列車のなかで軽く食べるには食べたが」

ルミ子にはいろいろと聞きたいし、わざわざ出迎えにこさせたので、何か馳走をしなければならないと思った。とりあえず待っているタクシーに乗った。

「どちらへ？」

と、運転手はふり返ってきいた。謙一は銀座では目立つような気がし、とっさにホテルの食堂を考えついた。

「Oホテルに」

というと、運転手の横顔がニヤリとしたように見えた。旅先から帰った男が女を出迎えさせ、そのままホテルに泊まりに行くと勘違いしているのである。ホテルに着くまでは、謙一は加寿子の話を持ち出さなかった。その点はルミ子も心得ていて、京都の様子を聞いたりした。

「仕事で行ったので、ろくに京都の街も見て歩かなかったよ。汽車で日帰りできて便利にはなったが、仕事のついでに見物という余裕がなくなったな」

謙一も運転手の耳を意識して、当たり障りのないことをいっていた。

Oホテルに着くと、地下のダイニングルームに降りた。幸い食堂には客の姿もまばらだった。相変わらず外国人が多いのは、かえって内談に好都合である。

庭の見える窓際に席をとって対《むか》い合った。メニューで料理を注文したあと、

「わざわざ済まなかったね」

と、謙一は改めて礼をいった。こういう派手な場所に出ると、ルミ子の化粧は輝いた。もともと夜の世界に向いた女である。この妖しげな化粧に恭太のような年頃の子が好奇心を持つのが、分かるような気がした。

スープの皿が来た。

それまで、ルミ子のほうからは加寿子の話を出さなかった。店のママだから、彼女のほうから言い出せないで、謙一から切り出すのを待っている。

「加寿子は、今日、どこか旅行したんだってね？」

謙一はできるだけ気に留めないふうにいったが、それをいい出すとき、さすがに心の鉛を吐き出すようであった。

「先生、ご存じだったの？」

ルミ子はスプーンから眼をあげて謙一を見た。気の毒そうな、そして悪戯《いたずら》っぽいような表情だった。

「そりゃ何でも知ってるさ。ただ、その行く先は分からないね」

謙一は、言い方だけでも軽口めかそうとした。

「ママは今日の旅行のことを、先生には言わなかったんですか？」

「聞いてないね」

「そう……」

ルミ子は首をかしげながら、しばらくスプーンを口に運んでいた。その頭のかしげ方が、いかにも彼が加寿子の行状を察しないのはふしぎだというようにも見え、また、加寿子が口実だけでも彼にいわなかったのは変だというようにもとれた。

「ご心配でしょ？」

ルミ子はナプキンで口をふき、上眼づかいに彼を見た。その眼もとは微笑《わら》っていた。

「そうでもないがね」

「あら、あんな強がりをいって……」

「今さら嫉妬の炎を燃やすほどでもないよ。だいぶん長い間柄だからね」

「長いって、せいぜい二年そこそこでしょ？」

「何でもよく知っているんだね」

「そりゃママから聞いていますもの」

「そんなこと聞いているんなら、今夜、あれがどこに行ったかぐらいは、君もあれから打ち明けられてるんだろう。なにしろ、君はあれの腹心だからな」

「腹心じゃないわ。でも、働いてる以上、ママに味方しないとね」

「かたちだけでもかい？」

「そうじゃないわ。ある点は味方するけど、ある点では協力できないこともあるわ」

「その協力できない点はだな、今度の問題ではどっちに入るんだね？」

「そうねえ、微妙なところね」

ルミ子はもう一度、謙一に悪戯そうな眼を向けた。

彼女も謙一と同じブランディを飲んでいた。

「相手は誰だろうな？」

謙一は、わざと他人事《ひとごと》のようにつぶやいた。それにはさすがにルミ子は返事しなかった。

が、見当のついていることは、その表情で読みとれた。

「経営者が一晩休むんだから、店の者には加寿子も何か理屈をつけておかないと具合が悪いだろう。店のほうにはどういうふうにとりつくろってある?」

「そうねえ……」

「客に今夜ママはどうしたんだときかれたときの返事だってあるだろう?」

「お客さまには、郷里《くに》のお父さんが病気なので一晩泊まりで帰ったというように言われてるわ」

加寿子の父はとっくに死んでいた。

食事が進んだ。

「ママがどこに行ってるか、およその見当は先生にもついていらっしゃるんでしょ?」

ルミ子は、話がちょっと途切れたあと、気になるように謙一に低い声できいた。さっきから、こっちの様子を窺っている。

「何も考えていない。実は、京都からあれのマンションに電話して初めて知った話だからね」

謙一は、ルミ子が何かしゃべりそうな気がしていたが、できるならこちらは平静を装い、向こうからいい出すのを待ちたかった。

「それじゃ、まるで不意討ちね?」

ルミ子は彼の手前か、ちょっと呆れたような眼をした。

「そうなんだ。ぼくが京都に行くということは加寿子にいってあるので、その留守を狙われたような気がするよ」

「ほんとうですわ。そりゃ、もし、こっちの想像どおりだったとすれば、どっちみちママが悪いけれど、それにしても、先生の留守を狙うのは少し露骨だわ」

ルミ子も彼に同情したような表情で、加寿子を非難した。

「まあ、ぼくが人がよかったと思えば諦めもつくがね」

「それだったら、なおさらママがいけないわ」

ルミ子があまり憤慨するので、謙一はかえって彼女が加寿子の行く先を知っていると思った。

「まあ、先方がそういう気持ちになったら、ぼくもそうかと思うだけで、これからはそれなりのつき合い方があるがね」

「あんなさとり切ったことをおっしゃって。……それ、本気なんですか?」

「仕方がないよ。去る者は追わず、という古いコトワザもある」

「まあ」

「それにしても、だまされたというのは、やっぱり平気でいられないね」

「でも、ママがだましたかどうかはまだ分からないじゃありません? 黙って旅行したからといって、必ずしも相手がいるというわけではなし……」

「おいおい、君までがそんな子供だましのことをいわないでくれ。ぼくもそれほどまで人はよくないつもりだ」

「………」

「こうなったら仕方がないから、君がもし知っているなら、いや、想像だけでもいいが、それだけでもぼくに打ち明けてくれないかな。そうすれば、自分の気持ちも少しはなごむよ。まるっきり分からないでいたんでは、この不愉快さがやりきれないからね」

「先生のお気持ちはわかるけど……」

「ママに口止めされた手前があるというのかね。しかし、君から聞いたということは絶対に向こうにいわないよ。それに、今さら相手がそんなことをしたからといって、ひと騒動起こすようなことはしないしね。それほどぼくは若くはない。そんなこと、みっともなくてできないよ」

食事が終わり、あと、果物とコーヒーになった。女の行方を訊ねながら食事をするのは、その質問を食事で味つけしているような感じだった。

結局、ルミ子が洩らしたのは、加寿子の行く先が伊豆方面ではないかということである。漠然と伊豆といっても、もちろん、温泉地にきまっている。湯河原か、熱海か、修善寺か、その辺のところであろう。いや、案外、人のあまりこない鄙《ひな》びた山間かも分からなかった。小さくとも渋谷でバアを開いていれば、顔を知られている率は多いのである。熱海あたりだと誰が来合わせているか分からなかった。

それに、これは加寿子にとって秘密な愉しみだから、山間の寂しい温泉地のほうがかえって似つかわしく、そのほうを択んだような気がした。

「まあ、それだけ聞けば、大体、見当がつくがね」

謙一は、これ以上追及してもルミ子は土地の名前をいわないにきまっているので、一応はそういった。

「次は相手だが、やっぱり店にくる客の一人かね？」

謙一はめったに彼女のバアには行かないので、客の風貌をいわれても分からなかった。たとえ名前を教えられても、どんな男か知らない。

「そんなことまでママがわたしにいうものですか」

と、ルミ子は少し強い語調で答えた。だが、謙一を見る眼に、興味と好奇心と多少の怖れを交じえていた。

「そんなところへ一人で行くわけはないからね。君はぼくを慰めるつもりでそんなことをいってるのか知らないが、もし、そうだとしたら、無駄だと思うな」

「どうしてですか？」

「どんなことを聞かされようと、ちっともぼくの心は動揺しないんだよ。強がりと思って取られると、心外だがね」

「じゃ、どういう意味でわたしにいろいろ詮索なさるんですか？」

「はっきりいうとね」
　謙一はコーヒー茶碗を口に運び、一口飲んでから、
「君にはぼくのほんとの気持ちをいうよ。加寿子とは、もう気持ちがはなれている。その
うち別れるきっかけをつくりたいと思っていたが、今夜のことはいいチャンスだと思って
るんだ」
「まあ」
　と、ルミ子は少し背をうしろに倒して眼をまるくした。
「あれと別れたいという気持になるまでにはいろいろと原因がある。それをいま詳しく
いってもはじまらないから、いずれいうときがあると思うがね、とにかく、そんな具合で、
あれの浮気がぼくにはかえって好都合になっているんだよ。そのためには、はっきり加寿
子の行く先と、できれば相手の正体を知っておく必要がある。それで、君にいろいろと聞
いてるわけさ。まあ、君にとっては迷惑な話だろうが……」
　ルミ子は、謙一が加寿子と別れるというのを本気にしないようだった。
「そんなことはとても信じられないわ」
　と、うそぶくように言う。実際に信じていないのか、それとも話をはぐらかそうとして
いるのか、謙一にはよく分からなかった。
「しかし、君たちの年代だと、飽きたらさっさと相手と別れるんだろう?」

コーヒーをすすりながら、謙一はいった。

「わたしにはあんまりそんな経験がないから」

と、ルミ子はわざと咳を一つした。

「それも眉唾ものだが、まあ、いいよ。友だちの話でもかまわない。君たちの世代では恋愛など、どう考えてる?」

「わたしの友だちのことなら、いくらでも話せるわ」

と、彼女はやはり笑いながら、

「そうね、わりあい淡々としてるわ。だって、嫌いになったものを、いつまでも義理でつき合う必要はないでしょ」

「そりゃそうだが、しかし、相手が簡単に承知するかね?」

「このごろの男の子は、その点、わりと割り切ってるわ。向こうだっていつも一人の女とは限ってないから」

「やっぱりわれわれの世代とは、どこか考え方が違うんだね」

「あら、先生だって、いま、ママと別れるとおっしゃったじゃありませんか」

「女のほうで裏切らない限り、こちらは責任をもつよ。ぼくは旧いだけに、そこは人情が絡むね。たとえ相手に飽きたとしても、そう簡単にさよならもできないんだ」

「じゃ、ママの場合、もし、浮気みたいなことがあるんだったら、先生にはもっけの幸いということろね」

「もっけの幸いというと語弊があるが、一つの機会とはいえるね」

こんな話をしているうち、さっき飲んだブランディのためか、ルミ子の瞼《まぶた》が赤くなっていた。眼の光も潤んでみえる。顔の表情全体がうっとりとしてきたようだった。

「わたし、少し酔ってきたかしら？」

と、彼女は頰を押えた。

「バアに勤めているひとが、それっぽっちの酒で酔うのはおかしいじゃないか」

「あら、お店で飲むときは、ずっと自分を殺しているから酔いなんか出ないわ。でも、こういう場所だと気持ちがゆるむから」

気持ちがゆるむという言葉が、謙一には微妙にひびいた。

「それじゃ、今夜はあんまり君から話が聞けなかったが、まあ、漠然とでも加寿子の行跡が分かって一つの収穫だったかもしれないな」

「わたしは具体的なことは何もいってないわ。わたしから聞いたといってママと喧嘩しないでね、先生」

「大丈夫だよ。君には迷惑をかけない。じゃ、ぼつぼつ出ようか」

ちょうどステージで唄う女の声が高くなって話もしにくくなったのを幸い、彼はルミ子を促した。

タクシーの中で、ルミ子はクッションに背中を凭《もた》れかけていた。あごを仰向けて首をだらりとうしろに投げたようにしている。

「あれくらいで、まだ酔っているのかい？」

謙一はきいた。かたちのいい顎に街の光が流れていた。光った皮膚には若さがあった。加寿子とはやはり違っていた。

ルミ子はうすく笑って首を振った。

謙一は、ルミ子が今夜は自分のために店を休んだことだし、彼女のアパートの前までタクシーで送るつもりだった。四谷の都電通りというから、通りがかりとして不自然ではない、ややこしい場所だと人に疑われよう。

ルミ子は閉じていた眼をぱっと開いて、首を起こし、

「先生、わたしの店にお寄りにならない？」

と、大きな眼をむけた。

「店って、原宿のかね？」

「ええ。一度、お見せしたいわ」

「うむ……」

謙一は生返事をした。友だちと共同で出している原宿の服飾品の店には、恭太が始終行っている。うっかり寄ると、息子と鉢合わせするかも分からなかった。

「きれいなお店よ。見ていただきたいわ」

「まあ、この次にしよう」

謙一が煙草をくわえて答えると、ルミ子は、ふ、ふと笑った。

「……先生。ママから聞いたわ」

ルミ子は顔を寄せ、小さな声で言った。それだけで恭太のことだと謙一に分かった。

「大丈夫よ。ご心配なさらないで」

謙一は返事ができなかった。運転手の耳があるので、うっかりしたことが言えない。

「君は、これから原宿の店に行くのかね?」

謙一は恭太のことにはふれずに訊いた。

「いいえ。先生がお寄りにならなかったら、今夜はどっちでもいいの」

ルミ子は、あっさりと答え、いつも共同経営の友だちが居るので任せてあると言い添えた。

「しかし、渋谷の店の帰りには寄ってるんだろう?」

「ええ。わたしは昼間、原宿のほうに詰めてるので、夜は寄っても寄らなくてもいいのよ」

ルミ子の説明によると、その店の品は高級品なので、近くに住む外国人や、映画女優が買いにくるということだった。それから、いいところの奥さんもくる。場所がいいので、中年紳士が車で乗りつけてきて、恋人のものを買って行ったりするとも言った。

男がくるのはルミ子がお目当てらしかったが、それをきくと恭太のことになるので、謙一は黙っていた。

黙ってはいたが、ルミ子に恭太を寄せつけないように頼むのは、今がいい機会だと思った。加寿子を仲介にして言ってはあるが、それではまだ効果が見えていない。やはり直接に言うのがいちばんだった。

四谷が見えてきた。

ルミ子が運転手にいって車を停めさせたのは、四谷の新宿通りから信濃町へ曲がってしばらく行った所だった。そのアパートは横幅のない、長方形の、妙に高い建物だった。

「それでは、わたしはここで失礼します」

ルミ子が言った。謙一が急にそこまでの料金を払ったので、彼女はちょっとびっくりしたように謙一の顔を見た。

「ちょっと君に話がある。二十分ほど、そのへんを歩いてくれないかな」

タクシーが走り去ってから、謙一はルミ子にいうと、

「外でいっしょに歩いてるところを近所の人に見られたら、何をいわれるか分からないわ。だから、わたしの部屋にいらしたら」

と、彼女はあっさりいった。

「……しかし、それはちょっと悪いな」

腕時計をめくると、十時を過ぎていた。

「あら、かまいませんわ。とり散らかしたところだけど、外を歩いてるよりは人目につかなくていいわ」

「しかし、君の部屋にいっしょに入るところを見られると、もっと悪いんじゃないかな」

「大丈夫よ。今ごろの時間だとエレベーターに乗る人もないし、廊下を歩いてる人も滅多にいないから」

「君の部屋に誰か訪ねてくるようなことは？」

「その心配はいりません。わたしは自分の部屋には絶対に人をこさせないのよ。女の子でも断わってるわ。でないと自分の安息場所にならないから」

「じゃ、ほんの二十分ほど……」

謙一は決心した。人を入れないというのに、彼を誘うのは矛盾しているが、今夜のルミ子はまだ酔いが残っているところがあった。それとも彼なら安心しているのかもしれなかった。

そのアパートは、エレベーターが玄関を入ってすぐ突き当たりにあった。管理人の部屋らしいものが左側にあったが、灯は消えていた。ルミ子はエレベーターに入って七階のボタンを押した。中は狭く、二人で乗っていると身体がすれ合うくらいである。謙一は少し変な気になった。

七階は、このアパートのいちばん上だった。廊下に出ると、暗い照明が寂しくついているだけで、人影はなかった。ルミ子は角から二番目の部屋のドアに鍵を差し込んだ。外で待っていると、中で灯がついた。

「どうぞ」

謙一が誘われたように入ると、いちどきに華やかな部屋の色が映った。

八畳くらいの部屋は洋式で、床にじゅうたんを敷き、モダンなテーブルやイスがならべられてある。壁には洋画が三枚くらいかかり、窓には派手な模様のカーテンが下がっていた。新しいデザインの棚にはいろいろな人形が飾られ、豪華な美術書がならんでいた。上から吊り下がった照明器具もシャンデリアのように華美だし、フロアスタンドも華麗だった。

「おどろいたな」

謙一があたりを見回すと、

「そんなに、じろじろ見ないで、恥ずかしいわ」

と、ルミ子は彼に椅子をすすめた。

「先生がおききになりたいのは、恭太さんのことでしょう？」

ルミ子は椅子にかけ、組んだ片脚をブラブラさせながら、謙一に微笑を投げた。

「実は、そうなんだ。君、前に加寿子から聞いているだろう？」

謙一は、弱った問題だというような素振りをみせた。

「それは前にうすうすママから聞いていないこともないけど」

「うすうすというのは頼りないね。加寿子にはあれほどちゃんといっておいたんだが」

「でも、恭太さんはいい子だから、わたしもあんまり本気に聞いてなかったの」

「それは困るな。こっちは親として本気なんだから」

「でも、とてもおとなしくて人づき合いのいい子じゃないの」

ルミ子がいうのは、まんざらお世辞とも思えなかった。受持ちの教師も、恭太は学校ではおとなしい子だといっている。また、家庭で親に反抗する子は、外に出ると逆に素直で、友だちに可愛がられる子だとも話していた。

ましてルミ子の店にくる恭太は、ルミ子の歓心を買うために、おとなしい子になっているに違いない。殊に友だちといっしょだったら、その友だちの機嫌も取っているに相違なかった。

謙一は、家で野獣のような振舞いをしている恭太のことを考えて、その二重人格に腹が立ってきた。わが子ながら卑怯だと罵りたかった。

「あれはネコをかぶっているんだ」

と、謙一はいった。

「そんなふうにも見えないわ。ネコをかぶっているといっても、そんなのはすぐにわたしなどには分かるから、恭太さんはほんとに根っから純情なのよ」

「恥をいわないと分からないが、内と外ではあの子の態度が違うんだ。家では、君が想像できないくらいに親に反抗してくる」

「あの年ごろを、反抗期というんじゃないの？」

「それだけでは済まされない。まあ、これ以上いうと、ぼく自身が恥ずかしいからいわないがね、とにかく金を持ち出しては、夜遅くしか帰らない。勉強も全然しない……」

「あら」

と、ルミ子は眼を大きく開いた。

「それ、わたしのせいだとおっしゃるの？」

「いや、そうじゃないが……」

謙一は、ルミ子の強い語調に狼狽した。

「わたし、べつに恭太さんにお店の品ものを買って頂戴って、頼んではいないわ」

「いや、それは、そうだろう。そういう意味で言ってるわけじゃないが」

「それどころか、わたしから、そんな無駄づかいをしちゃいけないって、とめてるくらいですよ。……あの子、ほかに好きな女の子がいるのかしら。友だちとお店にくるたびに女の子のものを買いたがるの」

それはルミ子の言う通りであろう。恭太が原宿の店でルミ子のご機嫌とりに不用な商品を買っているに違いなかった。ほかに好きな女の子がいて、それに与えているのではなかった。だから、彼女の店で買った品は、ガールフレンドのいる友だちに分けてやっているのだと思う。

謙一の眼には友だちにチヤホヤされ、調子にのって、いい気になっている恭太の姿が眼に見えるようだった。

そんな恭太を、ルミ子がたしなめていることも嘘ではあるまい。しかし、彼女も商売だ。商品が売れるのは悪くない。笑って制《と》めながらも、一方では売っているはずだ。ルミ子のそんな顔色を見ながら物を買っている恭太の恰好も容易に想像できた。

恭太が母親に金をせびるのは無理はなかった。ルミ子の店の品は、いくら安いものでも千円以下はない。母親から金をとっても、恭太は自分の小遣いとしてはあまり無いだろう。母親が金を出さないとき、殴ったり蹴ったりするのも、恭太にとってそれが絶対に必要な金だからだ。……

「先生」

謙一が浮かない表情になったのを見て、向かい側のルミ子は眼を細めて笑った。

「大丈夫よ、そんなご心配をなさらなくても……」

「うむ」

「わたし、べつに恭太さんを誘惑などしていないから」

「それは、そうだろうけど……」

謙一は、何となく面映《おもは》ゆい思いをしながら、

「あの子の年ごろだと、君のようにきれいな姉さんに憧れを持ちたがるものだからね」

それは思春期の男の子の好奇心である。同じ年ごろの女の子よりも、年上の、美しい女に惹かれる。少年が情感の上でおとなになろうとしている時期であった。おとなになったようなよろこび、おとなと同じ性欲をもつ興奮であった。

そして、同じ年ごろの男の子たちが競争して年上の女の寵を獲ようとしている。謙一にも似たような経験があった。

「そういえば、恭太さんはわたしにこっそり五千円札を一枚くれたことがあるわ」

ルミ子はおかしそうに言った。

「五千円を？」

「何かプレゼントをしたいけど、何を買っていいか分からないから、これで、好きなものを買ってくれっていうの」

いつか恭太が妻を脅かして五千円を奪ったのを、謙一は思い出した。

「可愛いじゃないの。そして、わたしに、こうきくのよ、ルミ子さんはぼくが嫌いかって、真っ赤な顔をして、そっと問うじゃないの。あれで、友だちどうしで競争心があるのね。

それで、好きよ、といってあげたら、頰ぺたにキスしてくれというの。だから、ちょっと、キスしてあげたわ」

「君」

謙一は思わず起って、ルミ子の肩に手をおいた。

謙一に肩をつかまれて、ルミ子はちょっとびっくりしたように、大きな眼で下から彼を見上げたが、べつにその肩をゆするでもなかった。

それは、バアの客席でよくされているように、あまり気にとめないようだった。そうなると、謙一のほうも、すぐには手がはなれず、肩を軽く押えたまま、

「子供には君の店に来ないように言ってくれないかな」

と言った。彼女の若い肩には柔軟な充実があった。加寿子とは違っていた。

「そんなに心配？」

ルミ子は眼もとを笑わせた。

「そりゃ、心配だよ。君のほうは悪戯《ふざ》けてキスしたかしれないが、あの年ごろの子供は嚇《かっ》となるからね。もう、そんなことはやめてくれ。そして、もう店には出入りさせないでくれ。君が強く言ってくれたら、あの子もあきらめるよ」

「お父さまじゃ、威力がないの？」

「とっくになくなっている」

「そうね。……わたしと先生とが知り合いで、その子供さんがわたしたちの間に変にからんできたらヘンなものね」

ルミ子は思案するように言った。

「君はまさか、ぼくと加寿子とのことは恭太に言ってはいないだろうな。いや、はっきりそう言わなくとも、君がぼくを知っているということも？」

「そんなことを言うもんですか。そんなことを口に出したら、先生とママの間を子供さんにしゃべるようなものじゃありませんか」

ルミ子は、おかしそうに笑った。肩の振動が謙一の手に微妙にひびいた。

「先生もお可哀想ね」

彼女は突然しんみりと言った。

「可哀想とは？」

「だってエ……ママはどこかへ行っちゃうし、子供さんのことは心配だし……」

ルミ子は首を少しかしげてゆっくりと言った。

謙一は同情されたのでルミ子を上からじっと見下ろした。このとき、この部屋には二人しか居ないという意識が、重い物体のように頭に落ちてきた。それから、さっき、恭太にキスしたといった言葉が別な変化を起こした。

彼は両手で彼女の肩を抱きこんだ。

「あら」

ルミ子ははね上がるようにして振りほどこうとしたが、思ったより強い抵抗ではなかった。それが謙一に勇気を持たせた。彼は抱えあげたルミ子を一度両手からはなして椅子の上に落とした。ルミ子が立ち直らない先に、前から身体を彼女の上に倒し、片手で首を捲き、片手でその顎を押しあげて、唇に吸いついた。

ルミ子は首を左右に振っていたが、前後を彼に締めつけられているので、唇の脱がれようがなく、懸命に唇を固く閉じていた。

謙一は手でその首を左へ傾け、耳の下に口をつけ、軽く嚙んだ。

「あ」

椅子に坐ったまま前から抱きつかれているルミ子は小さな声をあげ、彼に身体の弾みを強く与えた。

ルミ子の唇が謙一を許したとき、彼の頭には、その全身の衝動とは別な、功利的な思案が働いていた。

ルミ子の身体を一度でも所有すれば、いや、ある期間その関係を持続すれば、ルミ子は恭太を嫌悪するに違いないという考えである。女性にとって、相手の男の息子が自分に近づくのは煩わしい以上に、道徳的な背反を感じるであろう。それは女性の本能的な潔癖感の存在であった。

　彼女は、今度こそは本気に恭太を寄せつけないであろう。店の前から追い返すに相違なかった。恭太がルミ子の原宿の店に行くのはこれで解決する。彼が金を欲しがることも、勉強しないことも、母親への乱暴も、ひとまずこれでおさまるかもしれなかった。あとは説得である。熱の下がったころを見計らうのだ。

　この計算は謙一の頭の中を駆けめぐっていることで、謙一のしぐさからはルミ子にはよみとれなかった。

　ルミ子は謙一に前から押えつけられたまま、その唇をはなし、

「ママに悪いわ」

と呟いた。それほど息をはずませてはいなかったが、眼蓋も頬も火照《ほて》っていた。

「加寿子は、もう、ぼくの心にはない」

と謙一は答えた。そして、じっとルミ子の眼に見入った。

その強い、粘い視線は男の要求がこもっていた。

「いやよ」

と、ルミ子は首を振った。しかし、声は強くなかった。

「どうしてだ？」

「だって、いきなりだもン」

ルミ子は甘い声を出した。

「君が好きだ」

と、謙一は言った。頭の中を恭太の顔が荒々しく通過した。

「平凡ね」

ルミ子は言ったが、声がちょっと咽喉にからんだ。彼女も二人きりの部屋の重圧にふるえてきたようだった。

「ほかに言い方を知らないからな」

謙一はそう言うと、もう一度彼女の唇に襲いかかった。今度はルミ子の舌に十分にふれた。

抱きすくめたまま、謙一は一方の手をルミ子の背中に回し、ファスナーのつまみに指をかけた。たちまち半分が開けた。

「いや」

ルミ子は謙一の唇を押しのけ、すくめられた手をのばそうとした。立ったまま彼女に凭《よ》りかかっている謙一の位置は、ひどく不安定なものだった。椅子に坐っている彼女のほうが、ずっと安定していた。謙一は思い切ってルミ子を椅子から引き立てた。彼女はひきずられて起き上がったが、よろよろして彼の肩にぶっつかった。

床には柔らかいじゅうたんが敷いてある。クッションの長椅子もあったが、彼はルミ子をじゅうたんの上に倒そうとした。

「いやよ、こんなところで」

ルミ子は、乱れた髪をさっと振ると、彼の手からさっさとはなれ、仕切りの襖を勢いよく開けた。畳の上に赤い蒲団があった。

工作

加寿子から学校に電話がかかってきたのは、謙一がルミ子のアパートに行った翌日の午後だった。つまり、加寿子が彼に黙ってどこかに行った翌る日でもある。

「今日、お帰りにお寄りにならない？」

と、加寿子がいった。その声は思いなしかいつもより甘い調子に聞こえた。機嫌を取っているようでもある。

「今日は駄目だ」

と、謙一はいった。加寿子にはいろいろと「訊問」したいことがあるが、今日はまだ早すぎた。それに、彼もやはり感情的に面白くなかった。

「忙しいんですか？」

「ああ」

「そう」

加寿子は黙っていたが、

「私立探偵社から、例の書類が届いてるんですけれど」

大島理事長と秋山千鶴子との情事行の報告書だ。前に聞いたのは、その中間報告だが、今度は正式なものがタイプで作成されたらしい。探偵社には、加寿子がそれを依頼したことになっている。

謙一は、それを聞くと少し考えた。早くそれを見たい。そろそろ大島理事長追い出しの工作にかからねばならなかった。

「いま、どこに居る?」

謙一はきいた。

「あら、うちよ」

「それじゃ、三時半ごろ、この近くまでその書類を持ってきてくれないか」

「家では駄目なんですか?」

「今日はどうしても抜けられない。しかし、その書類を早く見たいからね」

「いいわ。どちらへ行ったらいいんですか?」

いつもだったら加寿子のほうで、そんな時間はないとか、こちらに取りにきなさいとかいうのだが、今日はすんなりということを聞いた。それもうしろ暗いところがあるからだろうと、謙一は察した。

「成城学園駅前に喫茶店がある……」

名前を教えたうえで、

「そこに三時半までに来てほしい。いいな？」

「はい、そうします」

謙一は、そのあと、よほど昨夜はどこに泊まったのかとききたかったがやめた。多分、一泊旅行から帰って間もなく、この電話をかけたに違いなかった。折よく私立探偵社から正式な報告書も届いたのだろう。

三時半に間に合うように彼は電車に乗った。学校を出るときも、ちょっと用達しに行くように装った。車を使わなかったのは運転手の手前があるからだ。

成城学園前駅に降りて指定の喫茶店に入ると、いちばん奥の隅に加寿子の和服姿が見えた。白い着物に銹朱《さびしゅ》の帯を締めている。謙一はニコリともしないで彼女の前に坐った。

加寿子は微笑して謙一の顔を見ていたが、ハンドバッグをパチンと開けると、

「はい」

と言って封筒をさし出した。裏に私立探偵社の名が印刷してあった。

謙一は加寿子から受け取った私立探偵社の調査報告書をパラパラとめくった。

この前、中間報告で聞いたのと大差はない。あれをもう少し具体的に述べ、それを特有の文章にしてタイプ印刷したにすぎなかった。しかし、これは大島理事長を追い落とす有力な道具の一つになろう。

「いくらかかったかね？」

と、謙一は報告書を封筒に収めて、加寿子にきいた。

「そんなの、いいわよ」

加寿子は微かに首を振った。

「いいことはない。こちらで頼んだことだから、払うものは払うよ」

「変な言いかたね」と、加寿子は微笑のままでいった。

「払うものは払うというのはいやな言いかただわ」

「しかし、とにかくぼくのほうで頼んだんだからね、立て替えてもらうのはありがたいが、これは支払わなければならない」

「でも、お役に立てば、それで結構よ」

お役に立てばいいという加寿子の言葉が、謙一にはちょっと意味ありげに聞こえた。加寿子はこっちの意図を十分に知っている。知ったうえで皮肉をいっているようにも思えた。

「まあ、いい。君がそういうなら、あとで何かのかたちでお返しするよ」

と、謙一は封筒を内ポケットに差し込んだ。今の彼女の皮肉が、何となく気にかかったので、それ以上押し返すのをやめたのだ。

「ずっとお元気そうね」

と、加寿子は彼の顔を見ていった。いつもは、こんなに愛嬌のある女ではない。ふだんよりも機嫌を取っているように見えるのは、やはり昨夜ルミ子がいった言葉に間違いがないように思われた。

突然、加寿子のほうからきいた。

「昨夜、お電話をいただかなかった？」

「いや、電話してない」

マンションに京都から電話をしたが、出なかったので加寿子は知らないはずだった。

「そう。夜は？」

「夜もしないよ。どうしてだ？」

と、謙一はきき返した。

「わたし、昨日一日、東京に居なかったのよ」

眼に笑いをもたせ、いつになく彼に愛嬌を見せていた。

「どうして？」

謙一は、わざとそれには関心がないようにきいた。

「ほら、兄が新潟の勤め先から近いうちに出張で出てくるという話、いつかあなたに言ったでしょう？」

「………」

謙一にはそんな記憶がなかったが、まあどっちでもいいと思って黙っていた。

「その兄がお嫁さんを連れて急に出てきたの。それで箱根に行きたいというから、一日帰りで連れて行ったところ、夫婦で泊まりたいと言いだすじゃないの。とうとう、わたしまでつき合わされたの……」

加寿子は、昨夜、兄夫婦といっしょに箱根に行ったといい、兄夫婦が新潟から出京するのは前に話したというのである。

謙一にはその記憶がなかったが、まあ、この場合、だまされておこうと思った。

「で、箱根の旅館はどこに泊まったかね？」

謙一はさりげなくきいた。

「塔ノ沢の流明館というのよ」

加寿子は勢いよく答えた。間髪を入れない返事だった。

謙一は、それで加寿子の話は本当かと思った。旅館の名前をはっきり言う以上、嘘でもないようである。

「とてもいい旅館だったわ」

加寿子は、相変わらず謙一の機嫌を取るように、明るい笑顔をみせていた。

「そうか。で、兄さん夫婦は？」

「今日は東京を見て歩いてるんじゃないかしら。わたしもいつまでもおつき合いはご免だから、こっちに帰ってきて新宿で別れたわ」

謙一は、昨夜のルミ子の話が頭に残っている。ルミ子の話だと、加寿子が行った先は箱根ではなく、伊豆地方の温泉地ということだった。どっちかが間違っている。あるいは加寿子がルミ子に伊豆地方といったのかも分からなかった。しかし、実際に兄夫婦と箱根に行ったのなら、加寿子はルミ子にそういえばいいのである。なぜ、そこんところを伊豆地方などとぼかしたのだろうか。

どうも臭いという気がしたが、旅館の名をいっていることだし、今は追及をやめた。また、ルミ子から聞いた話を持ち出せば、昨夜のルミ子とのことが気づかれそうである。

今日の加寿子はいつもより媚のような表情を見せているだけに、謙一には少々うとましくなった。

「今日、お忙しいんですか？」

電話できいたことを加寿子はもう一度訊いた。

「ああ、今日はいろいろと用事を抱えている」

「今日、来てくださるといいんだけど……」

彼女は媚を浮かべたまま誘った。

「今日は都合がつかない……」

このとき、喫茶店の入口から、背の高い中年男が分厚い本を片手に抱えて入ってきた。

謙一が何気なく見た眼と、先方の視線とが合った。

「やあ」

といったのは謙一のほうからである。こっちは女づれだったので、かえって先に声をかけるる気持ちになった。

「やあ」

向こうはそこに棒立ちになっていた。

若葉学園で国文を教えている山名教授だった。山名は、謙一にあまり好感を持ってない教授グループの一人だった。

謙一は、まずいところに山名が入ってきたと思ったが、わざと、

「そうそう、あなたはこの近くにお住みでしたね」

と言った。

加寿子は俯《うつむ》いていた。

山名教授は、それとなく謙一の前に坐っている加寿子に気をかねて、謙一と言葉を交わした。教授のほうできまり悪がっている。

「わたしの家は、この近くなんです」

言葉はどこかぎごちなかった。

「そうですか。そうそう、山名さんとは近いうちに一度ゆっくり話をしたいと思っています。時間をつくりますから、そのときはぜひ会ってください」

と、謙一はいった。悪いところでこの人と出遭ったという気持ちが、その言葉を浮きあがらせた。

「どうぞ。いつでも結構ですから」

山名は、何の用事かと思っているようだったが、これにも謙一は、その場の思いつきで、

「何となく雑談したいんですよ。先生がたのお話をゆっくり伺いたいと思いまして。先生にもいずれご専門のほうを……」

といった。

「はあ、いつでもどうぞ」

山名教授は、思いがけない専務理事の言葉にとまどいしながらも、

「では、失礼します」

と、軽く頭を下げて、向こう側のテーブルについた。

謙一は、加寿子と二人づれのところを山名に見られたのはまずかったと思った。山名はこっちに好感を持っていないので、あとになってどういう宣伝をされるか分からない。この場は早く逃げ出そうと思った。

「学校の方ですか？」

と、加寿子は顔をあげて彼に小さくきいた。

「そうだ」

「わたしがごいっしょに居ては具合が悪かったんじゃありませんか？」

「そんなこともないが……」

謙一は、気まずそうな顔をして煙草を吸っていたが、

「どれ、ぼつぼつここを出ようか」

と、吸殻を灰皿に棄てて伝票をつかんだ。出るとき、山名教授のほうをチラリと見たが、教授は鞄の中から雑誌を出して読んでいた。向こうでも謙一たちを意識している。

喫茶店から駅まではいっしょに行った。謙一は学校に行くので、加寿子とは電車が反対方向だった。

「今夜は遅くなるんですか？」

と、加寿子は何となく不機嫌な謙一に気兼ねするようにきいた。

「会議があるので遅くなりそうだな」

「じゃ、今夜はお逢いできませんね？」

「駄目だろう」

「今度はいつごろになります？」

「さあ、今のところ分からない」

謙一は、加寿子の顔を正面から見ないようにして、その言葉にとり合わなかった。

「今日はご機嫌よくないのね」

加寿子が言った。

謙一が学校に戻り、部屋の机の前に坐っていると、鈴木事務局長が喜色満面といった顔で入ってきた。

「石田さん」

と、彼は謙一の横へきて背を曲げ、低声で、

「いま、高橋さんからの連絡が電話でありました」

と、耳の傍らでささやいた。

「ほう。あのことかね？」

東山の竹藪と古い池とを背景にして坐った老人の影が頭の中に大きな映像となった。

「そうです。今朝、京都のほうから電話があって、柳原先生は学長就任をお受けになると、はっきり返事なさったそうです……」

謙一は鈴木の声が身体中の隅々に滲みわたってゆくような心持ちがした。

すぐには言葉も出ず、肩を落とし、椅子に背をぐったりともたせた。大きな安心のときは、落胆と同じ身ぶりになる。

「石田さん。……よかったですね」

鈴木は謙一の肩をたたかんばかりにして祝福した。鈴木のほうが大げさに昂奮を抑えていた。

「うむ……」

謙一は机の上で両手を組み合わせ、

「まあ、十中八、九分までは大丈夫とは思ったがね」

と、喜びを自制した声で言った。

「そうなんです。石田さんが京都に行って柳原さんを直接口説かれたんだから、絶対大丈夫とは思っていましたがね」

「いよいよのところまでは、君も心配があったわけか」

「正直にいって、そうなんです」

「ぼくも同じだ。あの様子から判断して引き受けるものとは信じていたが、正式の回答があるまでは、やっぱりね。……しかし、これで肩の荷がおりたよ」

「いよいよ、大活動ですな」

「うむ。……とにかく、これはもう一度京都に行って、柳原さんと正式なとりきめをしなくてはいけない」

「石田さん。早いほうがいいですよ。高橋さんもそういってました」

「君、すぐに正式な覚え書をつくってくれ」

「分かりました。条件はこの前の通りでよろしいんですね？」

「いい」

鈴木は大きくうなずいたが、今度は違った表情になって、

「大島理事長のほうはどうします？　こうなったら早いとこ引退工作をしなければいけませんが……」

と、彼の顔をのぞきこんだ。

謙一は上衣の内ポケットから長い封筒をとり出した。

「君、これを読んでおいてくれ」

「はあ、……何ですか？」

「大島さんと、秋山千鶴子の関西旅行の調査報告書だ。さっき、私立探偵社の者がタイプにしたものを届けてくれた」

大島理事長と学生課の秋山千鶴子との愛欲行の調査報告書だと聞いた鈴木は、謙一から手渡された封筒の私立探偵社の印刷文字を眺めてニヤリとした。

「そうですか。……石田さんは内容をおよみになりましたか？」

「ああ、ざっと眼を通したがね。……なかなか詳しく書いてある。やっぱり、君、モチはモチ屋だねえ。感心したよ」

謙一は微笑しながら言った。

「そうですか。……それでは、あとで愉《たの》しみにして読みます」

鈴木は大事そうに封筒を内ポケットに隠した。

「これを教授会に見せて、大島さんに詰腹を切らせることになりますかね？」

と、鈴木は謙一の意図をさぐるようにきいた。

「いや、それではあんまり効果がない。一応の非難はするだろうが、それは注意程度だからね、大島さんの理事長の地位の致命傷にはならない」

「なるほど」

と、鈴木は合点合点をして、

「石田さんのことですから、そのへんは腹案があるのでしょうが、ぼくにお手伝いできることがあればいいつけてください」

と、謙一の機嫌を取るように言った。

「うむ。そのうちに頼むことになろう」

「しかし、石田さん、これは早くしないといけませんよ。柳原さんは承諾なすっていることだし、それがほかに洩れて、外部から噂になってくると、ちょっと工作が面倒になりますからね。まあ、それは石田さんもぼくなんかよりずっと先をよんでいらっしゃるでしょうが……」

「できるだけ早くする。ただ、柳原さんには、正式に発表するまでは、絶対に黙っておいていただかなければならない。……あの人は昔気質《かたぎ》の学者だから、口止めすれば必ず守ってもらえる」

「はあ」

「あと、このことを知っているのは高橋弁護士だ。高橋さんのことは君のほうがよく知ってるが、あの人は大丈夫だろうね？」

「絶対に他言する人ではありません。むしろ高橋さんは、外部に洩れるのを一生懸命に心配してるほうです」

「そうか。まあ、君も言動には十分気をつけるように」

謙一は、鈴木に釘をさすように言った。

「はい、分かりました」

と、鈴木は神妙に頭を下げる。

「今の話だけど」

と、謙一は鈴木をもっと近づかせ、

「これは大島理事長から問題にしてはまずい。相手のほうからだ」

「すると、秋山千鶴子……？」

「そうなんだ。そのほうが効果的だ。しかし、その具体策を考えているんだがね」

「やっぱり石田さんは鋭いですな。秋山千鶴子から騒ぎを起こさせるのは、なるほど、いいアイディアです」

鈴木は大きな息を吐いた。

事務局長が部屋を出て行ったあと、謙一はひとりで腕を組んだ。

大島理事長を正面から追い落とすことは容易ではない。大島はこの学校に先代から根を張っている。いわば、この若葉学園のオーナーであり、会社の社長である。謙一はその傭人である。傭人が社長を倒すのだから、困難な作業であった。

むろん、正面からぶっつかったのでは敗けにきまっている。正攻法ではなく、奇襲でゆかなければならない。

醜聞でも、はじめから大島を攻撃するのではなく、秋山千鶴子から落としてゆくのだ。秋山をつまみ出せば、その累は当然に大島にゆく。

秋山千鶴子は普通の女とは変わっている。プライドが高く、ヒステリックである。今では大島理事長をカサにきて、前よりは一段と威張っているようである。年をくった独身女性にありがちな欠点をみんなその性格に集めている。

秋山千鶴子には人気がない。学生もきらっている。教授も、職員もきらっている。それだけに彼女は気が強い。気を強くしなければ、一日も職場に生きてゆかれないのだ。

気の強い女はたいていヒステリックである。気にさわることを言うと、たちまち反撃してくる。自尊心を傷つけられると怒る。誇り高いうえに、自衛心に神経をピリピリさせている弱い動物のようなものだ。

秋山千鶴子をクビにしたら、彼女は騒ぎ立てるだろう。それが謙一のつけ目であった。

ヒスを起こして、騒々しい叫びをあげればあげるほどいいのである。思う壺だ。――

電話が鳴った。

「山根さんからです」

交換手が言った。

「山根さん？」

「ご婦人の方からです」

学生の母親かもしれないと思ったが、はっと思い当たるものがあった。

「つないでください」

先方の声が出た。

「先生？」

やはりルミ子であった。低いが、甘えたような声だ。

「はい、石田です」

謙一は交換手が聞いているかも分からないので、用心して答えた。

ルミ子はその言葉つきにとまどったように、ちょっと黙っていたが、

「そこに、どなたかいらっしゃるんですか？」

と笑いを含んだようにきいた。

「ええ、まあ……、で、なんですか？」

謙一は言った。だれかが横に居るように思わせたほうが、ルミ子の話を制止できた。ひとりだと思われると、何を言い出すか分からない。

「そう、困ったわ……」

ルミ子の声は、電話で聞くと少しかすれていた。ハスキーというのだろう。昨夜の若い肉体の記憶がなまなましく戻った。

「どういうことですか。かまいませんよ、言ってください」

謙一は答えた。

「今日のお帰りにお寄りいただけませんか？」

と、ルミ子の少し嗄《しやが》れた声はささやいた。彼女も利口である。謙一のよそゆきの言葉を聞いて、ちゃんとそれに合わせている。

このぶんなら、余分なことは言わないだろうと彼も安心した。

帰りに寄れというのは、アパートに来いということだ。昨夜の初めての交渉で、もう誘いをかけてくる女に謙一もちょっとおどろいたが、そこに近ごろの若い女の性格を見るような気がした。

「いや、今日は、ちょっと用事があるので失礼しましょう」

謙一はていねいに答えた。

ルミ子は黙っていたが、

「お目にかかって、ぜひ、お話ししたいことがあるんですが……」

と言った。頼るような口調だった。

謙一は、すぐに金の相談かと思った。ルミ子は原宿に店を持っている。友だちと共同だが、その回転資金の分担のことで、いくらか貸してくれというのではあるまいか。

その警戒はあったが、いくら何でも昨日の今日だ、まさかと思った。

「折角だけど、今日は都合がつきそうにないんですが」

断わった。

ルミ子は、もう一度沈黙した。

「先生」

と、低い声を出して、

「実は、さっき、お店に坊っちゃんが見えたんですけど……」

と言った。

「え、恭太が？」

謙一は、どきりとした。

「はい」

「恭太が行って、何か言ったんですか？」

思わずきいた。それから、これは交換手が聞いているなら、まずい、と気がついた。

「はい……」

ルミ子が電話口でうなずくのが見えるようだった。

謙一は恭太に腹が立ってきた。まだ高校生なのに、何という奴だろうと思った。家の中で暴れている息子が、ルミ子の店でニヤニヤしながら女の子のような身ぶりをしているかと思うと、恥ずかしさと怒りとがいっしょにこみあがってきた。

昨夜、ルミ子には恭太を寄せつけないように固く言ってある。もしかすると、ルミ子が遊びに来た恭太にそれを告げたので、恭太が何か言ったのかもしれない。それが面倒になったので、ルミ子が話したいと電話しているのかも分からないと思った。

「分かりました。じゃ、伺います」

アパートのほうに、と言わないでも分かっている。

「そう、うれしいわ」

お待ちしています、とルミ子ははずんだ声で言って電話を切った。

謙一は四時半に学校を出ると、車で久恒文学部長の家に行った。久恒は世田谷の弦巻《つるまき》町に住んでいる。

車は学園出入りのハイヤーだったが、閑静な久恒の家の前に停まると、彼は運転手に、待たなくてもいいから帰るようにと言った。いつもは平気で長く待たせてるのだが、今日はそれが迷惑である。

ルミ子のアパートに行くにはまだ早すぎた。彼女も加寿子の店には出ないはずだから、暗くなって行ったほうがいい。

時間つぶしだけでなく、彼にはしなければならないことがいっぱいあった。たとえば、久恒文学部長には、柳原博士の引っ張り出しについて最終的な了解を求めなければならぬ。久恒は謙一に協力しているので、大島理事長追い出しの件も、また現学長の退任も、前にある程度のことは打ち明けていた。

久恒は教授中の有力者だ。久恒を通じて教授会の空気を固めておかなければならなかった。教授の中には、もちろん、大島派もいるし、反石田派もいる。だが、現在のところ少数派だった。

しかし、少数派でも妨害されると事が面倒になる。いや、少数派だからその可能性が強い。今の間に久恒に、彼らの了解工作を頼んでおかなければならなかった。今度のことは一種のクーデターだけに、根回しは十分にしておかなければならぬ。

いかにも学者らしく飾った応接間で、久恒文学部長はセルの着流しで現われた。

「いよいよ柳原さんも承知しましたか」

と、久恒は謙一の報告を聞いたうえで、深呼吸をするようにした。

「今日、柳原先生から、その意志を、ある人を通じて伝えていただきました。二、三日したら、具体的にとり決めるため、京都に行くつもりです」

「ああ、そう」

「ついては、教授会のほうを、発表までに何とか固めておきたいんですが、その点をどうぞよろしくお願いします」

「努力しましょう。面倒な人が二、三人いますが、たとえ反対されても、あまり事を荒立てないようにしたいものですな。その人たちが外部にデマを流したり、学生をそそのかしたりして騒いでも困りますからね」

「心配なのは、その点です。それについては工作費も用意してございます」

工作費もと聞いて久恒は、一度眼をあげてあとは黙っていた。説得のためにはいくらでも金を出すという意味である。それもいっさい久恒にまかせるのだ。

「大体、いつごろ発表の予定ですか?」

「そうですね、あんまり長く伏せておくと、どうしても大島さんの派に気づかれますから、早ければ早いほどいいと思っています」

「なるほど」

「せいぜい、一カ月以内に柳原さんを迎えるようにしたいと考えていますが」

「成算がありますか?」

「自信はございます」

久恒文学部長の家を出た謙一は、静かな道路を歩き、タクシーの通りそうな大通りに立った。一時間ほど話し込んだので、あたりはうす暗くなっている。このぶんならルミ子のアパートに行くにはちょうどよかった。

タクシーの座席の中に沈んで考えた。

文学部長の久恒は、謙一のために働いてくれると約束した。久恒は、教授間のボス的存在で、大体、彼の意向で教授たちはまとまるようである。久恒は、かねがね大島理事長に批判的であった。学校の設備に金を出さないというのが第一の不満である。大島は、その私生活に相当公金を流用している。経営者が個人だと、どうしても公私混同に流れやすい。それに、大島が若葉学園を看板に、いろいろな方面に出て自己宣伝をしているところも気に食わないのだ。

謙一が久恒など味方教授に説得しているのは、経営と教育の分離だった。現在だと大島理事長は経理の面だけでなく、教育方針にもくちばしを入れたがる。自分では教育の知識は何もないのに、生半可な考えで理事長としての権威を、学長や教授たちに押しつける傾向にあった。

三年前のことだが、教授が二人辞めた。それも経営者の教育方針に反するというので大島がクビにしたのだ。当時はそれほど騒がれなかったが、そのことが今でも教授たちを不安がらせている。現在の学長は大島のロボットだ。謙一は三年前の事件では中立的立場で、理事長に積極的に協力もしなかった代わり、教授たちの味方にもならなかった。大島にたて突くには、まだ時期尚早とみたのである。

しかし、それから謙一は教授たちに何かと同情を持ち、彼の権限内で可能な限り、教授たちの要求を満たしてやった。研究費や、図書購入費、設備費などやり繰りしたのである。教授たちは謙一を一応、徳としている。

そんなことがあるので、今は教授連も、謙一のいう経営・教育の分離説に大賛成だ。オーナーが教育方針まで口を出すのは越権で不合理だと、多くの教授が考え、無能な現学長に不信感をもっている。

もとより、謙一に対する反感も教授の中にはある。大島理事長に忠誠を誓い保身を考えているのだが、これはどこの学校にもあることだ。もう一つは教授間の軋轢の影響で、謙一に反感をもっているのである。しかし、これは少数派だから、何とか乗り切れそうである。久恒とも話したように、問題は彼らが騒ぎ立てないように処理しなければならない。

しかし、この点はそれほど心配しなかった。若葉学園は女子学生ばかりだし、わりあい中流家庭以上の子女が多い。よその学校のようにアカの学生はいなかった。もしいれば、これまでの大島理事長の「反動的」な教育方針にとっくに起ち上がっているはずだった。いわば、無関心なのである。

「お客さん、どのへんですか？」

と、運転手がある四つ角近くにきたとき、きいてきた。

「そこを右に曲がってくれ」

と、謙一は思案から醒めたようにいった。その代わり、ルミ子に感情がなだれこんできた。

ビルの前でタクシーを捨てた謙一は、昨夜の入口に足を入れた。アパートの玄関は路面より少し高くなっているのか、そこは地下室で駐車場になっている。エレベーターは、その横手にあった。謙一は、片方に三、四人の若者が立って話しているので、顔を見られないように脇を向きながらエレベーターのボタンを押した。

乗り物が降りてくるまで二、三分かかった。うしろのほうで若者たちがどこかの飲み屋の話をしている。エレベーターの前に立っているこっちの背中を、話しながらじろじろ見ているような気がした。もとより、アパートの住人ではないから、見馴れない男をどう思っているのだろうか。

このビルにはどのような職種の人が住んでいるのか分からない。だが、若者たちは、彼がルミ子の部屋を訪ねてゆくと思っているのではなかろうか。バアに勤めている若い女のところに中年を過ぎた男が足を運ぶ。それだけでも何か好奇の眼でのぞかれているような気がした。

ようやくエレベーターが降りた。中から出てくる者はいない。謙一はボタンを押す。ひとりで気が楽だったところへ二階で停まった。ドアが開いて、男二人と女一人が乗ってきた。謙一は隅に退き、顔を横に向けた。三人はアパートの居住者らしく、買物の話をしている。謙一には、自分の降りるまでの二、三分間が大そう辛かった。われながら卑屈な思いがしてやりきれなかった。

エレベーターは六階で停まり、三人は出て行った。ドアが閉まる前に、向こうでは一斉にこっちのほうをふり向いた。彼は顔に血が上った。

七階で降りたとき、廊下の向こうから三十過ぎの女が歩いてきていた。謙一は、すぐにルミ子の部屋のブザーを押すのに気がひけ、その女がエレベーターに入るまで、こっちの廊下の窓際に立って、ちょうど人を待ち合わせているような恰好で外を眺めていた。三十女の無遠慮な視線を背中に感じた。

場所が高いだけに下のほうの街の灯がきれいだった。彼は深呼吸をした。

エレベーターの音が下に消えてから、彼はルミ子の部屋の前に戻った。ブザーを押した。人がこないうちにルミ子が早くドアを開けるようにと気が急《せ》いた。

ドアが開いて、ルミ子は昨夜とは違う黒っぽいワンピースで現われた。

「いらっしゃい」

と、眼を大きくみはって彼を迎え入れた。

謙一が入ると、ルミ子は戸を閉めて鍵をかけた。

謙一は、クッションの横にぼんやり突っ立った。

「先ほどは電話でどうも」

と、ルミ子はゆっくり歩いて謙一とはなれて立ち停まった。そこからじっと彼を見つめた。特別な関係になった女の眼であった。

謙一がその視線を避けて、

「エレベーターで上がってくるまで、いろいろな人に見られて困ったよ」

というと、ルミ子は笑った。

「あら、そんなこと平気よ」

謙一は、ルミ子とはなれて立っていたが、彼女は急いで近づくと、倒れかかるように彼に抱きついてきた。

それからルミ子は唇をはなすと、ハンカチを取り出し、謙一の唇についた紅をていねいに拭いた。彼の眼の前に彼女のきれいな白い歯が笑っていた。香水は、そのハンカチにも彼女の胸にもついていた。

ルミ子は彼の手をとって長椅子に坐らせ、自分も膝を横にぴたりとつけた。

部屋の中はしんとしていて、街の騒音も遠かった。

「何だい、話というのは？」

謙一は押しつけてくる女の膝を感じながら言った。

「話って、べつにないの」

ルミ子は短く笑った。

「肩すかしか。忙しいのに」

「会いたかったの。だから、どうしても来てもらいたかったの」

と言って、じっと微笑した眼で彼の横顔を見つめている。

昨夜の女の若い記憶が謙一の感覚の上を走った。

「どうして黙ってらっしゃるの？」

「煙草がほしい」

「はい」

ルミ子は前の卓に片手を伸ばし、銀製の小函から煙草を一本つまみ、謙一の唇にさしはさんだ。器用な指つきでライターに炎を起こした。

煙を吐くのを見て、

「ママのことを考えてらっしゃるんじゃないの？」

ときいた。そうではない、謙一のほうは恭太のことを考えているのだった。電話でルミ子はそう言ったのだ。恭太が原宿の店に来て、ルミ子に何か言ったらしい。その話を聞きたいのである。が、のっけから言い出しかねていたのだ。

「うそ」

と、ルミ子は一こと吐くように言って、

「聞いたわよ、ママから、さっき……」

と、つづけた。

「加寿子から？」

おどろいて、ルミ子の顔を見ると、

「今日の昼間、ママと会ったでしょ？」

彼女は睨むような眼をした。

「うむ、ちょっと用事があったから」

「いやらしいわ、昼間からデートなんかして」

「そんなんじゃないよ。用事があったんだ。前から頼んでおいたものを持ってきたんだ……」

謙一はそこまで言ったが、ルミ子がママから聞いたというのは、まさか私立探偵社の報告書のことではあるまいかと、ちょっと不安になった。あれほど口どめしたのだから、まさか、そこまではしゃべりはしないだろう。

「あら、心配そうな顔になったわ」

ルミ子が彼をのぞいて、面白そうに言った。

謙一は、加寿子と今日成城学園前駅の前で逢ったことをルミ子が知っているのは、加寿子が彼女に電話をしたのだろうと思った。旅行から帰った加寿子は一晩の留守だが、それでも気にかかってルミ子に店の様子など聞いたに違いない。そのとき、ルミ子に謙一と逢ったことを話したと思われる。

「べつにママと逢ったからといって、わたし、気を回しはしないわよ」

と、ルミ子は、やはりおかしそうに含み笑いをして謙一を見つめた。

「そりゃそうだ。もうぼくの気持ちははなれているからね。妙なふうに取られては迷惑だ」

謙一はいった。

「でも、それはどうだか分からないわ。ママは先生を放したくないだろうし、先生だって、そんなに想われたらいやな気持ちでもないでしょ。今日だって、ママのほうからぜひ逢いたいといって電話で呼び出しをかけたそうじゃないの」

「何でも知ってるんだな」

「みんなママが話してくれたわ。先生はママに飽いたといってるけど、わたしとママと両手に花で操るつもりなの？」

「そんなことはない。加寿子とはもう別れるつもりでいる。きっかけを待っていたんだ。だから、昨夜、ほかの男とどこかの温泉地に泊まったのだったら、それがいい口実になる」

「あら、だって、今日ママと逢っても、その話は何も訊かなかったんでしょ？」

「………」

「おかしいじゃないの。ママに逢ったら、いちばんにそれを追及するのが当然よ。それが口から出なかったというのは、先生のほうがママに気兼ねしてるのね」

「そうじゃないんだ」

謙一は、少し強い語調でいった。

「今日の話は、ぼくが学校の用事のことを頼んでいたので、その返事を持ってきてくれたんだ。……それに、話してる場所が真昼間の喫茶店だろう。ぐるりには客の耳もある。そのうえ、運の悪いことには学校の教授がふらりとそこに入ってきた。そんなことで、結局、あの話は追及の機会を失ったかたちさ。しかし、なにも今日だけではなく、機会はいつでもある。また、もっと向こうの実体を知りたいし、別れるについては、こっちもその心づもりがある。いろいろ用意しなければならないからな」

謙一は言い訳のようになったが、とにかく事実をいった。

「そう……まあ、そう伺ってみれば、一応信用していいけれど」

と、ルミ子は膝の上に組み合わせた片脚をぶらぶらと振った。

「それよりも、君のほうこそ、さっきの電話で息子が店に行って何か言ったように話したな？　それが気になる。恭太は今日、君に何と言ったのだ？」

ルミ子は跳ねている脚先を見ていたが、

「恭太さんね。わたしが好きだといったわ。大学なんか行かないで働くから、同棲してくれ、と言ったわ」

謙一の眼のさきがぼんやりとかすんだ。

謙一は、ルミ子の話におどろいた。高校生の恭太が彼女と同棲したいと言い出したというのだ。

その非常識や早熟に謙一は呆れもし、腹も立った。自分の同じ年齢のころとくらべて、いまごろの若い者——いや、少年の考えが空おそろしくなった。

生徒の身とか、生活能力がないとか、そんなことは一切恭太の思慮にはないのである。

「同棲といっても、恭太さんはそれほど重大には考えてないらしいわ。つまり、同棲の意味がよく分からないのね」

ルミ子はおかしそうに言った。

「意味が分からない？」

謙一は憂鬱な眼をあげた。

「つまり、恭太さんはわたしの店に住みこんで、お店の手伝いをしたいというの。進学もやめて働きたいというのよ。……それを同棲だと思ってるらしいの。つまり、いっしょに居るから、そうだと思ってるのね。可愛いじゃない？」

ルミ子は面白そうに言った。

だが、恭太がそんなことを言うのは、ルミ子が彼をからかったからだろう。それで思春期の息子は、かっとのぼせたに違いない。この前はルミ子が恭太の頰にそっとキスしてやったというではないか。ルミ子にすれば、半分は店のものを買ってくれる商売意識、半分は全くの面白半分だ。

「それで、君は恭太に何と言ったんだね?」

謙一は浮かぬ顔できいた。

「先生とお約束した通りよ」

「ちゃんと断わってくれたのか?」

「そう。……わたしにしても、もうここいらで恭太さんに歯止めをしないとね。近ごろの高校生はおとなよりもこわいから」

「どう言ったんだ?」

「そんなことを言うのはまだ早いから、ちゃんと勉強しなさいと言ったわ。わたしのことが、どうもあなたの勉強のさまたげになるらしいから、もうこの店には来ないでちょうだいと言ったわ。恭太さん、びっくりしてわたしの顔を見つめていたけど、ベソをかいて、顔を掩ってしまったわ」

「……」

弱虫め、と謙一は息子を心で罵った。父を父と思わず、母親を足蹴にして暴れ回る家庭の野獣とは全く違ったわが子がここにいた。

「恭太さんね、何にも言わないで、真っ赤な顔をして涙をポロポロこぼして出て行ったわ。もう、あれでわたしのとこには来ないと思うわ。……まだ世間が分からないので、純情なのね」

ルミ子の言うのを聞きながら、謙一は、一方ではこれはえらいことになりそうだと思った。ルミ子に断わられた反動で、恭太が家でどんな乱暴に出るか分からないのである。

真っ暗い穴を見つめるような思いで謙一が黙っていると、ルミ子が彼の頬に唇をつけてきた。

道標

謙一がルミ子のアパートを出たのは十一時ごろだった。

もっと早く帰りたかったが、容易にルミ子のベッドから出られなかった。ひとしきり、彼女との愛撫の交錯があったあと、急激な疲労が睡気《ねむけ》をひきずり出し、その快適で、あたたかい、深い沼の中に沈んでしまった。ちょっと寝返りしても、彼の手足は若い女の肉体のどこかで、やさしく受けとめられるのである。

起きよう、起きよう、と思っているうちにも、その意識を快い睡りが奪ってしまう。が、眠っている間も絶えず時計の針が気になっている。そのことが、また、女の傍らの、けだるい、心地よい睡眠を誘うのだった。

ルミ子は、どこかに連れて行ってくれないかと言った。謙一に思いつかせたのが、内諾を得た柳原博士にもう一度会いにゆく京都行のことだった。

一晩泊まりだがいいかときくと、ルミ子は一晩でも京都ならうれしいと答えた。謙一は、都合によってはもう一晩泊まってもいいと思ったが、それはルミ子には言わなかった。京都に行ったときの彼女の様子次第だし、こっちの気持ち次第でもある。

謙一は、ルミ子を信用していなかった。彼女も遊びだし、こっちも遊びのつもりでいる。ただ、互いに計算がある。ルミ子の計算は、経済的な援助を狙っていることだろう。いまはそれを一口も言わないが、そのうちに必ず言い出す。

原宿の店は友だちと共有だが、ルミ子はそれを自分だけのものにしたいに違いない。共同経営というのはいろいろな面でわずらわしいし、トラブルが起こりやすい。彼女が完全に女主人になるには金が要《い》る。

もう一つはバアを持つこと。これはホステス共通の希望である。ママさんと呼ばれたい。自分の店の中だけでなく、客といっしょによそのバアに遊びに行っても、そこの女の子からママさんと呼ばれる身分になりたい。社長さんと言われるようなものだ。虚栄だが、切実である。

ルミ子の場合、どっちみち、金の欲しいことが目の前にブラさがっている。あんまり深入りすると、それにひっかかりそうである。謙一は、せいぜい、二カ月くらいの関係で、あっさり切りあげるつもりだった。その程度だったら、たとえ相手が大きな要求を出しても応じる必要はない。多少は仕方がないだろう。その程度だったら、学校の会計のほうから何とかできる。

二カ月の間、ルミ子の若い身体を十分に味わいたかった。いまでも、謙一はなんだか若返った気持ちになっていた。若い女を可愛がる年齢に、自分もなっていたのかと思うと、寂しくないこともなかったが、いや、それとは関係がない、おれの活動期はこれからだと思い返した。まだ壮年期だと考えた。

次に、いまルミ子を確保しているのは恭太の対策である。手を切る二カ月の間に、この解決をしておかなければならなかった。……

十二時ごろ、謙一は家で女房の暗い顔と向かい合った。

謙一は玄関に入るときから、恭太の様子が気にかかった。

ルミ子の話を聞くと、彼女から愛想づかしを食ったので泣きながら帰ったという。さぞかし、家に帰って大暴れに暴れたに違いないと思うと、保子の顔を見るまで怕《こわ》かった。

保子の様子には変化がなかった。べつに足も引きずっていないし、髪も乱れていなかった。中も静かなものである。

それで恭太が帰っていないとすぐに分かった。

やはりその通りで、保子は険しい顔つきをして、恭太は朝出かけたままだというのである。実のところ、それを聞いて謙一はほっとした。なまじっか帰ってきて乱暴されるより帰ってこないほうがいい。

このまま、息子が二日でも三日でも帰ってこなくてもかまわないような気がした。家の平和のためには、それでもいい。

「恭太からは何も連絡がありませんよ」

保子は仏頂面をして言った。

「そうか」

謙一は、帰る早々、いきなり投げつけるように言う保子にむっとして、

「連絡がないのは仕方がないが、そんなことを言う前に何とか、ものの言い方がありそうなものだね」

といった。

「……………」

妻は黙って、彼を見つめている。

「挨拶ぐらいはしろよ。外から帰ってきたんだ」

「済みません」

保子は頭を下げ、

「お帰んなさい」

と、わざとらしく言った。

しかし、それで済んだのではなく、

「恭太がまだ帰らないし、どこに行っているか分からないので、あなたにおこられると思って、いちばんに言ったのですよ。また、あなたに無責任呼ばわりをされますからね。わ

たし、それがつらいんです」

と、彼女はつづけた。言葉も、語調も反抗的であった。

妻の意識は、息子よりも、夫の上にあった。息子がどんなに遅く帰ろうが気にならなくとも、夫の遅い帰宅には神経を尖《とが》らす。息子が無断で外泊しても、それほど腹を立てないが、夫だと深刻な打撃をうけ、激しい憤怒に駆られる。

その点、同じ家庭内でも、息子のほうに、はるかに多くの自由があった。教育、監督をしなければならない子供に放任が与えられ、一家を支え、立派な社会人たる夫に寸分の自由が、妻から付与されてないのである。

こんな不合理があろうか。

謙一は、ひとりで洋服を脱ぎ、寝巻きにきかえながら、妻というものに腹が立ってきた。

——もう少し、利口な女を女房にすべきであった。

心《しん》字形になっているが、溝《みぞ》といってもいいような狭い池に、途方もなく大きな鯉がいる。水が濁っているので、底にどれだけいるか数が知れない——そういう池を持った古い会席料理屋だった。南禅寺前の、目立たない家で、表からみると農家の入口のようである。京都では有名で、東京の客もよくやってくる。

柳原博士が謙一と会ったのはこの料亭だった。

その前日、東京から博士の家に電話を入れたとき、この家でお待ちしたいという博士の言葉だった。その料亭の名は謙一も知っている。三年くらい前、京都に朝着いてそのまま知人にここに案内されたことがあった。

柳原博士はこの前と同じように三男の嫁といっしょに来ていた。謙一は、ほかのお供がいないので、ほっとした。とくに四男が何となく苦手である。三男の嫁の京女は控え目で、こざかしい口出しはしない。舅の世話を忠実にするだけである。

博士は、人目にふれるとうるさいから、こういう場所にしたと言った。博士も気をつかっているのである。すでに承諾しているので、こっちの協力者になっていた。自分の家では何もおかまいができないからとも言った。

午後一時からだったが、話し合いはすらすらと進んだ。大体のことは博士も承知しているので、細部にも問題はなかった。報酬の点も、謙一が提示した具体的な数字に博士は同意した。かえって、厚遇にすぎるといって感謝された。

学長室の改造も、博士にありがたがられた。ただ、上京の際は旅館泊まりだから、とくに自分のために家を建ててもらうことはないと辞退した。

博士の懸念は、現学長の辞任問題だった。それには無理はないのだろうね、と念を押された。問題はありません、と謙一は強く答えた。

博士は教授会の意向を訊いた。

教授会は先生の学長就任を熱望しているし、むろん、全員一致であると謙一は言った。ただ、外部にはまだ知られたくない事情があるので、内諾を得ているのは有力教授の三、四人だけです、しかし、それだけでも全員一致と同じようなものですと述べた。学部長や有力教授で教授会は完全にまとまっているといったのである。

博士が最後に確認を求めたのは、人事権のことであった。人事権を持たない学長なら意味がないし、自分はただの象徴になりたくないといった。それならお断わりするというのである。これは博士が最初から言っていたことで謙一も了承した。人事権を持つといっても、事実上は実行不可能なことで、会社のワンマン社長とは違うのである。たとえ、気に入らない教授や助教授がいても、教授会もあることだし、そう簡単にできはしない。ただし、こっちの気に入らない教授を罷免させるなら、全面的に応援しようと思った。責任を新学長にかぶせることができるからである。

謙一は、柳原博士と料亭で別れるとき、博士から、

「これから東京にお帰りですか?」

と訊かれた。

東京にすぐに引き返すつもりはなかったから、もう一晩泊まって京都でほかの用事を足すつもりだと彼は答えた。これは謙一の言い訳であった。言い訳は心にとがめるものがある。それで、つい余計なことを言った。

「明日の午前中に、先生のお宅にちょっとお邪魔をして、今日のお礼を申し上げて帰京いたします」

今日の昼食は柳原博士の馳走であった。再訪問は答礼の意味であった。

「いや、わざわざお出でにならなくても……」

と、博士は言ったが、謙一はぜひご挨拶したいと主張した。いったん口から出したことだし、礼儀を尽くし、鄭重を極めるのに過ぎることはなかった。柳原博士の出馬は、まさに三顧の礼であった。だからこそ、難物の博士を動かし得たのである。

――名目的にはそうだが、このときの謙一の心理には、今夜をルミ子と京都で過ごすという気おくれがあった。これが心をとがめた。その怯《ひる》みのために、つい、言わでものことまで言ってしまった。そのために、明日の午前中、もう一度柳原家を訪問するという時間の負担を自ら背負いこむ羽目になったのだ。

女さえ京都に連れて来ていなければ、そんなよぶんなことを言う必要もなく、余計な義務をつくらなくともよかった。このまま、まっすぐに東京に引き返せるのである。ほんのちょっと心にやましさを感じたばかりに、思いつきで、口をすべらしたのだった。

礼儀を尽くしてもらうのに、人間は悪い気持ちはしない。老博士は、それには及ばないとは言ったが、表情はまんざらでなさそうだった。若いのに行き届いたことだと感心しているようであった。謙一はあとにひけなくなった。

蹴上《けあげ》のMホテルに入ると新館の四階に上がった。ルミ子はテレビを見ていた。窓から南禅寺の森が見えていた。

ルミ子は椅子から起って謙一を抱いた。

「ご苦労さま。済みましたの?」

「待ちどおしかった?」

「ううん、もっと時間がかかるかと思ったわ」

「君が待ってると思ってね、なるべく早く切り上げるようにしたんだが」

「お仕事ですもの。いつまでもお待ちしますのに」

ルミ子は謙一の腕を撫でながら言った。

「それでも、やっぱり気になるんでね」

「わたしがくっついてきたこと、やっぱりお仕事のお邪魔だったわ」

「いや、仕事はうまくいった。……これで、あとは自由だ。解放されたよ」

「うれしいわ。いま、三時前ね。どこかに連れて行ってくださらない?」

「そうしよう。比叡山にでもドライヴしようか。山の上は涼しいから」

謙一とルミ子は、比叡山のドライヴウェイの途中にあるHホテルで軽い食事をとった。ロビーは客でいっぱいだった。さすがに涼しい。

「このホテルに泊まればよかったわ」

と、ルミ子はあたりを見回していった。ロビーには京の古い風俗画が壁画になっていた。その見た目の豪華さが彼女は気に入ったようだった。

「シーズンだから、ここは相当前から予約しないと駄目なんだよ」

と、謙一はいった。

「そうでしょうね。涼しくて眺望もいいわ。じゃ、来年、ここにしましょうよ」

ルミ子は弾んだ声でいった。

来年もこのままの関係がつづくように、女は思っている。女は破綻の瞬間まで、永遠がつづくように考えているのだ。たとえ、それを心の隅で非現実と感じていても、現在の瞬間に夢を託している。

京都の街が森の下に縮小して沈み、街の屋根は暑くるしく光っていた。杉林の下に青い夏草がおい茂っていた。

「このへんには野猿が出るよ」

「そう。人になついてるの？」

と、ルミ子はテラス越しにそのへんをのぞいた。

謙一は、これと似た会話を、大島理事長と秋山千鶴子が旅行の間、ずっとつづけていたことを想像した。東京に帰る早々、秋山千鶴子の処分をしなければならないと、急に思った。

Hホテルを出て、待たせてあるハイヤーで延暦寺に向かった。寺までは車が入らない。途中、車を駐車場に待たせ、二人で狭い路を根本中堂に歩いた。片側は老杉の並木で、すぐ横が深い谷になっている。路の片方は土産物屋がならび、人がぞろぞろと歩いていた。謙一は、ここで知った人間に遇わなければいいがとおそれた。サングラスをかけているので多分は大丈夫と思うが、もしルミ子といっしょのところを見られると、大島理事長を攻撃する資格が失われる。——

比叡山はルミ子も初めてだと言った。山上は涼しく、見て歩くにもちょうどよかった。

「まだ四時すぎだわ。同じ道を戻らないで、どこかに回って帰れないかしら?」

「大津のほうに降りても帰れるよ」

「じゃ、琵琶湖の傍らまで行きましょうよ」

と、ルミ子は躁《はしゃ》いだ。

ハイヤーに乗って大津のほうに下るハイウェイを通った。丘のために琵琶湖が正面に見えたり隠れたりした。

謙一は、いま走っている車がもし事故でも起こしたら、と不吉な想像に襲われた。車の事故で二人とも大怪我をして入院などしたら、どうとりつくろいようもないのだ。

「運転手さん、気をつけてくれよ」

と、彼は思わず注意した。

こんなつまらない事故で一切を破滅にしてしまうのは、あまりにばかばかしい。運転手は笑っていた。

曲がった角から、急にトラックが現われた。

トラックが怪物のようにこちらの車の窓すれすれに通り過ぎると、運転手は、

「無茶をしよるな」

と、怒ったように言った。

「怕《こわ》かったわ」

と、ルミ子は謙一に身を寄せるようにして言った。

「ほんまに、トラックの運ちゃんは若いさかい、面白半分に運転しよるよってにな」

と、運転手はぶつぶつ言っていた。そういえば、この運転手は中年であった。

謙一は、今のような乱暴なトラックに衝突されたら、一も二もなくこっちの乗っている車がつぶれ、大怪我をするか、悪くすると死ぬかもしれないと思った。死んでも、怪我をしてもルミ子といっしょなのだから、世間にすぐに知れる。怪我よりも何よりも、彼女といっしょに居たことが世間に知られるのが怖ろしかった。

世の中の自動車事故のほとんどは、わずか一メートル、いや、十センチか二十センチの違いで車が叩きつけられ、死に引きずり込まれるのである。済んでしまえば何とも思わないが、考えてみると怕い話であった。謙一は、このまま無事に早く宿に引き返したかった。

大津に出て暮れなずむ湖面を眺め、それより逢坂山の国道を越えて山科へ向けて走った。

「ねえ、先生。ママには今日のこと何かいってあるんですか？」

ルミ子が窓から眼をはなしてきいた。

「いや、べつに言う必要はないからね」

窓には山科の町が流れている。これから上りにかかって蹴上《けあげ》に出るまでは、京都らしい町並がつづくのである。

「でも、ママから先生に、電話するかも分からないでしょ？」

「それはあるかもしれないな。だが、ぼくは忙しいので学校にも家にも居ないことだって多いんだからな」

「困ったわ」

と、ルミ子がひとりごとのように呟《つぶや》いた。

「何だい？」

「わたしも今夜ママのお店に行かないでしょ。原宿の店に電話しても居ないし、先生の居ないことと結び合わせてママは察しをつけるかも分かりませんね。ママはカンがいいほうだから」

「そんなことは平気だよ。君は別な口実を設けて言い抜けをするがいい。二人いっしょに居なかったといっても、そういう偶然はザラにあることだからね」

「でも、心配だわ。ママったら、そっちの神経は凄く働くほうだから」

「あの女は、もう、そんな嫉妬をぼくに持つ権利はないね。この前、箱根に行った話なども怪しいものだ。そういう弱点があれば、ぼくに言いたいこともよう言えないだろう。なにしろ、あんまりつつくと藪へビだからな」

「先生は、ほんとにママと別れるの？」

「嘘は言わないよ」

「困ったな。……わたしもあの店を辞《や》めなければいけないわね」

ホテルに戻ったのが六時過ぎで、部屋に入ると謙一から、

「今日は蒸し暑かったせいか、汗ばんだな。すぐに風呂に入ろう」

といった。

「わたし、シャワーにするわ。風呂は寝がけにします」

と、ルミ子は答えた。

「そうか」

謙一は、若いルミ子がシャワーを浴びている立ち姿を見たかった。均整のとれた身体だから、肩から乳、腹、腰にかけて流れる湯の雨の裸像がみごとに違いないと思った。対い合って眺めるのは愉しいに違いない。これだけは加寿子には無いものだった。加寿子はふとり肉《じし》で、裸のかっこうはあまりよくなかった。

いっしょに浴室に行こうというと、これはルミ子から断わられた。

「いやよ、そんなの。お風呂なら、いっしょに入るけど……」

と言った。謙一は、まだルミ子といっしょに入ったことはなかった。今夜を待つほか仕方がない。

「それよりも、今夜、どこか町に行って食事しません？」

「ホテルはいやか？」

「ホテルの食事は味気ないわ」

「ふうん、じゃ、お座敷のほうかね？」

「京都らしいところでお食事をいただきたいわ」

謙一は京都のそういう場所をよく知らなかった。祇園や先斗町《ぽんと》には料亭があるのは知っていたが、そこは男だけの行く場所だろう。それに知り合いの家《うち》もないし、一見《いちげん》の客は断わられるに決まっている。第一、高くつく。結局、八坂神社裏の平野家あたりなら無難だと思った。

「いもぼうって、聞いたことはあるけど、まだいただいたことはないわ」

ルミ子は一も二もなくのってきた。珍しいのが幸いである。これなら安くていい。

「お腹《なか》空いたわ、このまま、行きましょう」

ルミ子は、シャワーのことは忘れて椅子から起った。

「やはり若いんだね、食欲旺盛だな」

「旅行すると、お腹空くのね。あら、先生だって若いくせに……」

部屋に戻って二十分も経っていなかった。謙一がルミ子の手をとると、彼女は、ふ、ふ、と笑い、とびつくように胸を合わせ、強く唇を押しつけてきた。動作がはずんでいた。加寿子ではこういうふうにはゆかなかった。

エレベーターでフロントに降りた。外国人の団体客が着いたとみえ、混雑していた。玄関前にも待っているタクシーがいなかった。

「歩こうか？」

「近いの？」

「ちょっとあるけど、歩いているうちにタクシーがくれば、つかまえるといい」

何となく車に乗りたくなかった。比叡山の戻りにこだわるわけではないが、今日は何となく車に乗ると事故に遇いそうな気がする。——

謙一はルミ子とMホテルの坂を下って電車通りに出た。初夏の宵は散歩には快適である。所も京都だし、ルミ子に片腕を組まれて、彼も久しぶりに若い気持ちになった。

粟田口まではだらだらの下り坂で、それほど歩くのに苦労はいらない。向こうに地方から来たらしい高校生の修学旅行の一団が歩いていた。日が暮れてからぞろぞろと宿に急いでいるのをみると、ネグラに帰りはぐれた小鳥の群れのようである。

謙一は息子の恭太を思い出した。今ごろどうしているか。あれから家に帰っただろうか。金が無いから、そういつまでも友だちの家に泊まったり、外をほっつき歩いたりするわけにはゆくまい。家に戻って母親に無理難題を吹っかけているかもしれぬ。やはり父親の自分が居ると居ないとでは子供の動作も違う。母親の保子をくみしやすしとみて、存分に金をせびっているだろう。例によって戸、障子を手荒くゆさぶり、そのへんのものを片端から投げつけているかも分からない。ルミ子につき合いを断わられた恭太は、逆上していると思う。

もともとが気の弱い子で、他人にむかっては何も言えないのだ。小さい時から人見知りする子供だった。他人の前で萎縮してしまって、強い相手の機嫌をとっている。先天的な弱者の保身術だ。家では、そのコンプレックスが逆に出ている。

謙一は、せっかく愉しい散歩をしているのに、いやなことを思い出したと思った。こうして女といっしょに旅行に出たら、家のことは何も考えないようにしたい。苦労を思い出したら際限がないのだ。子供や女房のことだけではない。若葉学園のことも、これからはいろいろな障害や困難が予想され、屈託には事欠かなかった。一切を忘れることである。女とだけを愉しもう。

「まだ遠いの？」

と、ルミ子はきいた。少し足が疲れたようである。

「もう、すぐそこだ。この寺が青蓮院だから、次が知恩院でその前が円山公園だ」

この道は静かだった。人もあまり通ってなく、観光バスもルートからはずれているのか走っていなかった。右側に甘酒の看板をひっそりと出している竹垣の家があったりした。ルミ子も、こうした雰囲気のよさが、だんだん分かってきたようである。歩き疲れたと言わなくなった。

円山公園に入って、料理屋が三、四軒、横手にかたまっていた。その中の一軒に謙一から先に入った。

店内は通路沿いに小部屋が片側にならんでいる。夏の夜のことで、障子はみんな開け放たれていた。

二人で坐って、名物の「いもぼう」を頼んだ。

ルミ子は運ばれてきた料理を見て言った。大きな里芋と棒鱈《ぼうだら》が煮つけてある。

「こんなに大きいお芋なのに、中まで火が通っているのね」

このとき、部屋の前の通路を、人影がすっと横切った。

それは、謙一がルミ子と狭い食卓を挟んで、「いもぼう」の皿を前に置き、猪口《ちょこ》でルミ子の酌を受けたときであった。彼はすぐ横の通路を二つの人影が通ったのを眼の端で感じた。気にするほどのこともなく、何げなくそっちを見ると、通り抜けているのは若い夫婦づれだった。夫が先に足早に歩き、妻がうしろに従っている。女中がこの先の部屋に案内していらるしい。こういう場所ではよく見る場面であった。

そのとき、若い妻のほうが、ふとこちらに顔を向けた。その視線が謙一の眼と合ったのである。

もとより謙一の知らない顔である。色白の、顔の長い女だったが、彼女のほうがハッとなって、瞬間、歩いている脚を停めそうにした。ちょっと、ためらっていたが、すぐに思い返したように夫のあとを急いで追った。ほんの瞬間の出来事で、あとはそれきり人の居ない通路が残った。

謙一は、その若い妻が脚を停めそうにしたのは、知った人に遇ったときの動作のような気がした。思いがけない所で知った人の顔を見たとき、本能的に脚を停める、そういう素振りであった。

そういえば、あの女と視線を合わせたとき、その眼がぱっと大きくなったようであった。これも知人に遇った際、瞬間に見せる瞠目の表情である。

しかし、それが彼女の顔からすぐに消えて、あわてたように夫のあとを追ったのは、明らかに若い女がいっしょに坐っているのに気づいたからである。つまり、知った人に遇ったが、その傍らに知らない女性が居たので、遠慮して逃げるように去った、そういう様子であった。よくあることで、誰しもその経験を持っている。たしかに、女が一瞬脚をためらわせたのはそのためと思われた。

謙一は、はてな、と思った。むろん、自分には見おぼえのない女性だが、向こうのほうでは、自分を知っているようである。あるいは、先方が人違いをしたのかもしれないと思ったが、やがて、彼はハッと思い当たった。

その若い妻が、若葉学園の卒業生だと気づいたのである。

謙一の側から言えば、毎年卒業してゆく卒業生の顔を、いちいちおぼえてはいない。だが、先方は専務理事としての彼を知っている。——心当たりといえば、それしかないように思われた。

そう考えると、なんだか今の女の顔を、学校で見たような気がしてきた。その大きな眼をした細長い顔にぼんやりとした記憶が残っているように思われてきた。むろん、似たような顔は学生の中にいっぱいいる。だから、今の女性が卒業生だとは言い切れないが、あの様子からすると、それよりほかに考えられなくなった。……

「どうなさったの？」

と、ルミ子がけげんそうにきいた。

「いや、何でもない」

謙一は盃を置いて、芋に箸をつけた。

(卒業生かも分からないが、たいしたことはない。相手はすでに卒業しているのだ。もう学校とは関係がないのだ。むろん、理事が若い女と京都に来ていたとしても、彼女には関係のないことだ……）

ルミ子は酒を飲み、無心に料理を食べている。

謙一は彼女を見ながら、近ごろの若い女の気持ちがよくつかめなかった。普通だと、自分の働いている店のマダムと特別な関係をもっている男には近づかないはずだが、その点は何とも思ってないのだ。べつに不義理とも考えていない。それでいて加寿子の代わりになるというほどの興味もないのだ。その情熱はない。要するに気まぐれの浮気程度である。

謙一は、彼女に恋人があるのかないのか、こういう関係になったときから気になっていた。最初の夜、それを彼女にきいたことがあった。ルミ子は一応否定はしたが、曖昧な笑いに紛らわした。それも技巧の一つかもしれない。きっぱりと否定するより、そのほうが相手に気を持たせる。

この女に男がいないはずはなかった。だが、こうして平気で京都についてくるくらいだから、それはきわめてルーズな関係であろう。男に自由を拘束されたくないのだ。それが近ごろの恋愛のかたちと聞いている。

だが、謙一はまだ警戒していた。この女が浮気だとしても、感情を持って接近して来ているとは思えない。肉体的にいろいろ見ていると、彼女は豊富な経験者である。技巧に三十女のようなところがある。教えられた遊びである。

ルミ子は、彼の考えているようなことはまだ言い出さなかった。そこに打算が隠されている。しかし、間もなくそのことが言い出されるに違いない。

謙一もある程度の経済負担は覚悟していた。しかし、一度訊いてやったら、それが切りあげどきだと思っている。少しぐらいの出費は仕方がないだろう。

ただ、問題は彼女が恭太のことを頭に置いているらしいことだ。それが彼女の武器となっている。あまりに素気なく断われば、彼女は恭太をもう一度呼び出すかもしれない。その場合、謙一に対して一種の仕返しになるだろう。

すでに女はなぜ彼が自分と交渉をもったかを知っている。息子を閉め出させる目的で、この関係をつくったと察しているようである。

これが謙一には弱い。理想的にいえば、恭太がルミ子に全く興味を失う時期を待つのがいちばんいいのだが、それにはまだ時間がかかる。今は恭太のほうでルミ子を忘れかねている。彼女から呼び出しでもあれば、一も二もなく恭太は飛んでゆく。

恭太がルミ子から完全にはなれるには相当な時間が必要だが、その期間、彼がルミ子を手もとに引きつけておけば、新しい面倒をそこに呼びそうであった。ずるずると女の術策に陥る危険がある。また、加寿子がいつまでもルミ子とのことを気づかないはずはなかった。

いっそ思い切って金を出し、これで恭太を近づけさせないようにし、同時に自分との間も何もなかったことにしてくれと言おうかとも思った。

だが、先に金のことを言い出すのも危険であった。そこにこの女との職業的な交渉でない厄介さがあった。

謙一はルミ子とホテルに帰った。

「ビールが欲しいわ」

と、ルミ子は言った。

「まだ飲むのか?」

「いつも寝がけには飲んでるの」

女ははじめてそう言った。今までは言ったことがない。それだけ馴れてきたのだ。

ルームサービスからビールを運ばせた。ルミ子はうまそうに咽喉に流した。習慣になっている動作だった。謙一は女がよそゆきの衣裳を一枚脱いだような気がした。

謙一は二杯飲んだが、それだけで酔った。女はあとの一本の栓を抜いた。

「どう?」

と、泡立つ瓶をさし出した。

「いや、もういい。疲れたのか、酔った」

「弱いのね。わたし、強いのよ」

ルミ子は自分のコップに注ぎ、眼をあげて笑った。

謙一は上衣を脱ぎ、ネクタイをはずした。ルミ子は椅子から起とうともしない。コップに執着している。

加寿子とは違っていた。加寿子だったら、すぐに傍らに来て着更えを手伝う。そこにルミ子との相違がある。二人の関係の長短の違いだった。深さの違いでもある。ルミ子の感情はまだ他人であった。ワイシャツをとり、ズボンを脱ぎ、彼がひとりでハンガーに掛け終わっても、ルミ子は来なかった。謙一は不満でもあったが、安堵もあった。他人の部分が残されている。

謙一がさきに風呂に入って上がると、ルミ子は二本の空瓶を前にして所在なさそうに坐っていた。

「もう一本欲しいわ」

「よせよ。平野屋では三本空《あ》けたぜ」

「だって、あれは二人だわ。今夜はもっと飲みたいわ」

「いまからビールを持ってこさせるのは気の毒だ。早く風呂に入って寝ろよ」

「一流ホテルは不便ね」

「何が？」

「よそだったら、部屋に冷蔵庫がとりつけてあるわ、その中にビールが入ってるから勝手にとり出せるんだけど……」

そういう旅館もある。連れこみ宿がほとんどそういう設備をしている。謙一は、ルミ子がもう一枚、正体の衣を脱いだような気がした。そんな旅館にルミ子は行きつけている。そして、その相手がきまった相手ではないように思われた。

謙一は、ルミ子の原宿の服飾店が友人と共同経営だというのに疑問を持っていた。女二人で、あれだけの派手な店が開けるわけはない。誰かスポンサーが控えているのだろう。彼女の友だちというのは、彼女よりも年上ということだから、スポンサーがいるのはルミ子のほうであろう。

だが、それも一人の男ではないような気がする。ルミ子は三、四人の男に出資させているのではなかろうか。男どうしの間には気づかせないで、巧妙に操っているのかもしれない。——備えつけの冷蔵庫のことを言ったことから、謙一はそんな想像を抱いた。

謙一は、ルミ子がいつ金のことを持ち出すかと思ったが、それは翌朝、彼女の口から出た。まだ疲れてベッドの中にいるときで、謙一に愬《うった》えるでもなく、相談するような口調だった。ゆっくりしたものの言い方は、疲労のあと、けだるい肉体的条件をのせていた。

「原宿のお店のことで頭が痛いわ。共同経営というのはやっぱりいけないのね。これまでわたしが苦労して問屋さんの払いなどしてきたけれど、友だちは金の都合がつかないで、ほとんどわたしだけの負担になっているわ」

謙一は、いよいよきたな、と思ったが、表面では傍聴者を装った。

「そんな共同経営者だったらしようがないな。君ひとりが損をするじゃないか？」

「そうなの。もっとも、友だちは金の都合をつけたいにも、その当てがないというから仕方がないけれど……」

ルミ子に金をつくる当てがあるのは、それだけの手腕があるからだろう。身体を代償に、数人の男に割り当てたと考える推測に間違いはないであろう。謙一は、いよいよおれもその一人にさせられるかと思った。

「それなのに、友だちはお店の上がりぶんはがっちりと約束通り持って帰るの。もっとも、そのひとは、それで生活してるから仕方がないけれど……」

「店が赤字なのに、それは少しひどいね」

「今までの友情で我慢しているけれど、わたしももう我慢ができないわ。だから、あのひとにお店を辞めてもらって、わたしの単独経営に切りかえたいわ。そうなると、バアのほうは辞めなければいけないけど」

「それは、夜も昼も働くというのは疲れるだろうからね」

「友だちは金銭的な負担をしないかわり、お店のほうはわたしの代わりにずっと出てくれているけれど、それだって疑えば疑うところがあるわ。近ごろ、掛売りがふえたけれど、それだって調べてみないと本当かどうか分からないわ。掛売りだと称して、実は現金で売って、そのお金を誤魔化してるかもしれないし」

「そりゃよくあることだな。で、自分の店にするには、その人に辞めてもらうのが言いづらいのかね？」

「そんなことはないけれど、やっぱりいくらかお金をあげないとね」

「……」

「開店のとき、そのひとも資本を出しているから、そのぶん、みてあげなければいけないわ」

「しかし、そのあとの赤字補塡は主に君がやっているんだろう」

「それはそうだけど、出資してるのには違いないんだから、早くこんな損な共同経営をやめたいわ」

共同経営を単独経営に切りかえるにはまとまった金がいる。それを出してくれないかと、ルミ子は謎をかけている。

「友だちには大体、どのくらい出さねばならないのか？」

謙一はためしにきいてみた。

「三百万円もあればいいわ」

ルミ子はさり気なく言って、枕の上の頭を動かした。

「三百万円というのは大金だが、それだけ全部は出せないにしても、少しぐらいは手伝ってもいい」

と、謙一はルミ子に言った。話の具合から、やはりそう言わずにはいられなかった。その金額が問題だが、少しは手伝ってもいいという言葉では金額の限定がない。半分の百五十万円ぐらいは負担しそうだと彼女に受けとられても、実際はその場になって、四、五十万円しか出せないと言ってもいいのである。とにかく、これは先の問題で、今は当座の体裁であった。

「そうしてくださると、ほんとにうれしいんだけど」

と、ルミ子は顔を輝かし、彼の頭に手を回してきた。

全額を出すと言ってないのだから、ルミ子は残りを自分で工面しなければならない。いよいよ、この女はいろいろな男から金を集めるつもりだと分かった。今までもその方法でやってきたのに間違いはなかった。

謙一は、そう思うとさすがに興味索然となったが、しかし、全額を背負いこむよりはずっとよかった。全額を負担すると、いよいよ深みにはまりこむ。

「ほんとに約束してくださるの？」

と、彼女は耳もとで念を押した。

「ああ、約束してもいい。……一体、いつまでにその金がいるんだい？」

「なるべく早いほうがいいわ。こうなったら、その友だちと早く手を切りたいから」

「あとは独りでやれるのか？」

「きれいな女の子でも雇ってやります。妙なもので、ああいう店もきれいな子をおかないと品物が高級に見えないのね」

その客の心理は、謙一にも理解できないではなかったが、それだけではあるまい。女物を売るのは、同時に男を引き寄せることでもある。男客は恋人の歓心を得るために店に買物に伴れてくる。女をもたない男はルミ子や、店の女の子に野心を抱いて足を運ぶ。

ルミ子の説明によると、原宿の店の品は質もいいが値段も高い。それが一つの商法で、薄利を狙って安く売ってもいけないのだ。このコツが微妙なところだという。それに、問屋の払いは舶来物が専門なだけに請求が早く、取り立てはきびしい。というのは、舶来ものの問屋の数が少なく、競争がないからだ。彼女がこれまで出していた金も、ほとんどは問屋向けの回転資金だと言った。

そういう商売の話をするときのルミ子は、いかにも愉しげだ。今のところ、回転資金に追われているが、それだけに店の商品もふえ、売れれば利はばも大きいから、これからが愉しみだと言った。

「バアなんかにはもう勤めたくないわ。これからは商売のほうで一本立ちになりたい。先生、ぜひ助けてね」

ルミ子は急にいきいきとし、彼に甘えはじめた。

「お店がよくなったら、いくらでもお小遣いをあげられるわ。先生、お店の協力者になってね」

謙一は、この女が誰にでもそう言っているかと思うと、何か皮肉を言ってみたくなった。

事故のあと

新幹線での帰京は、京都駅発一時半であった。

謙一はルミ子といっしょに部屋からフロントに降りた。二人は、簡単なスーツケースを持っていたが、それぞれMホテルのラベルがぶら下がっていた。

宿泊料を払った謙一はボーイを呼んだ。タクシーにルミ子とならんでかけた。

「帰りの切符はあるの？」

と、ルミ子はきいた。

「いや、近ごろは空《す》いているから、駅で買えるだろう。いっぱいだったら、次のに延ばせばいい」

超特急は一時間ごとに出るので気が楽だった。

「ホテルのラベルをはずしたほうがいいよ」

と、謙一は注意した。

「そうね」

ルミ子も笑いながらスーツケースからラベルをはずし、こまかく裂いた。

「こんなものを東京の人に見られたらたいへんだわ」

三十分で駅に着いた。タクシーを降りて構内に入った。

「今から切符を買ってくる」

「あと、時間、どのくらいあるかしら?」

「そうだな、列車が入ってくるまで三十分はたっぷりとある」

謙一は腕時計を見て言った。

「そいじゃ、わたし、その間、駅前の商店街に行って京人形を買ってくるわ。お部屋に飾りたいから」

「京人形なんか駅のストアで売ってるんじゃないかな」

「いいえ、こっちに着いたとき、目をつけていたお店があるんです。ケースに、とても気に入った人形があったわ。先生が切符を買ってらっしゃる間、わたし、ひと走り行ってきます」

「大丈夫かね? 気をつけないと、駅の前は車が危ないよ」

「大丈夫です。汽車に間に合うように帰ってきますから、改札口のとこで待っててください」

ルミ子は、そう言ってスーツケースを持ち、彼の前から離れて行った。謙一は、彼女のスーツケースぐらい持ってやってもよかったと思ったが、そのときはもうルミ子の姿は消えていた。

新幹線の切符は幸い二人ぶんが取れた。

謙一は、椅子にしばらくかけて煙草を吸っていたが、十分ばかりすると、そろそろ改札口に行こうと思って起った。

改札口に行った。列車が入ってくるまで、あと十五分である。謙一は、駅の入口のほうばかり眺めていた。

五分経った。が、ルミ子の姿は一向に現われない。謙一はいらいらしてきた。

彼女のぶんの切符を持っているので、ホームにも出られなかった。改札口を乗客はつづいて通っている。それが謙一の心を余計に急がせた。

そのまま立っていられなくて、彼は駅の入口の方角に少し歩き、そこで佇んだ。眼に現われてくる女は、違う人間ばかりだった。

謙一はじっとしていられなくなった。列車が入ってくるまで、あと五分である。

彼は様子を見るため、ついに駅の出入口まで行った。とかく女の買物は時間がかかる。列車の時刻が切迫していると分かっていても、ルミ子は陳列の人形をあれこれと選択しているのかもしれない。また、今度乗り遅れたら次の列車、という考えが起こっているのかも分からなかった。

それとも時間が迫って、あわててこの駅に駈けつける途中かもしれない。

謙一は駅の出入口に立って、前の広場を眺めた。それらしい女の姿は見えなかった。

ふと見ると、ここからはちょっとはずれているが、何かあったらしく、人々が一方の方向に走っていた。みんなひどく急いでいる様子だった。

謙一は、ある予感に襲われて、その方角に向かった。広場を横切るのは危険なので、建物の廂《ひさし》の下を伝うようにして歩いた。そうしている間も走って行く人の数がだんだん多くなっていた。その方角に向かう車も停滞しはじめていた。

とうとう、謙一は、その正体の見える場所に出た。

道路の真ん中に人垣がつくられていた。少し離れたところにタクシーが停まっている。運転手は居なかった。明らかにたった今、交通事故が発生したのだ。人だかりがしているのは、いうまでもなく今停まっているタクシーが人を轢いて、その現場をのぞいているのだ。

謙一は心臓が高鳴った。万一、そんなことはあるまいと心で打ち消しながらも、人垣のうしろに入って伸びあがった。

まだ、実体がよく見えなかった。こうなると、汽車に間に合うかどうかは問題でなくなった。彼は全身に汗が噴き出る思いだった。

ようやく人垣がゆるんだ。向こうから、けたたましいサイレンが鳴って救急車が走ってきていた。とり巻いた人はそれを見て、囲みを崩しはじめたのである。

謙一は、人びとの間からおそろしいものを見た。

真っ白いスーツが血に染まって寝ていた。彼のほうからはストッキングをはいた二本の脚しか見えなかった。白いハイヒールを片方だけつけている。彼は息をのんだ。見覚えがある。すると、はなれたところに投げ出されてあるスーツケースが、眼に火花のようにとびこんだ。

——どうしてその現場から逃げてきたか、自分でも分からなかった。駅の構内に入ったとき、あたりの色が失われていた。立体感がまるでなく、描いた絵のようだった。

ルミ子が轢かれた！

彼の耳もとに、立っていた人たちの話し声が残っていた。

(タクシーが走ってる前へ、急にこの人が飛び出したらしいですな。タクシーが急停車した鋭い音でふり返ってみたら、もう車の下でこの女の人が血を噴いて倒れていたんです)

(京人形の包みが二、三間先に飛んでいましたよ)

救急車から降りた白い上っ張りの男が、ルミ子の頭のほうを持ち上げて調べていた。

(もう駄目らしい)

と、その一人が言っていた。

謙一は、一時間待って次の超特急に乗った。切符の変更の手続きもほとんど無意識のうちだった。

車窓から京都がはなれて行く。たちまち山科の丘陵が過ぎて、大津の街の向こうに琵琶湖がひろがっていた。

謙一は、ぐったりと椅子に背をもたせていた。他人が見たら真っ蒼な顔にみえたであろう。

罪悪感が彼の胸を締めつけていた。つれの女の遭難を見捨ててきた。誰かが彼の背中を大声で追っているようだった。

ルミ子は死んだのだろうか。

あの事態ではまだよく分からなかった。救急車の男はルミ子の頭を抱えあげて、もう駄目だと言っていた。

こうなると、彼は彼女の死を祈った。生き返らないでほしい。

生き返った場合、彼女はいちばんに彼の名を呼ぶ。逃げたと知ったとき、彼女は周囲の者に、彼の背信と不道徳を罵るに違いなかった。

死んでくれ、死んでくれ。……彼は列車の車輪のひびきに合わせるように心でつぶやいた。

女が死んだ場合、自分といっしょだったという証拠は残っていないか。――謙一は、それを仔細に検討した。

まずMホテルである。ホテルに彼女が泊まっていたことが分かれば、男の同伴者があったのが知れる。たとえ宿泊簿には嘘の住所と名前とを書いたとしても、とにかく従業員には人相が分かっていることである。これだけでも一つの手がかりを残していた。

しかし、ルミ子がMホテルに泊まったということがどうして知れよう。彼女は土産物の京人形を持って道路を横切ろうとした瞬間に、死の世界に入ったのである。

そうだ、今から考えると、車の中でスーツケースについたMホテルのラベルをはずしたのは、まったくの仕合わせだった。東京に帰って、それを他人に見られたくないためだったのが、今はたいへんな幸運になっている。あれだけでも、彼女が京人形屋に入る以前の行動が分からなくなっている。

そうだ、京都駅の構内で、彼女と二人で立っていたところを、誰かに見られはしなかったか。見た者はあるに違いない。しかし、それは普通の旅行者で、誰にも何の印象をも残さなかったはずである。駅には旅行者がいっぱい居る。

では、ホテルから駅まで乗りつけたタクシーの運転手はどうか。

運転手は、こっちの顔を知っているだろう。しかし、タクシーの事故で死んだ女が、Mホテルから自分の車に乗った同一人と知るまでには時間がかかるに違いない。事故が発生してすぐ、あの運転手がその事実を知るわけがないからだ。運転手は、かなりの時間を経てから、運転手仲間にそのことを聞くか、あるいは新聞で読むかして知るのである。しかも、その場合でも、遭難者が自分の客だったとは気がつかないはずだ。運転手が正確にそれと思い当たるまでには、まだまだ時日がかかりそうである。

列車は関ヶ原付近を快速で走っていた。車窓に伊吹山が動いている。

（まだ何かほかに心配することはないか）

謙一は、そればかりを考えた。

Mホテルの従業員も、まず心配ない。そこから駅へ乗ってきたタクシーの運転手も大丈夫だ。

あとは、ルミ子が京都に行く前に彼の名を自分の友だちに言ってなかったかどうかである。

彼女の立場として、絶対に言ってないと思われた。彼女の働いているバア「ウインザー」では、ママの加寿子と彼との関係を、バーテンもホステスもうすうす知っている。したがって、ルミ子はこちらの名を口に出すはずはないのである。その点、絶対に秘密にしていただろう。

彼女は、これまでいろいろな男を手玉にとっていたようだから、余計に口が固い。共同経営の友だちにも言うはずがない。女の見栄として、同性には淫奔に見られたくないからだ。

彼女の関係の者はそれでいいが、今度は彼自身のほうだ。昨日と今日、彼が京都に出張したことは、学校関係の者には分かっている。だが、それとルミ子の遭難とを結びつける者があるだろうか。

これも無い。学校関係の者で「ウインザー」に行っている者は一人もいないし、もちろん、ルミ子という女も知らない。

あとは加寿子である。

(これはちょっと厄介だぞ)

と彼は思った。

もちろん、加寿子は、まさか自分がルミ子とそういう仲になっていることなど、目下、夢想もしていない。ルミ子との関係が相当長くつづいていたのだったら、その間に気づかれることもあるが、ルミ子との間は、ほんの最近の発生である。それも加寿子が箱根に旅行に行ったというときからで、まだほんの三、四日しか経っていない。むろんのこと、店の者にも分からない。

だから、加寿子がどのように気を回したところでルミ子と自分との間を想像にものぼせてないだろうが、問題はルミ子の事故が京都で起きたことだ。自分が京都に行ったことが彼女に分かれば変なことになる。日もルミ子の事故と同じである。

加寿子は商売上、そういうことには実に鋭いカンを持っている。自分の知っている男女が偶然にともに京都に行っていたとすれば、彼女の想像はたちまちその偶然を必然に変えてしまうだろう。

いったん、彼女がそこに気がついたら、どんなに追及してくるかしれない。調べもするだろう。しかし、万一の場合は、まったくの偶然と答えるつもりだし、ルミ子の交通事故などは知りもしなかったと説明すればいい。

しかし、昨日と今日、自分が京都に行ったことを絶対に加寿子に知らせないことが、いちばんいい防禦である。まさか、学校に聞き合わせてくることもないだろうが、これは一応鈴木事務局長に含めておかなければなるまい。外部から問い合わせがあったときは、京都でなく札幌あたりに行ったように答えることにさせよう。鈴木に、ルミ子のことは隠して、その意を含める理由には事を欠かさない。柳原博士と交渉に行ったことは外部に秘しておきたい、と言えばいいのだ。

(あとは何があるだろう?)

謙一は座席にうずくまるような気持ちで考えつづけた。

東京もそれで心配がないとすると、もう一度京都を検討してみよう。

彼はルミ子を伴《つ》れて、ほうぼうの寺や名所を見物したことに思い当たった。比叡山にも登ったし、途中、叡山ホテルでお茶も喫《の》んでいる。そうだ、あのときMホテルから出したハイヤーの運転手もいたわけだ。

そのどれもまず心配がないように思われた。寺でも比叡山でも、途中、茶を喫んだホテルでも、知った人間には一人も遇わなかった。彼女のほうも見知りの人間と遇っていない。もし、そういう連中がいたら、向こうから必ず声をかけるはずだから、いなかったわけである。

Mホテルから行ったハイヤーの運転手はどうか。

これもあのときの女客だと分かるのは、だいぶん時日が経ってからだろう。駅までのタクシーの運転手は、乗った時間が短いだけにこっちの顔の記憶がうすいと思われるが、ハイヤーはかなりほうぼう乗り回していたから、運転手の記憶はずっと強い。

しかし、それにしても自分の素性は知っていない。また、たとえ遭難者があのときの女客だと分かっても、べつに殺人事件というわけでもなし、警察に訴え出ることもないに違いない。あのときの客だったかと、気の毒に思うだけだろう。そして、伴れの男客はさぞ悲しんだことだろうと想像するだけである。警察のほうでも犯人捜しをするわけではなし、執拗に彼女の足どりを追跡するわけでもない。

そのほか、こちらで知らないで向こうだけが知っている人間に出遇わなかっただろうか。この場合、先方ではこちらが女伴れだということに遠慮して、わざと言葉をかけないことがある。

謙一の記憶では、どうもそういう人間はなかったような気がする。殊に場所が京都である。関西方面には知人はいない。その点、東京よりはずっと安心だった。もっとも、東京方面から行った知人が京都に滞在していたり、旅行中だったりしたら別だが、直感というか、どうもそんな気がしないのである。

こちらで気がつかないで先方が知っているといえば、平野屋でいもぼうを彼女といっしょに食べているとき、横の通路をふと通りかかって、足を停めそうになった女がいる。

謙一は、ふいと心が翳《かげ》った。

あの女は何だろう。あのときの様子では、知った人間の顔を見て何かものを言いそうにしたが、婦人同伴なので気持ちを変え、すっと向こうに立ち去った感じであった。それを彼は若葉学園の卒業生かもしれないと思っていたのだが、気がかりといえばこれだけである。

しかし、まあ、懸念することはない。たとえ、そうだとしても、京都駅前で死んだ女の顔を彼女が見るわけではなし、ちょうど駅前をあの女が通り合わせたという偶然は、非現実的な想像である。

とにかく、ルミ子には気の毒だが、あのまま死んでもらいたかった。生命をとりとめたら、彼女のことだ、どんな復讐をしてくるか分からない。

列車はいつの間にか名古屋を発車していた。

列車は東京駅に五時半に着いた。

謙一は、今度くらい京都からの列車が短い時間に思われたことはなかった。さまざまな考えに耽って、それを打ち消したり、訂正したり、また別な考えが起きたりというように、次から次へと想像やら妄想やらが浮かんでは消えた。

列車の中はともかく彼を現実の社会から切りはなしていた。その現実の社会は、今彼に大きな不安となっている。

ホームに降りた彼は、東京の建物を眺め、なんだか戦場に立ったような気分になった。彼は、そのへんから見知らぬ男が出てきて声をかけられそうな気がした。京都でのルミ子の事故が東京の警察に連絡されて、事情聴取のために連行されるような危惧を持った。国電で新宿に行き、小田急に乗りかえても怯えどおしだった。

真っ直ぐに若葉学園に行った。事務局長の鈴木が、今日謙一が帰るので、その報告を聞くために待っていた。

「ご苦労さまです」

と、鈴木は謙一をにこやかに迎えた。

その様子を見て謙一は、ひとまず安心した。もしルミ子が生きていて、彼のことを言ったら、京都から学校に連絡が来ているわけだし、そうなると、鈴木の様子が違うはずである。鈴木の態度から、そう心配することはないと、謙一は自分の弱気を打ち消した。

「柳原博士とは、こういう話し合いをした」

と、彼は鈴木に詳しく内容を語った。

「それはよろしゅうございましたね。これでやれやれです」

鈴木もほっとした顔になった。

「ついては、受け入れ態勢を早く準備しなければいけない。それについて、いずれ相談のうえ実行段階に入ってもらわなければならないが、大島さんは何も知らないだろうな？」

「知った様子はありません」

「そう」

「もし、うすうすでも察知していたら、あの人のことですから、すぐに態度が変わってきます。それがまったくふだんと同じです」

「なるほど。で、秋山千鶴子はどうです？」

「本人はだいぶん高姿勢のようです。明らかに大島さんの威をかりているから滑稽です」

「では、やはりつづいているんだな。そのほうがやりやすいね」

「問題に手をつけるのはいつごろになりますかな？」

「準備態勢ができるのが、あと一カ月ぐらいだろう。これもあまり長く延ばしているわけにはいかない。秘密が洩れるおそれがあるからね。事前に少しでも分かると、面倒なことになる」

そんな打ち合わせを三十分ばかりして、

「鈴木君、どうだね、渋谷あたりで飯でも食いませんか？」

と誘った。

実は、このまま家に帰るのが、イヤというよりも不安であった。酒を飲みたかった。

鈴木と渋谷の小料理屋で酒を飲み、そのあと、そのへんのバアに回ってまた酒を飲んだ。

「珍しいですね、石田さんがそんなに飲まれるとは」

と、鈴木が言ったくらいである。

「いや、無事に金的を射落としたから、ぼくも安心したよ。今夜は、その自祝いの意味もある」

傍らについていた女の子が聞きとがめ、

「金的というのは、素晴らしい恋人でも射落としたんですか?」

ときいた。

「そうなんだ。今まで高嶺の花だと思っていた絶世の美人を、やっと口説き落としたんだ」

「まあ、それはおめでとうございます」

みんなで乾杯した。鈴木はヘラヘラと笑っていた。

ルミ子はどうなっただろうか。病院に収容されたに違いないが、あのまま助からねばいいがと祈った。彼女が生命をとりとめることは、彼が息の根をとめられることであった。

死んでくれ、生き返らないでくれと、謙一は何かに向かって手を合わせたい気持ちだった。

　家に着いたのが十二時近かった。タクシーを降りて玄関前に立つと、家が真っ暗だった。玄関も固く閉ざされ、寄せつけない感じだった。それが妻の抵抗のように思えた。

（まさか、警察から家に、京都の事故で問い合わせがあったとは思えないが……）

　謙一はまた不安になった。警察からは学校に何も言ってきていないのだから、自宅にその連絡があるはずはない。強《し》いてこの不安を打ち消した。

　ブザーを押した。

　保子は容易に起きてこなかった。依然として暗い家のままである。妻の抵抗を見るような気がした。

　恭太はどうしているのだろう。これも心配だった。留守の間、何かが起こっていなければいいがと思った。

　実は、それも帰宅するまで不安だったのだ。ルミ子に愛想づかしを食った高校生の息子が家でどんな暴れ方をするか分からなかった。悪くすると警察沙汰になるかもしれない。家に近づいてきたときから、謙一にその不安が新しく起きてきた。

　何ということだ。これでは気持ちの安まるところがないではないか。まるでルミ子の不安と息子の不安との間をキャッチボールの球のように往復しているようだった。

　ようやく家の中に灯がついた。

玄関の内側で鍵の音がする。

戸が開いた。保子が寝巻き姿で立っていた。

謙一は黙って入った。保子は無言のまま、うしろで戸締まりをしていた。

謙一は、スーツケースを提げて居間に通った。

保子が入ってきた。はじめから固い表情だった。お帰りなさい、とも言わない。

「恭太は？」

謙一のほうから訊いた。

「恭太は家出しましたよ」

妻は乾いた声で答えた。

謙一は、保子から恭太が家出したと聞いて、

「なに？」

と、思わず彼女の顔を見つめた。

「それはいつだ？」

「昨日の午《ひる》からです」

保子は硬張った顔で言った。

「家出とは、どういうことだ？」

「家に居ても面白くないので、大阪のほうにでも行くと言って出ましたよ。向こうで働く

んだそうです」

「働く？　学校はどうするつもりだ？」

謙一は狼狽して言った。

「学校なんかやめると言ってたわ」

恭太が家を出たのは、多分、ルミ子から自分のとこにはもうくるなと言われたことが原因しているのだろう。彼女に強い愛想づかしを食って落胆し、自暴自棄になったのかもしれない。大阪に行くというのも、ルミ子に拒絶され、東京が面白くなくなったのかもしれぬ。それにしても、保子が平然と息子の家出を報告しているのが謙一には分からなかった。

「おまえは息子の家出を傍観していたのか？」

「傍観はしてませんが、それよりほかに仕方がないわ。だって、もし旅費や向こうで当分暮らす金を渡さなかったら、どんな暴力をわたしに加えるか分からないもの」

保子は夫に息子以上の憎悪の眼つきを向けて言った。

「金はいくらやったのだ？」

「五万円です」

「五万円？」

謙一は思わず息を詰めて、

「よく、そんな金を出したな」

半ば母親の甘さを非難するように言った。

「五万円以下では承知しなかったんです。もし金を出さないと言ったら、あのときの血相変えた恭太の様子では、わたしは殺されかねなかったわ」

謙一は黙った。恭太が真っ蒼な顔になって母親に詰め寄っている様子が眼に見えるようだった。息子は逆上すると自分を忘れ、昂奮で蒼白になり、ナイフでも握りかねない。げんに、そういう経験を謙一は持っている。

「困ったやつだ」

と、謙一は溜息をついた。

「わたしひとりであの子が引き止められますか。息子に殺されるより金を出したほうが、まだましだわ」

保子はとげとげしく言った。

「大阪に行くといっても、当てがあると言ってたか？」

「それは分かりません。わたしもきいたけど、返事をしなかったから」

謙一は不安になった。恭太が当てどもなく大阪の街に行って、結局は不良仲間に落ちて行くような気がした。そのおそれは十分にある。五万円の金を持っているから、金のある間は自由に遊ぶだろう。それを土地のヤクザの若い者が見つけ、彼を組織に入れないとも限らなかった。学校が嫌いな恭太に、その世界は新しい魅力である。そうなったら、息子の警察沙汰がこっちに跳ね返ってくる。

謙一は、外の暗い闇を見つめるような眼つきになった。──

「親不孝なやつだ」

と、謙一は思わず呟いた。

「勘当できるものだったら勘当するのだが……」

昔のような「勘当」は現代の社会では認められなくなった。また恭太は一人息子でもある。謙一はつくづく、こんな子が生まれたのを情けなく思った。

親不孝者と言った夫の言葉を保子は聞いて、彼のほうに眼を向けた。

「それをあなたはわたしの責任だというんですか？」

その眼が光っていた。

「責任とかいう問題はとうに通り過ぎている。あの子がこうなったのはおまえのせいだけではない。おれにも責任がある。いや、両親の教育ということを通り越して、今では現代社会の病根かもしれない。両親の手に負えない問題だ」

謙一は言った。

「あなたが家に居なかったからいけないんです」

保子は攻撃的な口調になった。その言葉の裏には、夫に女がいると想像している嫉妬がひそんでいた。

「そんなことを言っても仕方がない。おれには仕事がある。仕事を犠牲にして家に引っ込んで、始終、子供の監督ばかりするわけにはいかないからな」

「昨日はどこにいらしたんです？」

「京都だ。……今度学長になってもらう柳原さんに、最後の交渉に行った」

謙一は、そう言ったが、内心ヒヤリとした。その用件で京都に行くことは、保子にも出発前に話してある。それをなぜわざわざきき返すのか。もしかすると、家のほうにルミ子のことで問い合わせがあったのかもしれない。……そんなおそれが胸を掠めた。

「それは代わりの人ではいけなかったんですか？」

保子は追及するような眼できいた。

「代わりの者は誰もいない。相手は大物だ。おれが直接行かないと話にならない」

「そんなふうに始終家をあけていらっしゃるから、子供があんなふうになるんです」

「バカなことを言うな」

と、謙一は思わず叱った。

「学校の責任者になっていれば、どこへ飛んで行くか分からない。おまえには分からぬ用件がいっぱいある。いちいち言ってもはじまらないから黙っているだけだ。そういう事情が分からないから、代わりの者ではいけないかといった愚問をするのだ」

「どうせわたしには何も話してもらえませんから、愚問を言うようになるんです。でも、恭太が家出したのは、あなたが京都に行った留守中なんですよ。あなたが家に居たら、恭太も家出するようにはならなかったと思います」

「それは偶然だ。おれが京都に行ったから、それをいいことに恭太が家出したのではない。あいつは、おれが居ようが居まいが、そんなことにはお構いなしに出たければ出る子だ。おれが居たら、かえって父子がとっ組み合いの喧嘩になったかもしれん」

「でも、父親が言うのと、母親が言うのとは違います。あの子はわたしなどまるで頭からバカにしているんですから」

その様子では、どうやらルミ子のことで家に問い合わせはないようだった。

謙一は書斎に入った。女房から早くのがれたかったのだ。

保子は茶も持ってこない。いつものことだが、いまはそのほうが気が楽だった。互いに不機嫌な顔をつきつけ合わせるのは気が詰まる。どんな言い合いがはじまるか分からなかった。

保子は、息子のことよりも、夫の女のことを気にかけている。京都に旅行してきたことも怪しいと考えている。いっそ、交通事故で夫が死んだほうがいいと思っているかもしれない。

出張先から夫が帰ったというのに、玄関で迎えても挨拶らしいことも言わず、はじめから敵意を見せていた。敵意は、女と遊び歩いてきたという想像から生まれている。嫉妬は、息子の家出もそれほど心配でなくさせている。

保子は別室で寝たらしい。二年前からずっと、そうなっている。そのころ、謙一は前の女と別れ、加寿子との間がはじまっていた。

それにしても、妻の直感は鋭かった。京都には一人で行ったのではないと、ちゃんと察している。もっとも、彼に女が居ると信じこんでいるのだから、どこに行ってもそう思うだろう。

謙一は、机の前で煙草ばかり喫《の》みつづけた。いろんな考えが浮かんでくる。

さっき、保子の心理を、自分が交通事故で死んでしまえばいいと思っているかもしれない、と想像したが、現実に交通事故で死んだのは女のほうだった。

保子がそれを実際に知ったら、どう思うだろう。憎いのは亭主よりも女である。女が車に轢かれて死んだと分かったら、亭主の無事に胸を撫で下ろすかもしれない。夫に死なれたら生活に困るのは目に見えている。そうなると、保子のほうから和解を求めてくるかも分からない。——そんな想像に行き当たると、苦笑が出た。

気紛れに、少し本でも読むつもりだったが、その気力がなかった。ひどく疲れていた。蒲団に入ったが容易に睡れなかった。睡いのに、心悸《しんき》が昂ぶって眼が合わなかった。

ルミ子は死んだだろうか。彼女が死ぬか生きるかが、おれの生涯を決定的に左右する。生き返ったら、何もかも破滅だ。いや、死んだとしても、即死しなければいけない。意識が残っていて、おれの名でもウワごとのようにしゃべられたらおしまいだ。一言も発しないで死んでくれ。

謙一は、もし、ルミ子が重態のままで病室にいるのだったら、その病室に忍びこんで首を絞めてきたいくらいだった。誰にも知れずに、警察にも捕まらないという保証があったら、本当にそうしたかった。

ルミ子とは、ほんの僅かな関係だった。加寿子とくらべたら、一瞬の浮気といっていい。それでこんなひどい目に遇うとは、割が合わないと思った。彼は神の摂理だとか、天罰だとかいうものは信じなかった。合理か、不合理があるだけだった。そして、今度の場合、最大の不合理であった。

謙一は朝遅く起きた。

昨夜は疲れているのに、いつまでも睡れず、いろいろ思い悩んでいたので、熟睡に入ったのが二時過ぎだっただろう。夢で京都の街を歩いていたが、やたらとタクシーが走っていた。が、ルミ子が夢に現われなかったのは助かった。

朝食を保子と向かい合って食ったが、どちらもあまり口をきかなかった。食卓には、あり合わせのものしか出ていない。それが保子の抵抗のようだった。

謙一は、以前には食べものにうるさいほうだったが、近ごろは諦めている。保子の気持ちが分かるからだ。それでなくとも、元来、保子は投げやりなほうだ。今は、うるさいことをいうと、口喧嘩になる。それが面倒なのと、不愉快なのとで我慢していた。ことに、今朝は険悪だった。

黙々と朝食を終わった謙一に保子は、

「恭太のことはどうするんですか？」

と、詰問的に言った。ヤクザな息子だが、家に居ないとなると、やはり謙一も寂しかった。それに、昨夜もあれから蒲団の中で、恭太の将来を懸念していたのである。

「どうするといっても、漠然と大阪というだけではどうにもならない。また、大阪にほんとうに行ったかどうか分からない。手の下しようがないよ」

謙一は、ぬるくなった茶を呑んで言った。

「それじゃ、あのまま放っておくんですか？」

保子は追及した。

「放っておくわけじゃない。しかし、今は手がかりがない」

「あなたも、のん気ですね」

「のん気なんじゃない。捜す手立てがないというのだ。これがもう少し時日が経てば、警察に保護願を出すこともできるが、まだ二晩だから早すぎる。それに、明日あたり、あいつがひょっこり帰るか分からない」

「五万円も持って出たんですもの、そんなに早くは帰りませんよ」

「早く帰らなければ、金が無くなったころ戻ってくるかしれない」

「だから、子供にはあなたはのん気だというんです」

保子は、向かいから眼を据えて言った。

「のん気なのはおまえのほうだ。そんなことを言うなら、恭太が出て行くとき、どうして行く先を問い詰めないのだ？」

「わたしなんかが言っても、バカにしていますから、返事もしません。行く先を言うわけがないじゃありませんか」

それも謙一が家に居ないからだと言いたいのである。

「まあ、学校で恭太の親しい友だちにきいてみるように考えよう。それよりほかに今のところ方法はない」

謙一は、そう言ったが、実際はルミ子の店に恭太といっしょに来ていた友だちにきいたほうが早いのである。だが、これは保子には言えなかった。恭太がルミ子の店に行っているなどとは、夢にも知らないのである。

浮　動

謙一は、家を出る前に朝刊をのぞいた。だが、社会面には、京都でルミ子が交通事故に遭って死んだといった記事は出てなかった。もちろん、彼女が死んだとしても、東京の新聞に出るはずはない。著名な人物だったら、東京紙にも報道されるだろうが、バアのホステスが死んだところでニュースにはならない。いや、京都の新聞にしてもどうだか分からない。

彼は不安をひそめながら駅に向かった。

どうかしてルミ子の様子を知りたい。駅前の公衆電話のボックスを見たときに、彼にいい考えが浮かんだ。彼女の居るアパートに電話してみることだ。そこだと、京都からの通知で、きっと様子が分かる。原宿の店でもいいが、まだ時間が早いので人が来ていないかもしれない。

謙一は、手帳を出してアパートに電話した。管理人らしい中年の女の声が出た。

「井上啓子さんの部屋に電話したんですが、誰も出てこないのでお伺いしますが、啓子さんは留守なんでしょうか？」

ときいた。井上啓子はルミ子の本名である。

「どちらさまでしょうか？」

と、中年女はきき返した。その声が急に高くなったので、謙一は胸をとどろかせた。やはり京都から通知があったのだと察した。

「わたしは生命保険会社の者ですが、今日が集金日になっているので、都合を伺おうと思って電話したんです」

「生命保険？」中年女は頓狂な声をあげた。

「そりゃ、あなた、すぐに来てくださいよ。井上さんは昨日亡くなりましたよ」

謙一は、半分予期したことながら心臓を衝《つ》かれた。

「亡くなられた？　お部屋でですか？」

「いいえ、京都です。昨夜遅く京都の警察から問い合わせがありましてね、交通事故で亡くなったそうです。井上さんの持ち物を調べて身元が判るまで手間どったんだそうです」

「それはたいへんですね。おどろきました」

謙一は、やっと言った。

「ですから、すぐにこっちに来てくださいよ。……一体、井上さんは、どれくらい生命保険がかかっていたんですか？」

声に急に好奇心が出た。

「一千万円です」

「一千万円。へえ、そうですか」

その声は、また羨ましげなものに変わったが、

「保険金の受取人は誰になっているんですか？」

ときいた。謙一は詰まった。

「それは、いずれそちらに伺ってからお話しします。ところで、井上さんは交通事故で亡くなられたそうですが、病院にかつぎ込まれてすぐに息を引き取られたんでしょうか？」

「さあ、そんなことはわたしには分かりません。いずれ身内の方が京都に行かれるそうですから……あなた、生命保険の人なら、早く来たほうがいいですよ。身内の方もいずれこっちに見えますからね」

管理人の女房は早口に言った。

ルミ子が死んだと確認したとき、謙一は身体中に大きな安堵がひろがった。これで最大の危機を逃れ得たと思うと、手足の先までだるくなった。

あとはルミ子が一言も発しないで死んだかどうかである。しかし、いま管理人の女房が言ったことを考えると、警察では彼女の身元が判らずに、その持ち物を調べてようやくアパートに夜遅く連絡電話をしたというのだ。してみると彼女は即死か、あるいは意識不明

のまま息を引き取ったとしか思えない。死ぬ前に話ができたら、必ず自分の身元を告げるはずだからである。警察の者が所持品を調べなければ身元が判らなかったというところに即死の事情が察しられた。

謙一は電車の座席にかけたが、今日ほど快適な気持ちになったことはなかった。これまでの不安や危惧が一挙に頭から遠のいたのである。自分の生涯はこれで救われた。謙一はルミ子に手を合わせた。神よりも仏よりも、彼女自身が自分を助けてくれたように思えたからである。

もちろん、後味の悪さは心によどんでいた。彼女の遭難を見捨ててきただけに、うしろめたい気持ちは拭えなかった。死んだと聞いて、心が湿ったのも事実である。しかし、彼女には気の毒だが、なんといっても自分の身が大事だった。昨夜容易に寝つかれないくらい悩んだのもそのためだ。それも永遠に去ったのだ。

謙一は、自分ながら悪運が強いと思った。恵まれているとも考えた。

すると、この運の強さが今後もずっとつづいて、いま学園で着々と計画を進めている大島理事長の追放と、自分の実権掌握も順調に成功しそうに思えた。とにかくルミ子の心配がなくなっただけでも勇気が出た。こんな不安に牽制されて計画の実行に全力で打ち込めないとなれば、情けない話である。幸いであった。仕合わせであった。後顧の憂いは無くなった。

思えた。

よし、やるぞ、と心に決めた。なんだか、これで意欲が二倍にも三倍にも増したように

が、謙一はふと恭太のことにつき当たると、その明るさが少し曇った。後顧の憂いといえば、まだ恭太のことが残っている。

息子は、今どこに居るのだろうか。保子に言ったように大阪に行ったのか。すると、またしても悪い想像ばかりが湧いてくる。

こうなると、息子の大学進学もどうでもよくなった。ただ息子には事故を起こさないようにしてもらいたかった。これだけの祈りとなった。

あの子は外に出るとひどく弱気だ。内と外とは大違いで、ほかの者の言うことなら、意気地がないくらいに従うようである。その弱い性格からすると、暴力団の末端組織に入ったり、不良の仲間に落ちたりするようなことはないと思われるが、一方では、弱い性格ゆえにその危険がないとはいえなかった。

よくしたものだと、謙一は溜息をついた。

大きな仕事に熱を燃やしている男には、家庭に煩わしいことが起こっている。無気力な男の家庭は、とかく平和なようだ。

とにかく一難は去った。息子のことも案外心配する方向にはなるまい。彼は自分にそう言い聞かせた。

謙一は学校に出た。始業前で、校庭では学生が群がって遊んでいた。近ごろの女子学生は、とんと学生だか普通の娘だか分からない。服装も思いのままだ。化粧も控え目だが、ずっと技巧的になっている。なかには、そのままバアのホステスに出してもおかしくはないのがいる。それだけに眼に愉しい。

実際、今朝は愉しい気分だった。謙一は部屋に入るまで廊下で往き遇う職員に、

「お早う」

と、朗らかな声をかけた。

向こうから背の低い、肥《ふと》った女が歩いてきている。学生課の秋山千鶴子であった。

秋山は謙一を認めると、ハッとなった様子だ。身体を硬くしたのがよく分かる。廊下の片側にいそいで身を寄せ、顔を伏せて歩いてくる。彼に対する反撥があらわに出ていた。

謙一は黙って行き過ぎようとしたが、今の気分から少し秋山をからかってみたくなった。

「お早う、秋山さん」

彼のほうから声をかけた。

秋山千鶴子は滅多にないことでびっくりしたように立ち停まり、下からチラリと彼を見上げ、黙って頭を下げた。いやいやながらのお辞儀だった。

「秋山さん、どうです?」

謙一はにこにこしてきいた。

秋山千鶴子は、彼に話しかけられて通り過ぎることもできず、身を縮めて立っていた。

「近ごろ、学生のことで問題は起こっていませんか？」

学生課には学生の苦情がいろいろと持ち込まれる。また、学生の思想行動に対してもチェックするのが学生課の仕事の一つであった。

「いいえ、べつに」

秋山千鶴子はできるだけ短い言葉を択んだように答えた。まともに視線をこちらに向けないのである。

「ああ、それは結構」

謙一のほうから先に歩き出した。ふり返った秋山千鶴子の光った眼を背中に感じながら、心で笑っていた。あの女の料理を、あまり先に延ばしてはならない。そのときの彼女の抵抗を想像して、謙一は笑いがこみあがった。

彼は部屋に入った。専務理事付の秘書の岡本が茶を淹《い》れてくれた。

「ありがとう」

一口すすって、

「岡本さん、鈴木君を呼んでください」

といった。

「かしこまりました」

「それから、鈴木君が来たら、ちょっと話が済むまで、あなたはここには入らないように」

　岡本が出て行ったのち、謙一は窓の外を見た。植込みのツバキの葉に初夏の朝の明るい光がそそいでいた。

　――鈴木と打ち合わせをして、なるべく急いで大島理事長の始末をつけなければいけない。柳原新総長の受け入れ態勢は早いほどよいのである。

　鈴木事務局長との密談は、一時間に亙《わた》った。その結果、謙一の得た感想では、八分通り、大島理事長と現学長の退陣、柳原新学長の就任は、教授会で承認される見通しがついた。あとの新理事長は、もちろん謙一自身である。これにも難色はなさそうだった。

　大島理事長に対する批判は、相当に強い。個人経営的な感覚で若葉学園に臨んでいるから、自分の金は出さないし、学校のほうの収入はとりこむ。彼に対する教授の不満は大きいのだ。謙一が打ち出す「経営と教育の分離」は合理的な方針として、みんな賛成してくれる。鈴木は、それについて各個人につき、キメの細かい打診を進めている。彼はその具体的なことを謙一に報告した。

　二人は今後の手段を考えた。教授会は、それで大体まとまるとして、あとは理事会や評議員会である。理事会のほうは謙一が牛耳っているので問題はない。評議員会も大島理事長のやり方に批判的だから、これもうまく行くであろう。評議員会には、大島の息のかかった者はあまりいなかった。

その点、大島はうかつである。ワンマンとして絶対ゆるぎのない地位だと思い、教授会にも評議員会にも手当てをしてなかった。教授や助教授にも、文句があったら辞めろ、という態度である。

あとは、問題の口火である。それをいつ切るかだ。

鈴木は、やはり理事長が秋山千鶴子といっしょに、学生の関西見学旅行につき添って行ったときのことをとりあげたらよかろう、といった。女子学生だけの私立大学だから、風紀の点には特に、父兄が注目している。理事長と学生課の女職員の愛欲行をとりあげたら、いっぺんに学生や父兄の批判が大島に向かって、騒ぎになるというのであった。そのとき、機構改革を言い出せば、効果的だというのである。

謙一は、その意見に賛成した。彼は、さっき廊下で出遇った秋山千鶴子の反抗的な姿を思い浮かべた。大島理事長の威光を笠に被《き》ている態度だ。

「それをどういうふうに持ち出すかだがね。私立探偵社の調査報告書はこっちにあるが、それを持ち出すと、いかにもこちらが前から策略を弄していたように思われる。あれは問題が白熱化したときに提出したほうがいい」

謙一は言った。鈴木は答えた。

「その点ですが、ぼくが考えたのは、少々あくどいかもしれませんが、投書を学校宛てに出すんです。もちろん、匿名ですが、関西在住の本校の卒業生ということにしたら、どうでしょうか？」

「投書ね……」

謙一は、内心鈴木の着想におどろいた。そこまでは考えつかなかった。

「それも一つの案かもしれないが」

謙一は名案とは言わなかった。鈴木の前では、少しく卑怯なその手段に、気が引けたのである。

「石田さん、これよりほかに方法はありませんよ。その投書に従って秋山千鶴子を調べる。そうすると、ああいう女だからヒスを起こして喚き散らすでしょう。そうなると、こっちのものです」

強調する鈴木の顔には自信ありげな微笑があった。

鈴木事務局長が部屋を出て行ってから、交換手が、お宅からです、と電話をつないだ。

お宅からです、と聞いたとき謙一は、保子が何で今ごろ電話してきたのかと思った。滅多にないことだった。すぐに頭に浮かんだのは、ルミ子のことで警察から問い合わせが自宅にきたのではないかという想像だった。しかし、それだったら、彼が学校に勤めていることが分かっているはずだから、こっちにも電話がこなければならない。

では、恭太のことか。

そんなことを一瞬に考えながら、受話器を耳につけていた。

「もしもし」

と、保子の声が聞こえた。

「ああ、おれだ」

保子は夫の声が分かって、ちょっと黙った。

「何だ？」

事態が分かるまで、謙一は胸が騒いでいた。

「……わたし、これから名古屋に行って来ます」

保子はぶっきら棒に言った。抑揚のない調子である。

「名古屋に何だ？」

名古屋には保子の姉夫婦がいた。

「姉といっしょに大阪に行き、恭太を捜して来ます」

保子の声には何か決然としたものがあった。

謙一は、ルミ子のことでなかったので、そのほうは安心したが、恭太となると、また別な懸念になる。

「恭太の居どころが分かったのか？」

「いいえ……」

「分からないのに、ただ大阪に行っただけでは見当がつくまい」

「姉といっしょに行って捜してみれば、何とかなりそうです。恭太は大阪に行くと言って出たんですから」

謙一は、昨夜、大阪とだけ聞いて、どうしてもっと詳しい行く先を恭太に聞かなかったかと、保子に文句を言ったことを思い出した。保子は、それに反感を持ち、あてもないのに大阪に行って、自分に面当《つら》てをするつもりなのだ。

「大阪は広い。いくら姉さんを伴《つ》れて行っても、手がかりなしではどうにもなるまい」

謙一は、少し腹が立って強い言葉で言った。

「そんなことはありません。大阪に行って警察に頼みます」

保子はやり返すように言った。

「警察でも、早くは分かりはしないよ。それに、そういう訴えは多いに違いないから、こっちが考えるようにすぐとり上げてくれるかどうか疑問だ」

「それだったら、大阪中の宿を捜します」

保子は、それ以上何も言いたくないといった調子で、

「あなたのように、わたしはのん気にかまえてはいられませんから。恭太を捜し当てるまで家には帰りません。お食事はいいように外でとってください」

「………」

「それから、鍵は隣の和田さんに預けてありますから貰ってください」

こっちがあとを話しかける間もなかった。電話はそこで切れた。

謙一は、保子の電話が切れてから、しばらく煙草をふかして、じっとしていた。

保子が本気で恭太を捜しに大阪に行くのかどうかは分からない。今までの様子から見て、それは単に夫に対する口実のように思える。実際は反抗なのだ。一時家をあけることで、ますますその反抗を露骨にみせるつもりであろう。

保子は、謙一に女がいると想像しているから、家をあけることで亭主が困るとは思っていないだろう。かえって、夫に羽《はね》を伸ばす機会を与えた結果になる。それを承知で出て行ったのは、妻の反撥が相当根深いところまで来ていることが分かった。

謙一は、当面、少し困った。これでルミ子でも無事でいたら、まだ少しは違う。また、加寿子との間も以前のままだったら、彼女のところで飯を食い、泊まることも可能であった。しかし、今は加寿子との関係が妙な具合になっている。あの女には別な恋人ができている。箱根に行ったと称しているのも単純な浮気でなく、そういう特定な相手ができているとも思われる。——

そんなことを思うと、それでなくとも惰性でつづいている間が、余計に興ざめとなった。興ざめのみならず、早くこっちから引導を渡したい。

だから、保子が思うほど、その留守の間は、彼にとって仕合わせではなかった。昼と夜は外食するとしても、朝はぼそぼそとトーストでも焼かなければならない。また、夜は家に帰らねばならなかった。無人のままに放っておくわけにはいかないのである。

彼は、人気《ひとけ》のないわが家に帰る味気なさを今から思っていた。たしかに保子とツノ突き合わせる憂鬱さはなくなったが、それでも独り居は索然たるものだ。

これで恭太が居たら少しは違う。

恭太も、母親が居ずに父親と二人だけだったら、いくらか気持ちが変わるのではないかと思う。あの子は子供のときから感受性が強く、だからこそ、外の環境や友人たちにすぐ影響されやすい。両親二人揃ったところでは反抗するが、父親だけとなれば気持ちも変わり、ずっと柔順になるような気がする。

保子が居なくなったのが、恭太を教育し直すいい機会だと思われるのだが、その恭太が家出しているとあっては、どうしようもなかった。どうも、うまくいかないものである。どこかが歯車の嚙み合いを狂わせている。

保子はいつごろ帰ってくるだろうか。大阪に恭太を捜しに行くといっても、三日や四日ではあるまい。早くて一週間、遅ければ二週間は頑張ると思われる。謙一は、なんだか、その間に恭太がひょっこりわが家に帰って来そうな気がした。

恭太が彼女の留守に帰って来ても、名古屋には電報を打つまいと思った。恭太が居れば寂しくはないのだ。一言も夫には相談をせず、勝手に飛び出した妻に、わざわざ帰れというような電報を打つこともなければ、恭太の無事を報らせる必要もないと思った。謙一は、自分がやっぱり恭太を愛していることを知った。

　このとき、電話が鳴った。

　交換台がつないだ電話の声は、加寿子だった。

「あら、いつお帰りになったんですか？」

　と、加寿子はすぐにきいた。

　謙一は、加寿子には京都行のことを話してなかったので、意外だった。いや、それよりもドキリとした。ルミ子のことで早速言ってきたなと思った。

「ああ、昨夜遅くだ」

　謙一は、なるべく平気そうな声を出した。

「昨日、学校に電話したんです。そしたら、北海道のほうに出張だとかで、びっくりしましたわ」

　鈴木には、外から電話がかかってきた場合、柳原博士の引っぱり出しを感づかせないために、北海道に出張したように返事してくれと頼んでいた。加寿子もその返事にひっかかったのだ。

　謙一は内心、ほっとした。思わぬところに、あの警戒が役立ったのだ。まさか、あれがこんなときに効果を表わすとは思わなかった。

「ああ、札幌にちょっと会議があってね。一晩泊まりだった」

謙一は一応胸を撫で下ろした。京都といえば、すぐにルミ子の事故死に結びつけて、ぴんとくる加寿子だ。そういう感覚は鋭い女だった。男の裏ばかり見ている商売だった。

「そう……」

加寿子はちょっと黙ったあと、

「うちのルミ子、死んだのをご存じ？」

ときいた。さすがに声に昂ぶりがあった。

「なに、死んだ？」

謙一はおどろいた声をつくった。

「いつだ？」

「昨日よ。それも京都で交通事故に遭ったんですって」

「京都で？」

謙一は、いちいちびっくりしたように問い返した。

「おどろいたな。ちっとも知らなかった」

「わたしも、もう、びっくりしちゃって……」

加寿子はさすがに息を弾ませていた。

「ルミ子のハンドバッグにお店の名刺があったんですって。それで、京都の警察から電話がかかってきたので、すぐわたしがアパートの電話番号を警察に教えましたわ」

それで、今朝アパートに電話したときの管理人の言葉と合うと思った。筋道が分かった。

謙一にはもう一つの安心があった。ハンドバッグに、彼のことが分かるような何かが入ってなかったか、という不安がこれで消えたのだ。この心配は、ずっと今までつづいていた。

また、いちばんの懸念、つまり、彼女が死の間際に、彼の名前をしゃべりはしないかと思っていたことも、加寿子の電話で完全になくなったのである。これが大きな喜びだった。

謙一は受話器を持ち替えて、思わず大きな息を吸った。

(大安心!)

謙一は心で叫んだ。

「ルミ子は思いがけないことになったし、いろいろ話があるんです。今日帰りに、ちょっとうちに寄っていただけません?」

加寿子は、急にねだるような声になった。

謙一は考えた。ルミ子の話も聞きたい。あれからどうなったのか。病院に運ばれて死んだのか、それともすでに死体となって運搬されたのか、また遺留品はどうなのか。それから、いちばん気にかかる彼女の死までの行動が、どの程度警察に推知されているのか、いろいろと知っておきたかった。

それに、今夜は家に帰っても保子が居なかった。ひとりで空家のようなわが家に帰るのはやはり気が進まない。保子と睨み合わないですむのは助かったが、自分で隣から鍵をもらい、玄関を開けて入るのは心が重かった。

「いいよ」

と、謙一は言った。

「ほんと？　そいじゃ待ってますよ」

加寿子の声は、急に若々しくなった。

「何時ごろになりそうですか？」

「五時までには行けるだろう」

「じゃ、ちょうどいいわ」

加寿子は、自分の店に大体八時すぎまでに出ればいい。今までの例がそれなのである。その間、二人きりの時間を彼女の部屋ですごす。

謙一は、窓際に寄って空気を思いきり吸った。肺が青く染まる思いである。ルミ子のことで心配していたのが跡形もなく消え、天下泰平という気分になれた。希望が湧く。このぶんだと、大島理事長の追い出しも、都合よく行きそうであった。

そこに秘書の岡本が入ってきたので、

「理事長さんは、今日は見えているかね？」

ときいた。

「いいえ、まだいらしていません」

岡本は答えた。近ごろはくろうとっぽい化粧が普通の若い女性に影響している。岡本もそれほど派手にならない程度でつけ睫毛《まつげ》をし、ふだんより眼が大きく見えた。

その眼を見ていると謙一は、死んだルミ子の人工的な眼を思い出した。あの女は化粧がうまかった。

大島理事長はどうしているのであろうか。足もとが崩れるような運動がひそかに進められているのも知らずに、相変わらずゴルフに行ったり、会合に顔を出したりしているのだろう。大島は名誉欲が旺盛だ。若葉学園理事長の肩書を利用して、ひとかどの名士の仲間に入ったつもりでいる。この前、民放のテレビに出るというので、放送日の五、六日前から鈴木に言いつけ、予告の回状を書かせた。教授や職員全部に回覧で告知させたのである。そういう低俗な男だった。

しかし、大島理事長がその虚栄心を満足させるのは、あと短い時間である。今に真っ逆さまにその地位から落とされる。もっとも、理事長の地位を追われたといっても、彼は若葉学園の大資本家だから、食うのには困らない。しかし、大島にとっては名誉の剝奪は大きな痛手だ。いよいよ椅子を追われるときは、さぞかし死物狂いの抵抗をするに違いなかった。——

謙一が加寿子のマンションに行ったのは六時だった。

加寿子はふだん着のままで待っていた。だが、いつもとは様子が違っている。ふだんより、どこか硬い表情であった。

謙一は、それを二つの意味に解釈した。一つは加寿子が箱根に行った一件だ。あのことで気がさしているようにみえる。もう一つはルミ子の死である。まさかと思うが、ルミ子の死んだ日に自分が東京に居なかったことと思い合わせ、何か気づいているのではなかろうか。

前の場合は加寿子に引け目があり、あとの場合は謙一に気の後《おく》れがあった。

謙一は、なんだか、今日が加寿子と遇う、最後の機会になりそうな気がふと起こった。

「ルミ子のこと、びっくりしたわ」

早速、加寿子は、その話だった。

「うむ、おどろいたね」

謙一は、なるべく単純な言葉を択んだ。

「ルミ子、どうして京都なんかに行ったんでしょう?」

そう言った加寿子は、チラリと謙一の顔を見た。その眼には彼の表情を観察するものがあった。

「さあ、知らないな」

謙一は、徹頭徹尾とぼけることにきめた。

「だって、ルミ子、京都になんか行くって全然言わなかったわ。休む前の日に、ちょっと具合が悪いからママ、二日ほど休ませてね、と言うから、いいわ、と言ったんだけど……」

「そうか」

「そりゃああいう子だから、いろいろと事情があると察して、べつに深くは聞かなかったけど……」

加寿子は、何かの事情といったとき、もう一度、謙一の顔を意味ありそうに見たように思えた。

「とてもひとりでなんか京都に行く子じゃないわ。誰かといっしょだったと思うんだけど……」

「………」

謙一は煙草ばかりふかして、テレビの上に載っている人形を見ていた。ケースに入った博多人形である。

いけない、こういうものを見ては、と気がついて眼を移した途端、加寿子が言った。

「ルミ子、京人形を買ったらしく、その人形が倒れた現場に落ちていたそうよ」

「ふうむ」

謙一は、どこに眼を向けていいか、ちょっと迷った。結局、窓際のカーテンに視線が止まった。

「警察の人は、その前の晩、ルミ子がどこに泊まったか、全然分からないと言ってましたわ」

加寿子は、そんなことまで聞いているらしい。

謙一は、そこに加寿子の追及があるような気がした。それを北海道出張にしているおれの留守と結びつけて疑ったのではないか。

「ルミ子は、ひとりで京都に行ったとは思えないわ。わたしにも秘密にして行ったのだから、誰かがいっしょについていたと思うわ」

と、加寿子はまだ言っていた。

謙一は、そんな話はもうよせ、と言いたかったが、それを抑えると加寿子にカングられそうなので、仕方なし相槌を打った。

「そりゃ、店の客の中にはいろいろと言い寄ってくる男があるから、仕方がないね。そんなことをいちいち咎めては彼女に気の毒だよ」

謙一は、そう言ってから、ルミ子だけではない、おまえさんだって、箱根に行ったと称して店の客の誰といっしょだったか分かったものではない、と言いたかった。だが、それはあとでゆっくりと口に出すつもりだった。

「それは分かってるけど……ただ、ルミ子は誰がスポンサーなのか分からないのよ。特定な恋人がいたとも聞いていないし、一時の浮気の相手としても、店の客の誰だか、さっぱり見当がつかないの」

「そんなことはどっちでもいいじゃないか」

「いいえ、よくないわ」

と、加寿子は奇妙に言い張った。

「どうしてだ?」

「だって、もし、彼女が男の人といっしょに京都に行ってたら、その人は彼女の死を見捨てて逃げたことになるじゃないの。それじゃ、あんまりひどいわ」

謙一はうろたえ、また胸を刺されたような思いになったが、

「相手がルミ子の事故のときにいっしょに居たとは限らないよ。途中で別れたあとかもしれない。それだったら、相手にはルミ子がそんな交通事故に遭ったことなど分かりようがないからな」

と平気を装って言った。が、内心はびくびくしていた。

「あなたは男だから、やっぱり男の味方をするのね」

加寿子は謙一の顔をさぐるように見た。

「でも、わたしにはそうは思えないわ。やっぱり男の人が、ルミ子の事故の間際までいっ

しょに居たような気がするの。そして思わぬ出来事にびっくりして、黙ったまま東京に帰ってきたような気がするわ。男ってエゴだから、そんなとき、わが身に降りかかる災難をいちばんに考えるわ」

謙一は、彼女の言葉をつとめて耳に入れないようにした。

「男は、そんなことはしないよ。女の生命にかかわるような出来事が眼の前で起これば、われを忘れて飛び出すからね」

「どうだか。そのへんは怪しいわ」

と加寿子は反対した。

「だって、男には、そういうとき、すぐに自分の体面だとか、奥さんのことだとかがいちばんに浮かぶでしょ。女とこっそり遠出しているんだから、それがバレるのを怕がるはずだわ。そりゃ、女の事故を見て気持ちは動揺するでしょうけど、何と言っても、奥さんや世間の手前が大事ですからね。浮気の相手だとなおさらのことよ。……あなたが、もしルミ子の相手の男の立場だったら、どうする？」

女と子の間

京都の事故の場合、あなたがもしルミ子の相手の立場だったらどうする、ときいたときの加寿子の顔に微笑はあったが、その裏に懸命に何かをさぐろうとする表情が隠されていた。

謙一は、楽な姿勢をとって煙草をふかした。

「おれはべつにルミ子に興味はないから、そんなことをきかれても答えようがないな」と、できるだけ何気なく言った。

「ほんとにルミ子には興味がなかったの？」

「ああ、ないね」

「だって彼女の話は面白いし、性格はさっぱりしているし、それに、ちょいとしたグラマーだったわ」

「グラマーはおれは嫌いだ。これは趣味の問題だよ。男というのは、女でさえあれば誰でもいいというわけにはいかない。殊に、ルミ子は君の店で働いている女の子だからな」

「うちで働いている子で悪かったわねえ」

「妙な絡み方をするなよ」

「じゃ、いいわ。ルミ子の相手というのを一般の場合に置きかえてもいいわ。あなたが仮に恋人を伴れて、旅先でそういう事故に遭ったら、その恋人を見捨てて帰る？　それとも徹底的に介抱や世話をしますか？」

「ぼくだったら、あとの場合を択ぶな」

謙一は、わざととぼけたような調子で答えた。

「どうだか……だって、奥さんに知られたら、困るでしょ」

「うむ、そりゃ困るけど。しかし、その場合だと、そんな意識は瞬間にどこかに消し飛んでるだろうな。これは人道上の問題だからね」

「奥さんだけじゃないわ。あなただって若葉学園の専務理事さんですから、まず、学校の名前が出ることや、世間に知られることが怕いでしょ。そんなことまで無意識に忘れられるものかしら？　わたしは、そういうものは男にとっていちばん大切だと思うけど」

「そうかな？」

「そりゃそうだわ。男の方がそこまでの地位を築くのは、大変な努力でしょ。それを浮気の相手のために一挙に棒に振るなんて意味ないと思うわ。そりゃ、一時は眼の前で恋人が車の下に倒れたのを見て、われを忘れるかしれないけど、すぐ、そのあとで、いま言ったないし、また、ぼくが言うような状況になるかもしれない。そこは、実際にそういう目に遭ってみないと何とも言えないな。しかし、まあ、げんに眼の前で女が血を流して死にそうになっているのを見捨ててゆく男は、そうザラにはないだろうな」

謙一は平然と言った。

「そう」

加寿子は、彼の顔をチラチラと見ていたが、

「わたしはどうも、男の方の心理を知っているから、男性を狡《ずる》いほうにしか考えられないのね」

「そりゃ、君が商売上男の裏を知りすぎているから、そんな邪推をするんだな。世の中には、バアの女をダマすような男ばかりはいないよ」

と、謙一は煙草の灰を落とした。

謙一と加寿子の間に少しの沈黙がはさまった。加寿子は、次の言葉をどんなふうに出そうかと考えているようだし、謙一は、次に予期される彼女の偵察の言葉をどのようにかわすべきかと思案していた。

いや、思案は、そればかりではない。加寿子が箱根に行った晩のことを、どのように問

い詰めようかと思っていた。あまり露骨ではしたないし、といって遠回しの上品な言葉では追及できなかった。

「あなたは、ちょうど幸い、ルミ子が京都で車に轢かれた日、札幌に行っていたのね」

と、加寿子は口を切った。謙一は、やはり彼女が北海道出張を怪しいと睨んでいることを知った。京都でのルミ子の相手の男を、彼だと察しているようである。もっとも、それはべつに材料があっての推定ではなく、今まで考えたように、あくまで彼女の直感であった。

「ちょうど幸いというのは、どういうわけだな?」

「あなたにはアリバイがあるでしょ。同じ日に東京にはいなかったけれど、札幌だと京都からは真反対ですからね」

加寿子は、ねちねちした口調になって言った。

「もともとルミ子とは何の因縁もないから、どこに行こうと一向におれは構わないわけだ。幸いということはないだろう」

「札幌は、どういう用事でしたの?」

謙一は、来たな、と思った。加寿子の追及は想像した通りだった。

「若葉学園の経営のことだ。向こうの大学の理事に会って打ち合わせをした。まあ、学校の用事のことを詳しく言うこともないがね」

女がそこまで男の仕事に口出しをしてはならぬと、たしなめたつもりだった。

「一晩泊まりでお帰りになったの？」

「そうだ」

次はどこで泊まったかときくな、と思っていると、果たして加寿子が言ったのはその質問だった。

「札幌は何というホテルにお泊まりになったの？」

「××ホテルだ」

謙一はデタラメを言った。が、答えの調子は明瞭であった。こんな場合、妙にためらいをしたり臆してはならない。加寿子があとで、そのホテルのフロントに問い合わせるとしても、今はあくまでシラを切ったほうがいいのである。ホテルに問い合わせて、そんな人は泊まっていないという返事をもらい、そのことで追及がきても、その場は何とかなりそうであった。それに、今すぐ彼女がホテルに確かめるわけでもなかった。

「そう……北海道はどうでした？」

「うむ、ちょうどいい気候だったな。こっちは暑いが、向こうはまだ五月末ごろの気候だからね」

「北海道はまだ一度も行ったことがないわ。今度、そのホテルに伴れてってくださる？」

加寿子は、謙一をじっと見て言った。彼を試すような眼が露骨であった。

謙一は、加寿子のその顔を見るとむっとしてきた。

「そりゃ伴れて行ってもいいが、君は北海道よりも箱根のほうがいいんじゃないか」

その言葉をきいて、今度は加寿子の表情が変わった。

謙一が、北海道より箱根のほうが気に入っているのではないかと言ったとき、明らかに加寿子の顔色が変わった。

「それは、どういう意味？」

加寿子は屹《きつ》となった。

「だって、この前箱根に行ってずいぶん気に入っていたようだから」

謙一は、別のところに眼をやって言った。

「なんだか、奥歯に物のはさまった言い方ね。そりゃ、この前箱根に行ったけど、あのとき話したように、兄たちといっしょだったわ。それを、あなたは何か邪推してるの？」

加寿子は睨んで言った。

「べつに邪推はしてない。ただ、そう思っただけだ」

「分かったわ。あなたは、わたしが誰か男の人といっしょに、箱根に行ったように思っているのね。……それじゃ、たしかめてみてください。旅館の名もわかってるから、電話をかけたらいいわ。係の女中さんの名前もちゃんと聞いておいたから」

加寿子は懸命に言った。

謙一は知らぬ顔で聞いていた。

旅館の係の女中の名前をわざわざ言っているのは、多分、その女中を買収しているのに違いなかった。そういう点、抜け目はあるまい。

加寿子はおそらく、その手を使っていると思った。が、証拠がないので追及はできない。しかし、加寿子が不自然なくらい強く主張するのが、かえってそのことを謙一に信じさせた。

「それなら結構だ。何も言うことはないよ」

と、彼は新しい煙草に火をつけた。

「変なことを考えているのね」

加寿子は、謙一を変わらぬ眼つきで凝視していた。それも彼女のやましさを思わせる。

「君がどこに行こうと、君の自由だからね」

謙一はうそぶくように言った。

「変な言い方をするわ」

加寿子は腹を立てたように横を向いたが、その顔を急に彼の上に戻すと、

「あなたこそ北海道に行ったなんて、どうだか分からないわ」

と言い放った。

「ふん、そう思うならどうとってもかまわないよ」

謙一は天井を見上げた。

「北海道だか京都だか、分かるもんですか」

加寿子が言ったので、謙一は突然起ち上がった。

「帰る」

加寿子は見上げて、

「都合が悪くなったから帰るというんでしょ」

と、きつい眼を向けた。

「そっちでそこまで言うなら、もう何も答えることもない。……ただ、言っておくがね、あんまり非常識な言葉は口にしないことだよ」

「…………」

「じゃ、これで」

加寿子が突然起ち上がって謙一の腕に武者ぶりついたのは、そのときだった。

謙一はタクシーで家に向かった。時間はまだ七時前である。

加寿子のところであんな結果となり、思ったより帰るのが早い時間になった。

彼の眼には、たった今の情景が残っている。武者ぶりついた加寿子を、彼はいきなり突き放した。女は何か言って、もう一度とりついてきたが、彼はいきなり手で彼女に頰打ちを喰わせた。加寿子が手で押えてうずくまった。ドアを閉めるまでが女の突っ伏した姿だったのだ。その姿が未だに眼のさきにつづいている。

――これがいいきっかけかもしれない。

謙一は、加寿子と別れるときが来ていると思った。

しかし、あのままでは済むまいと思った。これで女のほうが黙って別れてくれたら言うことはない。もう、こちらは未練も何もなかった。だが、女のほうでは、そうはゆくまい。別な相手を見つけるまでは何かと言ってくるであろう。もっとも、箱根のことはだいぶん怪しいから、すでに、その目当てができているのかもしれない。

それにしても、北海道行のことを京都に当てはめたのは、やはりさすがだと思った。ルミ子の相手をちゃんと見抜いている。

謙一は、それが少し心配になった。だが、破綻はない。彼女の想像はあくまでも直感で、何も証拠がないのだ。言い立てられても困ることはない。

ただ、厄介なのは、実際に自分が京都に行っていることを、鈴木事務局長はじめ学校の一部の者が知っていることであった。しかし、それにしても、京都に行ったというだけで、ルミ子を同伴したということの確証はないのである。柳原博士に会ったのも単独だし、京都中を車で回ったことも、べつに彼だと知っている目撃者はいなかった。ただ、Mホテルだけが心配だが、これは別なところに泊まったと言い張ればいい。

犯罪ではない。これが人殺しだと警察の追及を受けるが、交通事故で死んだ女を黙って置いて帰ったというだけである。証拠がない限り、ほかの者がいくら何を言ってもそれなりのものだし、警察のように強権を持って捜査するわけでもない。

タクシーはなかなか進まなかった。いくつかの交差点でも渋滞し、のろのろ運転である。いつもの謙一だったらいらいらするところだが、今晩は留守の家に帰るかと思うと、かえって車の遅いのが気に入った。

「これじゃ、まったく商売になりません」

と、運転手のほうが言っていた。

「お客さん、お宅に帰る、どこか近道はご存じありませんかね？　こんな状態じゃいらいらするだけです」

「近道は知らないね。それに、このごろはみんな近道を択んで狭い路に入りこむから、かえってそこが混み、暇がかかるよ」

「まったくですね。どの運転手も近道をおぼえましたからね」

普通三、四十分くらいで着くのが、一時間近くもかかった。

車を降りて、暗い玄関の格子戸に手をかけたが開かなかった。そこで、妻が隣家に鍵を預けているのに初めて思い当たった。

謙一は隣家に鍵をもらいに行った。

「奥さまが急に名古屋のほうにいらしたそうで、しばらくご不自由でございますね」

と、隣の中年の主婦は玄関で鍵を渡してから言った。眼鏡の奥の眼がじろじろと謙一の顔を見ている。どうして急に細君が名古屋に行ったのか、その事情を読み取ろうとしている顔だ。好奇心がその顔にいっぱい出ている。

「どうも」

謙一は鍵をポケットに収めて、なるべく余計なことをきかないようにした。この主婦は近所歩きをしていることで有名だった。噂の好きな女であった。

「名古屋の親戚のほうに何かご不幸でも?」

眼鏡の主婦は訊いた。おそらく保子にも同じことをたずねたに違いない。

「いや、不幸ではないようですが、ちょっと名古屋のほうに事情が起こりまして」

謙一は鍵をもらってからは、もう逃げ腰になっていた。

「まあ、さようでございますか。それで、いつごろ、奥さまはお帰りで?」

「さあ、四、五日ぐらいじゃないかと思いますが」

「お坊っちゃまもごいっしょで?」

隣の主婦は、恭太が家にいないのを知っている。それから、恭太が家の中でどんな所業をしているかも、うすうす察しているようだった。恭太が暴れたとき大きな音がするので、それが分かっている。恭太の家出を知っていて、わざときいているのだ。

「いえ、そうでもないいんですが、帰るときはいっしょだと思います。……では、これで失礼します」

と、謙一は玄関を足早に出た。出てから、おしゃべりの眼鏡の女を呪った。

玄関を開けて中に入った。どこも真っ暗である。手さぐりでスイッチをさがし当て、まず玄関の灯をつけた。そのうす明かりから、あとのスイッチのありかが分かる。

座敷に通って、ぼんやりと立った。洋服を着かえる気もしない。話しかける相手のいない家にいるのは十何年ぶりだった。どうにも落ちつかなかった。

部屋の掃除もろくにしてなかった。そそくさと出かけた保子のことを考えて腹が立ってきた。これが女房の仕返しというのか。保子への腹立ちは加寿子への怒りとは別な性質だった。ずっと深刻なのである。二十年間近くいっしょに暮らしてきた生活の深さであった。

謙一は空腹を覚えた。加寿子のところに寄ったとき、そこで飯でも食うつもりだったが、あんな結果になって、何も口に入れないで帰った。途中も店に寄って食べるのを忘れていたのである。腹が立ったあとは、そういう感覚まで鈍化するようだ。

冷蔵庫を開けてみた。食べるものは何もない。むろん、晩の支度もしてなかった。

謙一は、これでは、もう一度外に出かけて何か腹に入れなければならないと思い、このまま出かけようとして台所から離れたときだった。

座敷の隅にある電話が鳴った。

部屋の電話の音を聞いたとき、謙一は加寿子かもしれないと思った。

しかし、これまで一度も夜かけてきたことがないので、違うかもしれないと思い返した。もっとも、あんな口争いをしたあとなのでふだんとは違うだろう。

謙一は受話器を取った。もしもし、と言ったのは男の声だった。加寿子ではなかった。

「そちらは石田さんのお宅ですか？」

男の声には東北訛りがあった。

「そうです」

「ご主人はおられませんか？」

声の調子は、どこか横柄なところがある。

「どちらさまですか？」

謙一はむっとしてきき返した。

「こちらは象潟《きさかた》署の者ですが……」

謙一は警察からと知って、急に動悸が搏った。ルミ子の一件がバレたと思ったのだ。よく考えてみると、今までは殺人事件ではないから警察が介入しないと思っていたが、交通事故は警察の管轄である。してみると、ルミ子の同伴者だったことが分かれば、参考人として警察に事情聴取されることもあるのだ。謙一は息が弾んだ。

「石田恭太さんというのはあなたの息子さんですか？」

東北弁はきいた。

「はあ、そうですが」

謙一は、突然、危機の場面が急転したようになった。警察の電話はルミ子の事故ではなかった。その代わり、恭太のことである。

家を出ている恭太が警察沙汰を起こした。――謙一は、日ごろから感じていた不安が現実となったと思うと、声までうろたえた。

「子供が何か起こしたのでしょうか？」

「実は、お宅の息子さんがポケットに短刀を入れて、浅草を歩いておられたのです。パトロールの巡査が職務訊問して分かったのですが。いま当署に保護しています。息子さんにききますと、あなたの名前と電話番号を言ったので、こうしてお報らせするのです」

恭太が短刀を持って浅草をうろついていたというので、謙一はますます不安になった。

「子供が短刀を持っていたと言われましたが、何か悪いことでもしたのでしょうか？」

謙一はおびえてきいた。

「いや、それは今のところありません。しかし、物騒ですからね。土地の若い者や不良学生と喧嘩でも起こしたら困りますので、こっちに留め置いています。どうなさいますか？」

どうするかというのは、保護のまま留め置くか、それとも引き取りにくるかということらしかった。

「すぐ今から参ります。どなたをお訪ねしたらいいでしょうか？」

「少年課の片山警部補を訪ねてきてください」

謙一は電話を切ったあと、しばらくぼんやりとした。

恭太が家を出てから二日経っている。その間、どこに行ったか分からなかったが、いま象潟署に保護されたことが分かった。短刀を持って盛り場をうろついていたのかもしれない。

電話の片山警部補の話では、どうやら恭太は単独らしく、ほかに友だちはいなかったようである。

謙一は、タクシーを飛ばして象潟署に行った。ついたのが九時すぎだった。

電話で聞いた東北訛りの片山警部補は、カウンターの中の事務室にいた。正面の奥の机に坐っている警部補の傍らに、謙一は署員に案内された。

「石田ですが、どうも、このたびはご面倒かけました」

と、謙一は赤くなるような思いで名刺を出した。

官服の、赧ら顔の、肥った警部補は、椅子から起って、

「片山です。わざわざご苦労さまです」

と、名刺を眺め、机の上に丁寧に置いた。

「どうぞおかけください」

「はい」

夜の署内はがらんとしていた。片隅の机に二、三人、巡査がいるだけであった。謙一は、少しは気が楽だった。これで昼間のように多勢の中だったら、どんな恥ずかしい思いをさせられるか分からない。

「電話でひと通りお話ししたような始末です。坊っちゃんは、すぐにここにお呼びしますから」

「どうも面目ない次第です」

と、謙一は頭を下げた。

「いやいや、あの年ごろにはよくあることですよ。ただ、短刀を持っておられたのがいけませんでしたね」

「申し訳ありません」

「聞けば、来年は大学進学だそうですね」

「はい」

謙一は、頭が上げられぬ思いだった。

「今がいちばん大切なときですな。いや、これは釈迦に説法でした。あなたは若葉学園の専務理事さんですから……」

謙一は身体を縮めた。

「まったく何とも申し訳がありません」

警部補にどんな皮肉を言われても、今の場合、致し方がなかった。

「いや、これは妙な意味で申し上げてるんじゃありません。どうか、そこは誤解のないように……今の親はみんな子供に苦労しますね。わたしのほうにも高校二年生と中学三年生がいますが、やはり母親が苦労しています。いつまた、どこかの警察のご厄介にならないとも限らないと思うと、心配でなりませんよ」

片山警部補は笑った。謙一を気楽にさせる心遣いがみられた。

「君」

と、警部補は向こうにいる巡査に呼びかけた。巡査がくると、眼配せをした。

「坊っちゃんに聞くと、もう二日前から家をあけられているそうですね」

警部補は、巡査が立ち去ったあと言った。

「はい。何も言って行かないものですから、あれの友だちにいろいろきいていたところなんです」

「その間、二人の友だちのところに泊まっていたと言っていますよ」

「警部補さん、短刀を持っていたと言われますが、そんなものは家には無かったはずです。どこかで買ったのでしょうか？」

恭太は短刀をどこで手に入れたのだろうか、と謙一がきいたとき、警部補は、

「友だちが持っていたので、なんだか自分も欲しくなって、金物店で買ったと言っていましたな」

それから謙一を見て、

「そういえば、お金を三万円ほど持っていましたが、あれはお宅でお持たせになったのですか？」

と、ちょっと鋭い眼になってきいた。

「そうだと思います。実は、わたしの居ない間に、子供が母親から五万円ほどせびり取って出て行ったそうですから」

謙一は赤くなったまま答えた。

「五万円？　そりゃ少し多すぎましたな。いや、坊っちゃんが言われたのもその通りでした。二万円は、泊まった友だちが貸してくれと言ったので、貸してきたのだそうです」

謙一は情けなくなった。外では友だちにへつらう恭太の性格が、それだけでもはっきりと分かる。一万円ずつ渡してその友だちの機嫌を取ってきたのであろう。しかも、その友だちは一晩泊めただけで、翌日は恭太を追い出している。恭太は泊まる所もなく、浅草の繁華街を、短刀を持ってうろうろしていたのだ。

家では野獣のような子供だが、外ではまったく意気地がないのである。謙一は、そんな恭太が少し可哀想になってきた。

そこに、さっきの警官に連れられて恭太が入ってきた。警官の手前おとなしそうにしていたが、父親の姿を見ると、少し不貞腐れた様子をみせた。バツが悪そうでもあった。たった三日しかたってないのだが、恭太は痩せていて、顔色も悪かった。この子はこの子なりに、家出してからは不安だったのである。

「恭太君、お父さんが迎えにいらしたよ」

と、片山警部補は微笑を子供に投げた。

恭太は俯いていた。

「恭太」

と、謙一は椅子から腰を浮かした。

「おまえが出て行ったきり帰ってこないので、お父さんはずいぶん心配していた。今夜、こちらの警察の方からお報らせを聞いて、びっくりして飛んできたんだ。まあ、大きな事故を起こさなくてよかった。お父さんはおまえが無事でいたのでほっとしているし、あまりいろいろなことはきかないつもりだ。さあ、帰ろう。みなさんによく頭を下げるんだよ」

恭太は上眼づかいに父親を見ていたが、それでも言われた通り、片山警部補や、そこに立っている巡査に頭を下げた。

「恭太君、お父さんがこられてよかったな。しかし、もう二度とあんなことをして、お父さんやお母さんに心配をかけるんじゃないよ。君があんな所を歩いていると、悪いやつが寄ってきて、どんなことを言って誘いかけるかしれない。浅草は怕《こわ》い所だ。喧嘩も毎晩のようにあるし、ときどき人が殺される。……でなかったらヤクザな若い者が、うまい言葉で誘惑するからな。そうすると、知らず知らずに悪い道に入ってゆく。君は今がいちばん大事なときだ。勉強を一生懸命しなくてはな」

警部補は、しんみりと恭太に訓戒した。

警察署を出ると、謙一は恭太と大通りに立った。恭太は、さすがに元気のない恰好でおとなしくしていた。

「恭太」と、謙一は息子を見おろして言った。「おまえ、お腹、空《す》いていないか？」

恭太は黙って首を振った。

「そうか。警察署で食べさせてもらったんだな？」

恭太は黙っていた。

「おいしかったか？」

「………」

「おいしくなかっただろう。弁当をもらっても、みんな食べたのではないな？」

恭太は微かにうなずいた。

「そうか。それでは、これからどこかでご飯を食べようか。お父さんもお腹が空いている」

恭太はけげんそうに父親を見上げた。

「お母さんは留守なんだよ」

「………」

「名古屋に行ったんだ。おまえが大阪に行くと言って家を出たものだから、おまえをいっしょに捜すため、名古屋の伯母さんのところに寄っている」

恭太は顔を硬張らせた。その表情だけでは、母親に悪いと思っているのか、むくれているのか分からなかった。

「お母さんは、それほど心配しているのだ。お父さんももちろんだよ。おまえが家に居ない間、睡れないほど気にかかったよ」

恭太は少し俯いた。

謙一は、署を出たら、恭太が彼に反抗して、勝手に逃げて行くのではないかという不安があったが、今の恭太はまったく子供であった。ルミ子に同棲してくれといった大人っぽいところは少しもなかった。

「とにかく渋谷まで行こう。あすこなら、何かうまいものがあるだろう」

謙一は地下鉄に降りた。その間も、気づかないうちに恭太が逃亡しそうな危惧が去らなかった。が、恭太は、やはり素直に謙一の座席の横にならんだ。

近くに人が居るので、謙一は恭太にはもう話しかけなかった。いや、このまま家に帰っても叱らないでおこうと思った。いま、感情を刺戟すると、かえって悪い。恭太も現在は柔順なのだ。自分でも悪いことをしたと覚《さと》っている。ここで叱責すると逆効果になりそうであった。

電車の中を見渡した。ひとりで坐っている客の顔は憂鬱げであった。何か屈託に耽っているようである。それぞれが個人的な悩みと家庭的な苦悩を背負っているように思えた。電車の吊りポスターだけが、赤や青い色を頭の上になびかせていた。

そのうち、謙一は恭太の様子が少しは生気をとり戻してきたように思えた。さっきまで悄気《しょげ》ていたが、だんだん元気をとり返しているようである。

謙一は、はじめ、それを、いやな警察から出て自由な世界に入った歓びだと解釈していた。

謙一は恭太と、渋谷駅前の食物店街に入った。十時を過ぎて、この辺は、どの店も客がいっぱいだった。酔っている者も多かった。

「中華料理でも食べるか？」

と、謙一は看板を見て恭太にきいた。

店内に入ると、焼きそばを頼んだ。ご飯より焼きそばのほうがいいと恭太は言った。ようやく口を利いてくれたのである。

父子はならんで焼きそばを食べた。

「明日から学校に行けよ」

と、謙一は言った。

「夏休みももうすぐだからな」

反応をみると、それに恭太は黙ってうなずいていた。

謙一は、恭太の変化は三日間の経験のたまものだと思った。二晩は友だちのところに泊まったというが、二万円を体よく巻き上げられている。そこから追い出されて行く先もなく、浅草に向かったのであろう。せめて人ごみの中を歩くことで孤独を紛らわしていたのだ。そう思うと、謙一は恭太がだんだん可哀想になってきた。恭太も今は、父親にずっと寄り添うようにしていた。

「うんと食っておけ。家に帰ってもお母さんが居ないから、何も食べるものは無いからね」

恭太は、うむ、と言ってうなずいた。

その様子を見て謙一は、はじめて、この子が母親の居ないことに解放感を感じているのを知った。象潟署を出てすぐに、母親が名古屋に行ったことを話したのだが、そのときは少し困ったような顔をしていた。だが、だんだん時間が経つにつれて、恭太に元気な様子が見えてきたのである。明らかに母親の居ないのを喜んでいるのだった。

謙一は、それに気づくと、いま、自分になついてきている恭太に、初めて愛情をとり戻した。

恭太は焼きそばの皿をカラにした。それからバンドをゆるめた。

「腹がいっぱいになったか？」

「うむ」

「じゃ、出よう」

二人は中華料理屋を出た。それから、駅前のタクシー乗り場に歩いたが、恭太の足どりはずっと軽くなっていた。

タクシーに乗ってからも、恭太は窓の外を一心にのぞいている。それは、普通の子供とまったく違いはなかった。乱雑な部屋の中で暴れ回っていた姿は、そのどこからも想像できなかった。ルミ子の店に通う姿でもなかった。

「恭太」謙一は言った。「おまえがこうして無事に帰ってきたんだからな。名古屋のお母さんに報らせてやりたい。明日でも電報を打とうか？」

「………」

恭太は窓から顔をはなし、座席に背をもたせた。また不機嫌な顔になっていた。

「それとも、おまえが帰ったことをお母さんには報らせるだけ報らせて、もう少しお母さんは、名古屋の伯母さんとこで遊んでくるように言おうか？」

恭太は黙っていたが、今度は顔を勢いよくうなずかせた。

謙一は恭太と、妻の居ない家に戻った。

父子はならんで書斎に入った。

「恭太、もう、あんなことはしないだろうな？」

恭太は黙っていた。うなずきもせず、首も振らなかった。眼を下に向けていた。

「警察で警部補さんも言ったように、今がおまえの勉強のいちばん大事なときだ。それはかねがねお父さんも言っている。人生の最初のつまずきは重大なんだ。大きくなってからのつまずきも多いが、最初のは、その人間の人生を決定的にする。あとのは、それほどでもなく切り抜けられるがね。これ以上何も言わないから、これからは勉強に打ち込んでくれ。今からだって大丈夫だよ。立ち直ってみんなに追っつくことだな。負けはしないよ」

恭太は黙って聞いていた。日ごろだと、親父の説教が煩わしいとか、またはじまったとか言って、ろくに耳もかさないのだが、今は違っていた。警察官につかまったことが、かなりショックだったようである。

それなら、この子はまだ見込みがあると謙一は思った。

「おまえ、短刀を買ったそうだが、それはどうした？」

「警察に取りあげられた」

恭太はぽつんと言った。

「そうか。……もう、あんなものを持って歩くんじゃないぞ。どうして、あんなものを買う気になったんだ？」

恭太は黙っていた。

しかし、恭太のその姿を見ると、謙一は短刀を買う理由が何だか分かるような気がした。この子には本当の友人がいない。家庭も心からはなれている。すると、ひとりぼっちの彼には、ふところの短刀がせめてもの頼りと勇気だったかもしれない。

「お父さんはな、おまえがちゃんと勉強をしてくれるなら、どんなことでもしてやりたいのだ」

と、謙一は言い出した。

「勉強、勉強と頭から押しつけがましいことは言わない。おまえが思う通りなことをまじめにやってくれたらいいのだ。お父さんは大いに応援するよ」

「…………」

「今までのおまえは、友だちの影響もあってか、少し変だった。自分でもそれは気づいているだろう。自分から進んで、あんなことをしたかったわけじゃないだろうからな」

恭太は黙っていた。

「どうも、おまえはお母さんには反抗するようだが、お母さんだっておまえのことをおれ以上に心配しているんだぞ。おまえはお母さんの言うことだと面倒臭くなるらしいな」

「まあ、しかし、よかった。おまえが無事だったのはな。さあ、部屋に帰ってゆっくり寝《やす》め」

「お母さんは、いつ帰るんだい？」

と、恭太は突然きいた。

「明日、おまえが戻ってきたことを電報して、四、五日、そっちに居るようにすすめよう。お母さんも、久しぶりの伯母さんの家だから、安心して逗留するかもしれないな」

「おふくろは当分帰らないほうがいいよ」

恭太は言い捨てて部屋を出た。廊下を足速やに歩く音が聞こえた。

謙一は学校に出た。

今朝は恭太といっしょだった。恭太とは四つ角で別れたが、小わきに鞄を抱えたうしろ姿を見ると、実際に学校に行くように思えた。

あの子はどうやら友だちからも、疎外されているらしい。だからこそ二万円も二人の友だちに差し出したのだ。ご機嫌とりである。

しかし、ルミ子も死んだ。恭太も悪友からはなれてゆく。これでうまくゆくように思えた。恭太がルミ子に思慕を寄せたのは、友だちが原宿の店に連れて行ってからだ。その友だちが恭太を疎外したとすれば、二度とああいうケースは起こらないと思えた。あのまま友だちとつき合っていると、またいつ第二、第三のルミ子が現われないとも限らない。

恭太は、その友だちのことでは一言も言わなかった。謙一は、昨夜もそれをききたかったが、またこじれるといけないと思って、口をつぐんでいたのだ。しかし、恭太が泊まって一万円を出したという友だちには、大体の心当たりがついている。一人は石川で、一人は村岡という子だろう。

石川のほうは親父が建築設計屋である。設計屋は近ごろ建築ブームで金回りがいい。また、村岡のほうは父親が会社の課長で、母親が薬剤師として、どこかの病院に勤めている。夫婦共稼ぎだ。

この環境を見ただけでも、その二つの家庭の子供が悪くなってゆく原因が分かるような気がした。一方の家庭は収入が多く、もう一方の家庭では両親が留守がちであった。

謙一は、あの二人の友だちから恭太がはなれてくれたら、どんなにいいだろうと以前から思っていたが、どうやら、それは二人のほうから恭太を突き放したようである。二人は、おとなしい恭太をさんざん利用し、揶揄《からか》い、バカにしてきたのだ。恭太のような性格では、二人の強靭な根性には太刀打ちできない。恭太の家での乱暴はその二人の影響で、見真似であった。そして、友だちの言うままに従う恭太のやる瀬なさが、家で爆発していたのである。

しかし、そのうちまた、あの二人が恭太に近づいてくるかもしれなかった。恭太の留守に電話でもかかってきたら、今度は強く言ってやろうと思った。場合によっては先方の親に会って話してもいい。

それにしても、恭太が母親を嫌うのは予想外に深かった。謙一もこれほどまでとは思わなかったのである。

今朝も朝飯をつくるのに恭太のほうから進んで手伝った。母親の留守がすっかり気に入った様子だった。

これは困ったことであった。そう無限に保子を名古屋におくわけにはいかない。保子が帰ってきたときが、また問題である。

保子には、そのことをよく言い含めておこうと思ったが、この表現が微妙である。彼女が子供に嫌われていることをあからさまに言うわけにはいかないし、さりとて体裁よく言えば意味が徹底しない。謙一は保子の戻らないうちから、そのときの悶着を思って憂鬱になった。

投書

謙一が学校に出ると、鈴木事務局長が部屋に入ってきた。

秘書の岡本は、鈴木の様子から察して気を利かし、すぐ出て行った。

「石田さん、これを見てください」

と、鈴木はうすら笑いしながら内ポケットから一通の封筒を出した。

表は「若葉学園理事様」とある。裏を返すと「一卒業生」とあった。

「消し印を見てください」

鈴木が注意したので切手のところを眺めると、三日前の日付で、大阪中央局となっていた。

「ぼくがある女性に書かせて、さらに大阪に行く別な人間に託して投函させたんです」

謙一は、あのことだなと、すぐに察した。便箋をとり出した。やさしい女文字である。

謙一は読みはじめた。

「わたしは若葉学園の卒業生です。都合によって本名が名乗れないのは残念ですが、愛校心は人一倍強うございます。今は大阪で家庭の者となっていますが、母校のことは一日も忘れたことはありません。

このような手紙を出すのをずいぶん迷いましたが、愛校心のため思い切って書くことにいたしました。

先日のことでございます。わたくしは三重県の鳥羽に主人といっしょに子供をつれて参り、あるホテルに泊まりました。そのホテルは鳥羽湾を見渡す景色のいい所でございます。わたくしが朝、飽かずに海のほうを眺めておりますと、ふと、下の道を通る男女づれが眼に止まりました。そして思わず、あっ、と叫んだことでございます。

ここから書くのは忍びないことですが、今も申した通り、愛校心のために勇を鼓して書くことにします。その男の方は若葉学園の大島理事長さんです。それから、同伴の女性はなんと学生課の秋山千鶴子さんではありませんか。秋山さんは、わたくしの在学中、よくその顔を見ておりますし、それに秋山さんに呼びつけられて叱言を喰ったことがありますので、よく存じあげています。

わたくしは、そのとき自分の眼を疑いました。まさか大島理事長と秋山さんとが、こんな所を仲よくアベックで散歩しているとは思いませんでした。でも、眼を凝らして見ると、まさにお二人に間違いありません。朝のことでしたが、大島理事長も秋山さんもホテルの浴衣を着て、その上に半纏を羽織っておられました。それに、お二人は手をつなぎ合って、まるで若い恋人同士のようでした。

わたくしは大島理事長が秋山さんと結婚したことも聞かないし、また大島理事長が奥さんを亡くされたことも承っておりません。わたくしはぼんやりとお二人のうしろ姿を見送っておりました。

それでも、わたくしはお二人がそういうお仲になっているとは信じられず、あるいは学生の引率でこられて、その間の軽い気持ちの散歩だと信じたかったのです。けれど、ホテルのフロントにきいてみて、お二人の名前もまったく違うし、もちろん、学生の引率でもないことを知って、眼の前が暗くなりました」

「いかがですか?」

謙一が手紙を読み終わったのを見て、鈴木事務局長が横合いからきいた。うすい笑いを含んだ声だった。

「なかなかよく出来ているね」

謙一は言ったが、内心、気がとがめないでもなかった。このような手紙で相手を追い落とすことに、やはりうしろめたさが感じられる。しかし、どうせ相手を無理に追うのだ、五十歩百歩という気もした。

「女文字のようだが、誰が書いたんだね?」

謙一は手紙から鈴木の顔に眼を移した。

その鈴木は眼を細めて、

「実は、ぼくの家内の妹に書かせたんです。文章も妹が考えてくれました。ちょっと、やるでしょう」

鈴木はしたり顔でいった。

「奥さんの妹さんというのはいくつだね？」

「二十六です。まだ独身ですが、いわゆる才女のほうですよ」

「もちろん、口は固いだろうね？」

「その点、ご心配はいりません。信用していい女です。事の重大さを十分に知っていますから」

「発信局は大阪になっているようだが？」

「大阪に行く知り合いに頼んで、向こうで投函させたんです」

投書者は匿名になっている。当然だ。本校の卒業生が、旅先の理事長のスキャンダルを通告したのである。本名を書くほうがおかしい。

「これを秋山千鶴子につきつけてやりましょう。はじめは、ぼくがその役を引き受けたいと思います。はじめからあなたが、出られるのも、妙ですからね」

「うむ、順序としてはまず君にやってもらうほかはないだろうな。ところで、大島さんは、今日はずっと出てこないのかね？」

「その点は確かめてあります。今日と明日は、お休みだそうです」

「大島さんが出てくると少し厄介だ。やるなら留守の間だね。大島さんが居ると、秋山千鶴子のことだ、泣き喚いて理事長室へ直訴に駈け込むだろう」

「そうなんです。……ぼくは今から予想しているんですが、あの女は必ずぼくに立ち向かってきますよ。おとなしく頭を下げて泣くようなタマじゃありません」

謙一は、秋山千鶴子のヒステリックな顔を浮かべた。怒りに震えて鈴木に食ってかかる情景が、眼に見えるようだった。

「君でもたじたじだろうね？」

「とても太刀打ちできないと思います」

鈴木も苦笑して頰を搔いた。

「ですから、そのあと、よろしくお願いしますよ」

「いつ、やるんだね？」

「早いほうがいいと思います。大島さんが留守という点もあって、今からはじめようかと思うんですが」

「どこに呼んで訊問をするんだね？」

「ぼくの部屋にしましょう。ほかの者には遠慮してもらって、外に出してから彼女を呼び入れます」

鈴木が出て行ってから二十分ほど経った。

謙一は窓辺に立って庭を見た。強い陽射しが植込みの椿の葉に降りそそいでいる。一枚一枚の葉が強烈な光を弾き返している。謙一には、その真っ白な光線が、あたかも今「訊問」中の鈴木に向かっている秋山千鶴子の抵抗のように思われた。

鈴木が言うように、秋山は決して単純には降伏しないであろう。それが彼女の生命の終わりになるからである。必死に抵抗するのは当然だし、そのうえ、彼女の拠りどころは大島理事長である。一事務局長の前に、簡単に頭を下げる道理はなかった。今も人払いをした鈴木の部屋で眼をつり上げている彼女の顔が見えてくる。鈴木の言うように、そのあとの対決がこっちに回ってくる。二十分後か三十分後か、とにかく昂奮した秋山千鶴子の顔をここに迎えるのも、そう後ではないと思った。

謙一のほうが、今から動悸が激しくなるのだった。

この息苦しさを柔らげるためにほかのことを考えようとした。

思いついたのは恭太のことである。今朝はいっしょに家を出て、学校に行ったはずだ。日ごろの恭太を考えると見違えるような素直さだったのだ。母親が居ないほうが、彼には都合がいいらしい。父親と二人になったというせいかもしれない。反抗の方向を失ったかたちである。

謙一は、名古屋の義兄の家に電話することにした。今朝からそれは考えていたが、つい、先に引き延ばしていたのだ。秋山千鶴子が入ってくる前に、その用事を片づけることにした。気分を紛らすには、恰好かもしれない。

電話に出たのは義兄だった。おとなしい男である。土地の会社で役員をしているが、出社してもしなくてもいい身分だった。つまり、現場を持たない閑職役員である。

「やあ」

と、義兄は言った。若さのない声である。

「ご無沙汰しています」

「いや、こちらこそ」

「お変わりはありませんか？」

「相変わらずだね。こうして昼間から留守番を仰せつかっているくらいだから、たいてい分かるだろう」

義兄は力のない声で笑った。義兄も妻の下に敷かれている。

留守番と聞いて謙一は、妻の保子が姉といっしょに大阪に行ったことを知った。

「今度は保子が突然お邪魔しまして……」

「いや、そのことだ。ウチのやつも、恭太君のことではだいぶん心配していたよ。どこの親も、子供には泣かされるね。今朝から二人で大阪のほうに行っている。心当たりを捜すそうだが、いよいよとなれば警察にすがるほかはないと言っていたがね」

謙一は、すぐにはあとの言葉が出なかった。

「実は」

と言って、唾を呑みこんだ。

「恭太が家に帰ってきたんです」

「なに、帰った？」

「はあ、ちょうど保子が出て行った日の夕方ですが、ひょっこり戻ってきたんです」

浅草で警察にひっかかったことなどは言えなかった。

恭太が家に帰ったと聞いて、義兄は電話の向こうでちょっと黙った。拍子抜けがしたのかもしれない。

「よかった。そりゃア、戻って何よりだった」

義兄は急に大きな声で言った。

「はあ、どうもご心配をかけまして」

「いや。……ところで、保子さんには、早くそれを知らさないといけない」

「そうなんです。まだそちらにお邪魔してると思って。つい、連絡が遅れましたが」

「もう少し早かったら間に合ったかもしれない。もっとも、二人は今朝七時の汽車で大阪に行ったんだがね」

「大阪から連絡があることになっていますか？」

「うむ、夕方、ぼくのところに電話がくることになっている。そのときに君から聞いた話を伝えよう」

「そうお願いします。ただ……」と、謙一は急いでつけ加えた。「保子には、もう少しそちらでゆっくりしてくるように言っていただきたいのですが」

「何だって」と、義兄は変な声を出した。「東京に真っ直ぐに帰らなくてもいいというのか？」

「そうなんです。せっかく名古屋に行ったことだし、ゆっくり遊んで帰るようにしたいんです。こういうときでないと、たびたび名古屋にも伺えませんから」

「それはそうだが……しかし、恭太君を探しにこっちに出てきたんだからね、保子さんだって早く引っ返したいだろう」

「いや、恭太はもう心配ないんです。非常におとなしいんです。今朝もぼくといっしょに家を出て、学校に向かいました。そう言ってはなんですが、母親の居ないほうがのん気のように見受けます。先のことは分かりませんが、あれが帰ると、かえって恭太の感情を刺戟しそうになりそうです。……保子だって大阪くんだりまで、あれを捜しに行ったのですから、帰れば当然、恭太に文句の二つや三つは言わないと気が済まないでしょうしね。そうなると、かえって困るんです」

「なるほど」

義兄は、分かった、というような声で言った。

「そのへんは察しがつかないでもない。とにかく夕方の連絡で君の話を伝える」

「はあ、お願いします」

「しかし、なんだね、子供が大きくなると、いろいろとやりづらくなるね」

「はあ」

「君の気持ちもよく分かる。子供だけじゃない。亭主も当分女房が居ないほうが、気が静まるよ」

義兄は本音を吐いた。

保子の姉は保子以上に面白味のない女だった。義兄はいつも妻に遠慮している。

「どうもご心配をかけました。では、よろしく」

「いや、こちらのほうは何もできなくて……せいぜい保子さんを引き留めておくよ」

義兄は笑い声で電話を切った。

謙一が名古屋の電話を終わったところへ、鈴木が入ってきた。鈴木の顔は昂奮で赤くなり、しかも困惑し切った苦笑が浮かんでいた。謙一は、それだけ見ても秋山千鶴子を持て余してきた鈴木が想像できた。

「弱りました」

と、鈴木は謙一の机の前にきて言った。

「とても手がつけられません。案の定です」

謙一も笑った。

「一体、彼女、どう言ってるんだね？」

「まったく身に覚えのない中傷だというんです」

「そりゃ初めから言いそうなことだと予想していた」

「ところが、その言い方がたいへんなんですよ。急に逆上しましてね。はじめ手紙の話を切り出すと、秋山君はさっと顔色を変えましたが、それから眼をつり上げて、すっかりヒスの状態になってしまいました。もう、こっちの言うことなど、まともには聞いていません。もう狂人ですね」

「そりゃ、痛いところにさわられたから、逆上したんだろう」

「そうだと思いますけど、こっちの調べも何もできたものじゃありません。そんな中傷をするのなら、すぐさま大島理事長のところへいっしょに行こうと言い出すんです。そんな、どこの誰が出したか分からない匿名投書を証拠にして自分を詰問するなど侮辱も甚しい、人権蹂躪《じゆうりん》だというんです」

「なるほど」

「そんなくだらない投書で、自分だけでなく、大島理事長まで傷つけるのは我慢がならないと言っています。いや、自分は一介の学生課員だからどうでもいいが、いやしくも理事長を侮辱した点は、絶対にゆるせないと喚いていますよ」

「理事長を大事に考えているわけだね」

「恋人ですから当然でしょう」

「いや、それだけではない。自分はどうでもいいが、理事長を傷つけたのは許せないというのは、つまり、彼女どこまでも理事長の威光を振りかざしているんだ」

「とにかく、秋山君はあなたに会わせてくれと言ってますよ。ぼくでは話にならんらしいです」

「今、どこに居る?」

「ぼくの部屋でも困るので、応接室に呼んでいます」

「応接室か。あすこは職員室が近いから声が聞こえるだろう?」

「ドアをぴったり閉めていますが、多少は職員室のほうにも、ただならぬ様子が分かるかもしれません。秋山君はわざと、それと分かるように大きな声を出していますからね。とにかく来てください」

「よし、行こう」

「そうしてください。いま石田さんを呼んでくると言ってきましたからね。彼女は歯を食いしばって、物凄い形相で待っていますよ」

謙一は机の抽出しを開けた。そこには、私立探偵社の調査報告書の入っている封筒がある。

応接室に入ったとき、謙一は、椅子に硬い姿勢でかけている秋山千鶴子の姿が、まるで石像のように見えた。石像でもこれは灼けた石であった。

やや俯いていているが、頰は赤く火照《ほて》っている。崩れた髪を直そうともしていない。手は膝の上にあったが、両の指先はハンカチをしっかりとつかんでいた。謙一がそこにきた気配を知っても動かず、むろん、お辞儀もしなかった。はじめから敵意を見せた身構えだった。

謙一は、相手が女だけに、暴風に向かって直進するときの勇気のようなものを感じながら、椅子にかけた。鈴木は、わざとはなれて入口近くに立っている。

謙一は煙草に火をつけた。ライターを鳴らす金属性の音が、この場の緊張を象徴した。

「秋山君」

と、謙一は、なるべく穏やかな声で言った。自分でも世間話をするときのような調子に心がけた。

「どうも困った投書が来てね。大体のことは鈴木君から聞いただろうが、今だったら、ほかに誰もこのことを知っていないのです。われわれはあくまでもあなたの立場に立って処理したいと思うんですが、あなたのお気持ちはどうなんです？」

秋山千鶴子は下から謙一の顔を一瞬見上げたが、すぐまた眼を伏せた。凄い眼つきであった。

彼女は、そのまますぐには返事をせず、硬直した姿勢で肩一つ動かさないでいた。

謙一は静かに煙を吐いた。青い煙は閉め切った応接室の中に霞のように棚曳《たなび》いた。

謙一は何となく小さな咳をした。すると、それに促されたように秋山千鶴子が屹《きっ》と顔をあげた。眼つきは、さっき見上げたときと同じだった。

鈴木が出て行った間に泣いたのか、彼女の睫毛は濡れ、鼻の下が赤くなっていた。

「わたくしの気持ちをとおっしゃるんですか?」

彼女は正面から挑戦するように言った。

「………」

「それは先ほど鈴木さんに申しあげた通りです。気持ちも何もあったものではありません。これは卑劣な投書です。まったくの中傷です。こんなものを突きつけられて訊問される筋合いはありません」

昂奮した切り口上だった。

謙一は、何となく椅子の背に身体を動かした。姿勢も言葉も楽にするつもりだった。

「中傷というと、つまり、事実ではないというんですね?」

「もちろんですとも」

と、秋山千鶴子は甲高《かんだか》い声を出した。

「もちろん、そんな事実はありません。専務さんは、わたくしの人格をお疑いになるんですか？」

「いや、そういうわけではないが、なにしろ、こういう投書がくるのは、その背後にもっと噂がひろまっていると考えなければなりませんからね、念のためにおききするんです。秋山君。君はそんなふうにどこまでも否定するが、それは本当に間違いないのでしょうね？」

と、謙一は、秋山千鶴子の激しい表情に、なるべくやんわりと言った。

「どうしてわたしの言葉が信じられないのですか。こんな、どこの馬の骨とも分からない人間が出した卑劣な投書のほうを、わたしの言葉よりもお信じになるんですか。それほどわたしは信用できないのですか。いいえ、わたしはそんなふしだらな女に見えるんですか？」

秋山千鶴子は口惜しそうに言った。こめかみに青い筋を浮かせ、眼が血走っていた。その眼には涙があった。

「そりゃ投書よりも君の言葉を信じたいですよ。しかし、信じることと、事実の有無を聞くことは別だからね」

「そんなことはないでしょう。もし、わたしを信じてくださるなら、こんなつまらない質問はなさらないはずです。いいえ、これは、わたしを疑っていらっしゃるだけではありません。大島理事長さんの人格までお疑いになっていることですよ。あの高潔な大島さんの人格を……」

謙一は、やはり持ち出したな、と思った。大島理事長が人格高潔と聞いて、危うく失笑しそうになった。秋山千鶴子にとっては大島理事長は唯一の彼女の城砦《じようさい》であり武器であった。

「それだから、われわれは慎重なんです」と謙一は言った。「秋山君、君が感情を昂ぶらせるのはよく分かるが、ここのところをひとつ冷静に聞いてもらいたい。いいかね。問題は本学の面目にかかっている。些細な噂でも、間違ったものは早くつみ取らなければならない。順序としては、まず、この投書の主について真偽をたださねばならないのだが、匿名とあってはどうにもしようがないのです。本人に会うわけにはゆかない。そこで、君に一応きいてみたんですよ。なにも君を疑うというわけではない。また、それによって大島理事長の人格を傷つけようとするのでもない。投書の内容が事実かどうか、それさえ聞いておけばいいのです」

「わたしはそうは思えません。二人がかりで、まるで投書に書いていることを事実のように前提してわたしを査問しているような状態じゃありませんか。何が冷静におたずねになってるというのですか。これじゃ、はじめからわたしを虐《いじ》めにかかってるんじゃありませんか」

秋山千鶴子は声も肩も震わせて甲高い声になった。

謙一は彼女の様子をじっと見て、これ以上こちらからいろいろ言えば、彼女はもっと刺戟されて昂奮するに違いないと思った。それこそ彼の思う壺《つぼ》であった。

「まあ、秋山君、静かにしたまえ」と謙一はおだやかに制した。「君が潔白なら、それでもいいんだよ。しかしね、本学の卒業生であるこの投書の主は、おそらく投書と同じ内容を関西方面の本学卒業生の間にも吹聴しているに違いない。わざわざこっちに投書してくるんだもの、自分ひとりの胸に仕舞っているとは思えない。われわれはそれをおそれてるんだよ」

投書の主が関西方面の卒業生の間に、同じ内容を吹聴して回っているという謙一の言葉に、秋山千鶴子も、さすがにすぐには返事ができないでいた。しかし、彼女はそれに屈したのではなく、猛然と反撃に出た。

「結果は同じことです。そんなありもしない噂を撒き散らすのがいけないのです。たとえ噂がひろまっても、間違いはあくまでも間違いです。常に正しいことが勝ちます。そんな低劣な噂など、無視していいと思います」

「そうはいかないよ」

と、謙一は微笑した。

「なぜですか?」

「なぜって、君、人はとかく面白い噂を好むからね。それが尾ヒレをつけてひろがってゆく。すると、関西方面だけでは済まなくなる。必ず東京にも伝わってくるよ。噂は怕《こわ》いものだ。はじめはまさかと思っていた人も、みんながそう言い出すと信じ込んでしまう。われわれとしては、そうならない前に事実を知っておく必要がある。べつにこちらから弁明することはないが、黒い噂を消すには、正確な事実を知ることが何より有効な対策だからね」

「ですから、何度も先ほどから申しあげているでしょう。そういうことは絶対にありません」

秋山千鶴子は歯を噛み鳴らすように言い放った。

「そうですか。それならそれでよろしいが、噂を否定するためには、客観的なデータも握っておかなければならない」

「………」

「この投書によると、君と大島さんとが偽名で泊まったらしい鳥羽市のホテル名が書いてある。このホテルについて一応照会してもいいかね？」

秋山千鶴子の顔色が変わったのは、この言葉を聞いてからだった。彼女は一瞬ひるんだ表情を見せた。

しかし、謙一や鈴木から見つめられていると知った彼女は、再び攻勢に出た。

「そこまで調べなければ、わたしの言葉が信じられないのですか？」

「さっきから言ってるように、信じたい。君だってここに長い間いる人だし、われわれは君を同僚として尊敬している。もちろん、信用度は、この匿名の投書の比ではない。だがね、悪い噂を消すことは本学の名誉を守るためだ。そのためには、そこまで徹底して調査をしなければならない。これはもう君の人格を疑うとか疑わないとか、そういう点を乗り越えた問題ですよ」

秋山千鶴子はまた返事に詰まった。謙一の理屈にちょっとたじろいだ風だった。しかし、彼女はすぐに眼を光らせた。

「結構です。どうぞご自由に調査してください」

言葉はふだんの調子から全くはなれ、ヒステリックなものになっていた。謙一は、金切り声という古い形容を思い出した。

「石田さん、これはわたしだけの問題じゃありません。大島理事長さんに申しあげておきますから、それはご了承ください。理事長さんが承諾なされたら、わたしだって異存はありませんわ」

秋山千鶴子は、ホテルを調べるのはご自由だが、それには大島理事長の了解が必要ではないか、という意味を吐いたので、謙一は答えた。

「このことは、大島さんには直接の関係はありませんよ。あなたの行動を知るだけで十分ですからね」

これは理屈になっていないと、謙一自身も知っている。ただ、現在は大島理事長を正面の対象にしていないということを彼女に言い聞かせればよかった。秋山千鶴子からすれば、こっちがいかにも大島を怖れているようにとれるだろう。

「それは変じゃありませんか。投書の言うように、わたしの相手が大島さんだとすれば、わたしを調べることは大島さんを調査することですわ。わたしだけを対象にしても、意味はないでしょう。相手のあることですからね」

と、彼女はやや勝ち誇ったように言った。大島には手をつけることができないのだろう、それみたことか、というような顔をした。それこそ謙一の狙っていたところである。

「あなたも本学の職員でしょう。大島さんの名誉を考える点では、人後に落ちないはずです。このことで理事長の了解を得ることが妥当かどうか、判断がつきませんか」

「とおっしゃると、わたし一人がこんな侮辱の対象になれとおっしゃるんですか？」

秋山千鶴子は眥《まなじり》をつり上げた。

「そのへんはあなたの良識に待ちたいと思う。われわれとしても理事長に傷をつけたくないですからね。もし、この投書の内容が仮に事実としても……いや、仮定の問題ですが、万一事実としてもですよ、全面的に理事長の名誉を守るつもりです」

「そうすると、あなたはやっぱりわたし一人の犠牲を強要されるわけですね？」

彼女はヒステリックな声を出した。

「わたしはいやです。そんな不合理なことはありません。わたしが一人で、みんなの侮辱を受ける理由《わけ》はありません」

「ほう。そうすると、大島さんといっしょでなければ具合が悪いというのですか？」

「大島理事長の名誉をカバーなさるなら、なぜ、わたしのことも考えないのですか？　学校の名誉を守るうえではいっしょじゃないですか」

「もちろん、学校の名誉は守りたいのです。だから、事実の把握は必要だと言ってるんですよ。そのうえであらゆる防禦策を考えなければならない。事実を知らないままにただ言い訳だけしていれば、どこに破綻が生まれるか分かりませんからね」

「とにかく、わたしは大島理事長に言います。あなたがたにこんな風に虐《いじ》められる理由《わけ》はありません」

「べつに虐めてはいませんよ」

「いいえ、虐めています。わたしを葬ろうとなさっています。一体、わたしがそんなに憎いのですか？」

彼女は椅子からすっくと起ち、謙一を睨みつけた。

「落ちついてもらいたい。感情に走ってものを言ってもらっては困る。あなたは何か誤解をしている」

秋山千鶴子の声が、だんだんヒステリックに高くなった。

こめかみの静脈は腫れあがり、唇はけいれんしていた。眼はまるで人工のように自然の表情を失っていた。彼女は元来気の強い女だった。勝ち気で自尊心も高かった。それがいま、謙一と鈴木とに訊問されている意識から逆上に移り、とり乱していた。彼女は被害意識にとり憑《つ》かれていた。

しかし、彼女を抵抗させているのは、その自尊心だけではない。背後に大島理事長の権威を背負っているので、むこう意気が強かった。理事長は専務理事や事務局長などを押えていると思っている。この若葉学園の主宰者だと信じている。それに、自分を非難することを考えている理事長の部下のこの二人を、彼女は生意気に思っているようだった。

秋山千鶴子は学生課にくる前に、ちょっと教壇に立ったことがあった。教養科目の国語を担当したが、学生を遠慮会釈なく叱り飛ばすので、低学年の学生は彼女を怕《こわ》がっていた。いま、その強気がヒステリーを交じえて最高潮になった。昂奮で彼女の指先は小刻みに震えていた。それは彼女が弱点を突かれたからだった。

「大島理事長さんに、わたしが行って言うと、あなたがたはまた、わたしが間で工作したように思われるかも分かりません。この場で理事長さんを呼びましょうか？」

秋山千鶴子は二人を睨んだ。

彼女は、この言葉で相手が降参するとでも思っているようであった。

「しかし、それは非常識でしょう」

と、謙一は穏やかに言った。

秋山千鶴子が昂奮すればするほど、それは彼の計算にはまることだった。だから、謙一はなるべく柔らかい言葉で応じた。愚かな秋山千鶴子からすれば、その言葉つきも、大島理事長を怖れはばかっているように映るのであろう。

「非常識はあなたがたじゃありませんか」

と、彼女は叫んだ。

「どこの誰とも分からない投書をつきつけてわたしを侮辱するのが常識に叶っているんですか。あまり軽蔑していただきたくありません」

出戻りの女にありがちなヒガミは、自分が他人から絶えず軽蔑されているという思いであった。

「べつに軽蔑していませんよ。まあ、秋山さん、落ちついてください。専務は事実の有無をあなたに聞いてるだけですからね」

と、鈴木がはじめて横から口を出した。いちばん弱い立場にある事務局長が余計な口を出したので、彼女の怒りは燃え上がった。

「いいえ、軽蔑しています。わたしをバカになさっているんです。大島さんを呼びます。大島さんに来てもらいましょう」

彼女の大声は廊下にもひびいた。廊下の窓越しにのぞく顔がふえた。

教授と職員の興味

秋山千鶴子がとり乱せば乱すほど謙一は冷静で、しかも彼女のカンにさわるような言葉を吐いた。

「秋山君、まあ、落ちつきたまえ。われわれは、なにも君の私生活まで干渉するつもりはないのですよ。ただ、あのときは、君は学生を引率して関西に行った。それを途中で親戚の家に寄るからといって、一行から離れましたね」

「任務は放棄していません。それはちゃんと出発前にあなたの許可を得ています」

秋山千鶴子は甲高い声で応酬した。

「たしかにそれは聞いている。久しぶりに姉さんのところに寄りたくなったからと言った。そこでぼくは、せっかく近くまで行ったことだし、無理もないと思い、その時間をあげた。また、いっしょに学生を引率して行った石塚助教授にも、その意を含めておいた。……だが、この投書によると、君は姉さんのところなど寄っていないらしい。そうすると、ぼくとしてはその真相を聞くのは、当然ではないかと思うんですがね」

「姉のところにはちゃんと寄っていますよ。なんでしたら、直接聞き合わせてください」

と、彼女は強く言った。もちろん、これは姉との間に口裏を合わせる自信があったからだ。

「必要によっては、おたずねすることがあるかも分かりません」

謙一は静かに言った。

秋山千鶴子は彼の顔を睨んでいたが、

「専務さんは石塚先生をわたしの目付役につけていたんですか？」

と言った。

「目付役、それはどういう意味です？」

「だって、今おっしゃったじゃありませんか。石塚先生にその意を含めておいたと……」

「誤解もいい加減にしてもらいたい。石塚君にその意を含めておいたというのは、君が途中で姉さんのところに行きたいと言ってるから、その旨と、あとの引率の打ち合わせのことを頼んだという意味ですよ」

「………」

「君がそこまで思い過ごすのはどうかな。やっぱり君の気持ちの中には、何かがあるんじゃないかね？」

「わたしはべつに疚《やま》しいところはありません。それは大島理事長さんといっしょに調べてもらえば分かります」

鳥羽のホテルを調べる件は、さすがに彼女には痛いようであった。そこになると、必ず理事長の名を引き合いに出した。

「分かりました。これ以上聞いても君がますます冷静を失うようだから、ひとまず、このへんで打ち切りましょう。どうぞ帰ってください」

秋山千鶴子は椅子からすっくと起った。先ほどまで真っ赤になっていた顔は、逆に蒼く凄んでいた。彼女は何か言いたそうだったが、適切な言葉が見当たらないらしかった。そのもどかしさと口惜しさに、彼女は歯の間から低い呻《うめ》き声を洩らし、身体を戦《おのの》かせた。

それから頭も下げないで、走るように部屋を出て行った。

廊下から窓越しにのぞいていた多くの顔が一斉に崩れた。謙一は、その中に石塚助教授の顔があったのに気づいた。

ドアを音立てて秋山千鶴子が出て行ったあと、二人は顔を見合わせ、どちらからともなくニヤリと笑った。

秋山千鶴子が去ると、部屋の中は嵐が過ぎたようであった。

「おどろきましたね。あんなヒステリーとは思いませんでした」

と、鈴木が大きな吐息をついて謙一に言った。その謙一は煙草に火をつけていた。

「予想はしていたが、ぼくもあれほどとは思わなかったね」

謙一は煙をゆっくりと吐いた。二人の眼には、たった今出て行った秋山千鶴子の幻がまだ残っていた。

「予想通りといえば、彼女、何かと大島理事長の名前を出したね」

「彼女としては、それが唯一の武器でもあり防砦でもありますからね。さすがに鳥羽のホテルのことはこたえたようですな。もっぱらこの投書を中傷だと言い張るしかなかったのでしょう」

「鳥羽のホテルの名前は偽名だった。だから、大島さんといっしょに頑張れば、この点は確証とはならないわけだ」

「しかし、こちらから大島さんと秋山君の写真でも送ってフロントにでも確かめれば分かってくるでしょう。それに、ホテルに残した記入の筆蹟もありますからね」

「おそらく大島さんは、それを心配しているだろう。ことによると、早急に手を打って、ホテルに何か頼むかもしれないな」

「しかし、そうすると、かえって弱点をつくるんじゃないですか。ホテルのほうであとから事実を言うことが心配されますからね」

「そうだな。やっぱり知らぬ顔でいるかもしれない。頑張るだけは頑張ってね」

「そうしますと、いよいよ、あなたが頼まれた私立探偵社の調査報告書がものを言うわけですな」

「あれはとっておきの切り札だ。まだまだ出す時期ではない。……秋山千鶴子は、今日は早退するね」

「とても、じっと学校に残っていられないでしょう。早速、大島さんを電話で呼び出してどこかで落ち合い、われわれのことを訴えるでしょう」

「次は、大島さんがどう出るかだな。ここに現われたときの様子が見ものだ」

そんな話をしているとき、ドアが開いて、

「入ってもいいかね？」

と、白髪の、背の高い男が赧ら顔をのぞかせた。国文学の大村教授だった。

「どうぞ、どうぞ」

と、謙一が椅子から腰を浮かせた。

「いや、そのまま……」

大村教授は悠々と入って二人の傍らにきた。鈴木が、さっきまで秋山千鶴子のかけていた椅子をすすめた。

「何だね、さっきのことは？」

と、大村教授は微笑しながらきいた。

「もう、お耳に入りましたか？」

「廊下でここをのぞいていた人がぼくに話したのでね。秋山君があなたがたに叱られて、えらい見幕でつっかかっていたそうじゃないですか？」

大村教授は学生課の主事も兼ねていた。したがって、秋山のことを大村が質問するのは、その役目の上からいって筋が通っていた。

謙一は、大村教授が秋山千鶴子のことで質問したのに答えた。

「はあ、実はちょっと彼女にききたいことがあって呼んだのですが、あの通りの女性ですから、えらく嚙みつかれましたよ」

「何です、それは？」

「実は投書が来ましてね」

「投書？」

「彼女に関する一身上の問題ですが」

謙一は、秋山千鶴子の直接監督的な立場にある大村教授だから、説明を回避できなかった。いや、むしろ、この噂好きな教授には積極的に吹き込んだほうがいいと判断した。普通だったら、これには大島理事長も関連しているので口外してはならないところである。

「一身上の問題とは容易ならないね。どういうことなんですか？」

俄然、大村教授は眼を輝かせた。教授もふだんから、秋山千鶴子の激しやすい性格には当惑しているほうらしい。

「これをご覧になってください」

と、謙一はポケットから投書を出して見せた。さっき、この場で秋山千鶴子にも読ませたものだ。

教授は胸のポケットから老眼鏡を出してかけると、手紙を開いた。読んでいるうちに、その顔がニタニタとほほえんでいった。

「面白い」

と、教授は感想を言い、手紙を謙一のほうに戻した。

「非常に面白い」

教授はもう一度言った。

「先生が、そんな野次馬みたいな興味をお持ちになっては困ります。われわれ責任者は、これが事実だとすると不問に付しておけないのです」

謙一は言った。

「まったく……そういえば、ぼくも彼女の監督者だから責任があるわけだね。だが、面白いのは彼女のことだけではない。ここに大島理事長が彼女とはっきりいっしょに絡んでいることだ。これがわたしには面白かった」

「大村先生。先生が面白く思われるところは、われわれにとって甚だ困却するところなんです」

「構わないいじゃありませんか」

と、大村教授は対岸の火事を興がっているように言った。

「かねてから、その噂は聞いていましたからね。せっかく秋山君をとっちめたのだから、理事長を査問してはどうです？　それに、秋山千鶴子を詰問するだけでは終わりませんよ。どうしても理事長まで査問ということになりますからね」

「それがわれわれには困るので、なるべく秋山君の線で押えたかったのです。査問というのではなく、こちらはこういう投書が来た以上捨ててはおけないので、真相はどうかと、おとなしくきいたわけですがね。すると、彼女はまるで手負いの野獣のように、大島理事長にわれわれの無礼を告げ口すると息巻いて出て行きました」

「それは告げ口ではあるまい」と大村教授はあざ笑った。

「多分、寝物語の愁訴かもしれませんな」

ドアを細めに開けて眼鏡の顔がのぞいた。助教授の石塚だった。ここに大村教授を探しに来たらしい。

「ああ、石塚君か。かまわないから、どうぞ」

と、大村教授が手招きした。

石塚は、そこに専務理事と事務局長がいっしょに居るので緊張したようにおずおずと入ってきた。

「まあ、かけたまえ」

と、大村教授は言った。

「はい」

石塚は手に書類の綴りを持っている。大村教授の指示を求めに来たらしい。しかし、教授はそんなものには見向きもせず、

「石塚君。君、この前京都に学生を連れて見学旅行に行ったが、あのときの大島理事長と秋山千鶴子の仲はどうだったね？」

と、無遠慮にきいた。

「はあ……」

石塚助教授は困ったような顔をして眼を伏せた。すぐ前に謙一が居るので、そっちにも気を兼ねている。

「ここには、君の言ったことをよそに洩らすような人は居ない。率直なところを話してくれたまえ」

大村教授はふだんから豪快なことを言うので知られている。それだけに石塚は困惑した表情だった。

「いや、実はね、さっき、ここに秋山君が石田さんに呼ばれて、そのことをきかれたところ、逆につっかかっていったようだ。秋山千鶴子は、あの通りのヒスだからね、石田さんとはいい勝負だったろうが、惜しいことに見落とした」

教授は笑って、

「そんなことで、ここは君の証言が大事なんだよ。ありのままを話してくれないか」

大村教授にとって、この問題は単なる好奇心でしかない。理事長と女職員のスキャンダルを聞くのが、面白くてならないという様子であった。

石塚は謙一に気をかねて、彼にちらちらと視線をむけた。謙一はかまわないから話しなさいと、眼で合図した。

石塚がぽつりぽつりと話し出した。列車中では大島と秋山とがならんで坐り、その仲のよさが学生の眼を惹《ひ》いて困ったこと、京都の寺めぐりでは、大島が得意の説明をしたが、秋山はその傍らにぴたりとより添って満足そうにしていたこと、その日早速二人で離脱したこと、それも宿舎から堂々と二人でタクシーに乗ったこと、などを話した。もっとも、このときは駅に行ってからの二人の行く先は違うといっていたが。

「そりゃ、ほんものだろう」

と、大村教授が叫んだ。

「間違いなし。二人の間は出来ている。投書の内容は事実と認定する」

大村教授は、問題の投書を石塚に見せるよう謙一に言った。大村によれば、石塚も秋山千鶴子といっしょに学生を引率していたので、彼女に関する限り、その責任があるというのである。だが、それは口実で、実は投書の件を面白がって石塚にも見せたいのだ。

謙一は渋りながら封筒を出した。大村教授がこの件に興味を持ったのは、むしろこっち側に有利である。大村だと、このことを教授や職員に吹聴して回るに違いなかった。面白いことは自分の胸の中に仕舞っておけない性質《たち》なのである。

それも求めてこちらから大村教授に打ち明けたのではない。向こうのほうでいろいろときいてきたのだ。あとで大村教授をそそのかしたという非難を避けることができる。

石塚も投書を一読して眼をまるくしていた。

「石塚君。君が二人を野放しにしたから、こんなことになったのだ」

と、大村教授は若い助教授を揶揄《からか》った。

「はあ」

と、まじめな石塚は眼を伏せている。

「いや、冗談だがね。君もまさか二人が京都駅に行ったのをこういう目的だったとは知らなかったろう？」

「はあ。秋山さんは三重県の姉さんのところに寄りたいと言っていましたし、理事長は自分の郷里の和歌山に向かうと言って出られましたから、京都駅まで車でいっしょだと思っていました」

「理事長が自分の学校の教師まで欺くとはけしからん」

と、大村教授は妙なところで正義感を出した。

「それに、本学の卒業生が鳥羽で二人が泊まったのをはっきり見てこの投書を寄こしたのだから、噂は関西方面にひろがっているとみなければならない。そのためには無名の投書といえども無視はできない。理事長に釈明してもらい、関西方面の同窓会の代表にでも手紙を書いてもらうことだな。……なあ、石田さん、どうだろう、その案は？」

「さあ」

と、謙一は思慮深く答えた。

「関西方面の噂がどの程度になっているか分かりませんので、こちらから先に理事長の釈明を出すというのは、かえって藪へビだと思うんですが」

「いや、噂はたしかに存在しているね。間違いはない。なんだったら、ぼくが関西の同窓会支部にきき合わせてもいい。もちろん、その場合は大村個人の資格だがね」

大村はひとりで乗り気になっていた。

「まあ、なるべく穏便に」

と、謙一は笑った。

大村に対するこの抑制は、彼にあっては逆の効果になる。大村は黙ってはいない。制《と》めたらかえってハッスルするほうだ。

その計算も謙一にはあった。だから、大村教授と石塚助教授が部屋を出て行くと、謙一は鈴木と顔を見合わせたことだった。

謙一は六時ごろに若葉学園を出た。恭太が学校から帰っているかどうか分からない。帰って来ていたら晩飯のこともあった。さし当たり近所から店やものでも取るほかはない。女房の留守が長引くようだったら、家政婦でも頼もうと思った。

玄関に手をかけると、戸はすぐ開いた。恭太は戻っていたのだ。土間には彼の靴があった。

謙一はほっとした。今朝はいっしょに出たものの、恭太が学校の帰りをどこかで遊んでくるような気がしていた。いや、それよりも、学校に行ったかどうか分からなかった。それだけに靴を見て安心した。

上にあがると、謙一はそのまま真っ直ぐ恭太の部屋の前に行った。襖は例によって閉まっている。彼は軽く呼んだ。

「恭太」

中から返事があった。

襖を開けると、机の前に恭太の姿があった。机の上に教科書やノートが出されていた。

謙一は、思わず、ほう、と声を出した。

恭太はちょっと照れ臭そうな顔をした。

「いつ帰ったんだ?」

「二時間前」

恭太は小さな声で答えた。

「そりゃ感心だ」

謙一は部屋を見た。豚小屋のように乱雑だったのが、今はわりと片づいていた。散乱していた本もとにかく積み上げられているし、汚ない煙草の吸殻を入れた空罐《あきかん》もなかった。

「おまえが掃除したのか？」

と、謙一は分かっていても、そうきかずにはいられなかった。

「うむ」

恭太は恥ずかしそうに答え、顔をノートの上に俯けた。その姿はしおらしかった。前の狂暴な彼が嘘のようであった。そのあとは壁のへこみや、柱のきずに残っている。

恭太は母親とは性《しょう》が合わないというか、保子がいないと、こうも違うものかと謙一は思った。このぶんだと、保子には名古屋に長く居てもらいたかった。

外では内気だという恭太が、このときほど謙一の眼にそれを確認させたことはなかった。

謙一は机の前に近づき、息子のノートをのぞいた。ノートには日本史が小さな字で書かれていた。恭太は人一倍小さな字を書く。そんなちぢこまった字を書かないで、もっと伸び伸びした字を書けと、前にも何度か叱言《こごと》を言ったことがある。その癖はまだ直っていない。

恭太は父親に見られたくないように指をひろげてノートを隠すようにした。

「隠さなくてもいいよ。ちょいと見せてくれ」

謙一は言った。子供に対して久しぶりに愛情が湧いてきた。恭太の小学生のころが思い出された。

ノートに書かれた字をチラリと読むと、それは教科書の文章そのままを写したものだった。

「教科書の通りに書いているようだが、そんな勉強法もあるのかい？」

謙一は疑問を起こしてきいた。

恭太がノートに、教科書の文章をそのまま写していることに疑問を起こした謙一に、恭太は怯《ひる》みながら答えた。

「学校の先生は、教科書を筆記することで頭に入ると言っていたよ」

謙一は、一応、

「そうか」

と言った。

だが、恭太の書いているのを見ると、機械的に写しているのにすぎない。そこで、彼は教えるように言った。

「なるほど、教科書を筆記するのは、実際に書くことで頭に入るということはある。しかし、それはただ教科書をひき写すということじゃないんだよ。おそらく先生の言われることは、教科書を何回も繰り返して読み、その要点を頭に刻み込むため、ノートに書いてみるということなんだろう。おまえのように、ただやたらと写しとったのでは、本当に頭に入るかどうか分からないな」

恭太は、それを聞くと、持っていた鉛筆を置き、ノートを急いで閉じた。それは反抗ではなく、いかにも自分の自信のなさをのぞかれたようなテレ隠しであった。

謙一は、そんな恭太の動作で、この子は実際に勉強法を身につけていないと分かった。もともと頭脳はよくない。だが、こんな無意味な勉強法しか知ってないのは、これまで親としての教育ができていなかったのだと反省した。実際忙しい仕事のために、恭太の勉強を本気にみてやったことはなかった。恭太は迷っている。どういう勉強の仕方をしていいか途方に暮れているのだ。だから学校の先生の言ったことを間違えて取り、こういう無意味な作業をしている。

謙一は恭太が可哀想になってきた。友だちに勉強の仕方をきくのも恥ずかしいに違いない。成績のよくない子にありがちな劣等感だった。といって父親には臆してきけない。母親とは性格が合わないせいもあるが、保子にそういう素養のないことを知っているのだ。

おそらく恭太は、その絶望の中から自分なりに起ち上がろうとしているのであろう。その気持ちは可愛かった。父親に対して初めて、子の心が解けてきたのである。子も父を喜ばすために勉強にとりかかったのだろう。

「勉強するのはいいことだ」と謙一は机の前にじっとしている恭太に言った。「だが、もっといい方法がありそうだな。恭太は、それを自分で考えてみたことがあるか？」

子供は黙っていた。

「考えたが、よく分からないんじゃないかね？」

それにも恭太は返事をしなかった。

「よしよし、それじゃ、お父さんもいっしょに考えてやろうな。今やっているのは日本史かい？」

「うむ」

と、子供は言った。

「参考書はどれだ？」

恭太は黙って横から参考書を三冊ほど出した。みんな新しく、あまり読んだ形跡はなかった。

謙一は、参考書があまり読まれた様子のないのを見て、恭太の不勉強をまざまざと知った。

だが、いま恭太が教科書の文章をそのままノートに引き写していることといい、実際は勉強の方法が分かっていないのだと思った。的確な指導者がいれば、この子はもっと勉強に興味を持つであろう。現に、教師から教科書を写したほうが頭の中に入りやすいと言われたのを一つおぼえに、バカ正直にやっているのだ。

勉強の方法に当惑しているので、つい、それがイヤになる。そこに外の友だちからの誘惑があるから、そっちのほうに乗ってしまう。

すべては、そこから恭太の誤りが来ていると思う。本人もそれで苦しんでいる。家庭で反逆するのも、単に年齢的な反抗期のせいだけではないのだ。自信の喪失が苛立《いらだ》ちとなり、あんな乱暴になるのである。

謙一は、恭太をよくするのは、彼に正しい勉強の方法を教えることだと思った。彼に自信と勇気をつけさせることである。

まず、恭太は基本的な勉強から仕直さなければならない。それには初歩から系統的にやり直す必要がある。謙一は、思いついたことを二、三言った。

恭太は俯いてじっと聞いている。一言も返事はしないが、口答えはしなかった。辛《つら》いことを聞かされているように背中をまるめ、縮こまった様子であった。

勉強にはこういう方法もある、また、こういうやり方もあると、謙一が嚙んで含めるように言っていると、

「お父さん」

と、恭太は急に顔をあげた。

「………」

「ぼく、鼻が悪いんだ。鼻を手術したいんだけど……」

謙一は、はっとなった。

恭太は小学校二、三年生のとき、蓄膿で医者に診《み》せたことがある。医者が、もう少し大きくならないと手術はできないと言ったので、あとは姑息な療法をつづけた。それもいつしか止《や》めてしまい、以後は放置している。本人もべつに苦しそうではないので、そのままになっていたのだ。

蓄膿症が頭脳に影響するのは誰にも分かっている。いま恭太にそれを言われて、謙一は親としての責任の態度を突かれたような気がした。

「そうか。近ごろ、鼻が息苦しいかい？」

謙一は息子の顔をのぞいた。

「息苦しいというわけではないけど。……鼻を癒せば頭が少しはよくなると思うよ。ぼくの頭が悪いのは鼻のせいだと思うんだ」

「そうかもしれない」

謙一はうなずいた。この子は今までそんなことを言ったことはなかった。蓄膿を気にしながら、それを黙っていたのだ。言い出さなかったのは、勉強に無関心だからではなく、劣等感からの遠慮だと分かった。

「じゃ、明日早速専門の病院に行くがいい」謙一はやさしく言った。

「そして手術の必要があれば、すぐに入院するんだな。それは早く癒したほうがいい」

蓄膿症を癒したほうがいい、早く病院に行け、と謙一に言われてからの恭太は、急に活気づいた。

これほど喜ぶのだったら、もっと早くそれに気がつけばよかったと謙一は思った。親の怠慢である。恭太の粗暴な一面だけに眼を奪われて、こういう大切な一面を見落としていたのである。恭太は蓄膿症さえ癒せば、その日からでも頭脳が明晰となり、勉強がよく出来るようになると信じているようだった。その子供らしい素朴さが、謙一に哀れさえ覚えさせた。

もし、これが保子の居るときだったら、まだ恭太もそんな希望は言わなかったに違いない。相変わらず反抗がつづき、乱暴が止《や》まないであろう。恭太の場合は、親に対する反抗というよりも、その自信のなさからくる自暴自棄なのだ。今までは、それをすべて友だちのせいにしていたが、これは世間の親の共通な誤りだったと知った。

「では、明日、学校の帰りに大学のおれのほうに電話するがいい。それまで適当な病院に当たって、お医者さんに頼んでおくからな」

謙一が言うと、恭太は活発にうなずいた。

あまりそこに居ても悪いので、謙一は息子の部屋を出た。

自分の書斎に戻りながら、彼は考えた。

蓄膿症の手術となると、恭太は入院しなければならない。そうなると保子を呼び戻さねばならないが、これが恭太にどのような影響を与えるか気がかりである。せっかく母親が居ないためにおとなしくなってきたのを、また元に戻すことになるかもしれない。

といって、入院の場合、ただ付添婦を雇っておくというだけでも困る。病院によっては完全看護のところもあるが、それでもこまごまとした用事は、誰かが病院に通ってしなければならない。こんなとき恭太は姉でもあったらと思うが、仕方がなかった。保子を呼び戻して、よく言い聞かせるほかはなさそうだ。

いずれにしても、名古屋に居る保子には早く報らせなければならないと思った。

名古屋の義兄には、一応電話で恭太の帰宅を言ってあるが、あれから何の返事も戻ってこない。保子は姉といっしょに大阪に行ったままなのだろう。それにしても、大阪から名古屋に連絡でもすればいいものを、むやみと大阪を歩き回っても仕方がないだろうと、姉妹の無目的な捜索に腹が立った。

書斎に入ったとき、突然、電話が鳴った。

時計を見ると七時半であった。

加寿子からかと思ったが、それにしては少し時間が早い。加寿子のこともあれっきりになるとは考えられなかった。いずれは、もっと明確な話をつけなければならぬ。向こうもその気なのだろう。

そう思って受話器をとり上げると、

「石田先生のお宅でございますか？」

と、丁寧な女の声であった。

「少々お待ちくださいませ」

その電話の声が野太い男のものに変わった。

「やあ、石田君か。ぼくだ、大島だよ」

大島理事長からだった。

電話が大島理事長からだと知ると、謙一は緊張した。

今日の昼間、秋山千鶴子を訊問したばかりである。あれから秋山が昂奮して大島のもとに駆けつけたのは、容易に想像されていた。秋山千鶴子のヒステリックな訴えに、早速大島理事長が自身で電話をかけてきたなと思った。

「君、どうです、いま忙しいですか？」

大島理事長はきいた。不機嫌な声ではなく、かえって逆に明るく親しげな口ぶりだった。

「はあ、べつにそれほど忙しくはないんですが」

謙一が答えると、

「それはちょうどいい。いま、ぼくは目黒の陣屋という料理屋に飯を食いに来ているんです。予定したお客さんが早く帰ったのでとり残された恰好だが、君、よかったら、ちょっところに来ませんか?」

「はあ」

と言ったが、珍しいことだと謙一は思った。大島理事長からサシで呑もうという申し出は、これまでほとんど無かった。たいていは他の者といっしょなのである。それも年に一度か二度だった。そんなところにも大島と職員との意思の疎通が欠けるのである。

職員の一部では、大島はケチで、自腹を切るのを欲しないのだと言う者もあった。それだけではない。大島は超然としていて、学校の関係者をあまり問題にしていないのだ。だが、専務理事の謙一にすら、特に懇談を求めたことはほとんどなかった。

折も折だし、これは秋山千鶴子の愁訴で呼びつけるのだと思った。場所が料理屋なら、あるいは自分の弱点を糊塗するための懐柔策かもしれない。先客が帰ったというのも、口実だろうと思った。

ここで辞退すると、かえってこじれそうなので、謙一は、

「それでは、これからすぐ参ります」

と答えた。

「それはありがたい。なるべく早く来てください」

と、大島の声はどこまでも明るかった。

謙一は恭太の部屋をのぞいた。恭太はまだ教科書の文章をノートに引き写していたが、

ふいに父親にのぞかれて、あわててノートをかくすようにした。

「お父さんは理事長さんに呼ばれたから、ちょっと出てくる。おまえひとりが留守番だが、いいな？」

恭太は黙ってうなずいた。

父親に指摘されても、やはり教科書をノートに写している子供の姿に、謙一は打たれた。恭太には今はこの勉強法しかないのである。とにかく何かやろうと努力していることは分かった。それだけに、勉強のできない子がいじらしくなった。

「帰りにはすしでも買って来てやろう」

と、謙一は言って玄関に出た。胸の中に湯のようなものが流れていた。


（下巻につづく）

一九七八年二月カッパ・ノベルス（光文社）刊

※本文中に、「片輪」「混血児」など、今日では差別的とされる表現が用いられています。しかしながら、一九七八年（昭和五十三年）に成立した本作の、物語の根幹に関わる設定と、当時の時代背景、および作者がすでに故人であることに鑑み、編集部ではこれら差別的表現についても発表時のままとしました。それが今日ある人権侵害や差別問題を考える手がかりになり、ひいては作品の歴史的価値および文学的価値を尊重することにつながると判断したものです。差別の助長を意図するものではないということを、ご理解ください。

（編集部）

光文社文庫

長編推理小説
混《こん》声《せい》の森《もり》（上）　松本清張《まつもとせいちょう》プレミアム・ミステリー
著者　松《まつ》本《もと》清《せい》張《ちょう》

2015年11月20日　初版1刷発行
2022年6月10日　2刷発行

発行者　鈴木広和
印刷　堀内印刷
製本　榎本製本

発行所　株式会社 光文社
〒112-8011　東京都文京区音羽1-16-6
電話（03）5395-8149　編集部
8116　書籍販売部
8125　業務部

© Seichō Matsumoto 2015
落丁本・乱丁本は業務部にご連絡くだされば、お取替えいたします。
ISBN978-4-334-76998-7　Printed in Japan

R ＜日本複製権センター委託出版物＞
本書の無断複写複製（コピー）は著作権法上での例外を除き禁じられています。本書をコピーされる場合は、そのつど事前に、日本複製権センター（☎03-6809-1281、e-mail : jrrc_info@jrrc.or.jp）の許諾を得てください。

組版　ジェイエスキューブ・萩原印刷

本書の電子化は私的使用に限り、著作権法上認められています。ただし代行業者等の第三者による電子データ化及び電子書籍化は、いかなる場合も認められておりません。

この世界で君に逢いたい　藤岡陽子
オレンジ・アンド・タール　藤沢　周
探偵・竹花　潜入調査　藤田宜永
探偵・竹花　女神　藤田宜永
ショコラティエ　藤野恵美
現実入門　穂村　弘
小説日銀管理　本所次郎
ストロベリーナイト　誉田哲也
ソウルケイジ　誉田哲也
シンメトリー　誉田哲也
インビジブルレイン　誉田哲也
感染遊戯　誉田哲也
ブルーマーダー　誉田哲也
インデックス　誉田哲也
ルージュ　誉田哲也
ノーマンズランド　誉田哲也
ドルチェ　誉田哲也

ドンナ ビアンカ　誉田哲也
疾風ガール　誉田哲也
春を嫌いになった理由　誉田哲也
ガール・ミーツ・ガール　誉田哲也
世界でいちばん長い写真　誉田哲也
黒い羽　誉田哲也
ボーダレス　誉田哲也
クリーピー　前川　裕
クリーピー スクリーチ　前川　裕
クリーピー クリミナルズ　前川　裕
クリーピー ラバーズ　前川　裕
クリーピー ゲイズ　前川　裕
アトロシティー　前川　裕
アウトゼア　未解決事件ファイルの迷宮　前川　裕
いちばん悲しい　まさきとしか
ナルちゃん憲法　松崎敏彌
網　松本清張

光文社文庫　好評既刊

花実のない森　松本清張
黒の回廊　松本清張
表象詩人　松本清張
分離の時間　松本清張
彩霧　松本清張
梅雨と西洋風呂　松本清張
混声の森（上・下）　松本清張
風の視線（上・下）　松本清張
弱気の蟲　松本清張
鴎外の婢　松本清張
象の白い脚　松本清張
地の指（上・下）　松本清張
風紋　松本清張
影の車　松本清張
殺人行おくのほそ道（上・下）　松本清張
花氷　松本清張
湖底の光芒　松本清張

数の風景　松本清張
中央流沙　松本清張
高台の家　松本清張
翳った旋舞　松本清張
霧の会議（上・下）　松本清張
馬を売る女　松本清張
鬼火の町　松本清張
京都の旅　第1集　松本清張　樋口清之
京都の旅　第2集　松本清張　樋口清之
ペット可。ただし、魔物に限る　松本みさを
ペット可。ただし、魔物に限る　ふたたび　松本みさを
恋の蛍　松本侑子
島燃ゆ　隠岐騒動　松本侑子
敬語で旅する四人の男　麻宮ゆり子
バラ色の未来　真山仁
向こう側の、ヨーコ　真梨幸子
新約聖書入門　三浦綾子

旧約聖書入門　三浦綾子
泉への招待　三浦綾子
色即ぜねれいしょん　みうらじゅん
極め道　三浦しをん
舟を編む　三浦しをん
江ノ島西浦写真館　三上　延
殺意の構図　探偵の依頼人　深木章子
交換殺人はいかが?　深木章子
消えた断章　深木章子
少女ノイズ　三雲岳斗
なぜ、そのウイスキーが死を招いたのか　三沢陽一
冷たい手　水生大海
だからあなたは殺される　水生大海
プラットホームの彼女　水沢秋生
俺たちはそれを奇跡と呼ぶのかもしれない　水沢秋生
甲賀三郎　大阪圭吉　ミステリー文学資料館編
森下雨村　小酒井不木　ミステリー文学資料館編

ラットマン　道尾秀介
カササギたちの四季　道尾秀介
光　道尾秀介
満月の泥枕　道尾秀介
赫眼　三津田信三
海賊女王（上・下）　皆川博子
ポイズンドーター・ホーリーマザー　湊かなえ
警視庁特命遊撃班　南　英男
はぐれ捜査　南　英男
惨殺犯　南　英男
猟犬魂　南　英男
闇支配　南　英男
告発前夜　南　英男
仕掛け　南　英男
獲物　南　英男
監禁　南　英男
醜聞　南　英男

光文社文庫　好評既刊

拷問　南英男
黒幕　南英男
掠奪　南英男
反骨魂　南英男
悪報　南英男
謀略　南英男
破滅　南英男
刑事失格　南英男
女殺し屋　南英男
月と太陽の盤　宮内悠介
博奕のアンソロジー　宮内悠介 リクエスト！
野良女　宮木あや子
婚外恋愛に似たもの　宮木あや子
スコーレNo.4　宮下奈都
神さまたちの遊ぶ庭　宮下奈都
つぼみ　宮下奈都
クロスファイア（上・下）　宮部みゆき

スナーク狩り　宮部みゆき
チヨ子　宮部みゆき
長い長い殺人　宮部みゆき
鳩笛草　燔祭／朽ちてゆくまで　宮部みゆき
刑事の子　宮部みゆき
贈る物語 Terror　宮部みゆき編
森のなかの海（上・下）　宮本輝
三千枚の金貨（上・下）　宮本輝
ウェンディのあやまち　美輪和音
大絵画展　望月諒子
フェルメールの憂鬱　望月諒子
ミーコの宝箱　森沢明夫
蜜と唾　盛田隆二
美女と竹林　森見登美彦
奇想と微笑 太宰治傑作選　森見登美彦編
美女と竹林のアンソロジー　森見登美彦 リクエスト！
棟居刑事の東京夜会　森村誠一